Pedro Rosa Mendes
peregrinação de enmanuel jhesus

RIO DE JANEIRO:
TINTA-DA-CHINA
MMXIII

Edição apoiada pela Direção-Geral do Livro e das Bibliotecas /
Secretaria de Estado da Cultura — Portugal.

O autor beneficiou de uma bolsa da DGLB
para uma residência literária de um mês
na Nes Artists Residency, Islândia.

© Pedro Rosa Mendes, 2013

1.ª edição: Agosto de 2013

Edição: Tinta-da-china Brasil
Capa e projeto gráfico: Tinta-da-china Brasil

Mapas: © Frédéric Durand, 2010

> Mendes, Pedro Rosa, 1968-
> M492p   Peregrinação de Enmanuel Jhesus / Pedro Rosa Mendes.
>   1.ed. — Rio de Janeiro: Tinta-da-china Brasil, 2013.
>   376 pp.; 21 cm
>
>   ISBN 978-85-65500-09-8
>
>   1. Romance português — I. Título
>
> 13-03767   CDD 869.3
>   CDU 821.134.3-3

Todos os direitos
desta edição reservados à
Tinta-da-china Brasil
Largo São Francisco de Paula, n.º 34, 15.º andar
Centro RJ 20051-070
Tel. 0055 21 8160 33 77 | 00351 21 726 90 28
infobrasil@tintadachina.pt
www.tintadachina.pt/brasil

Saudadeando
Ray-Güde Mertin
(1943-2007)

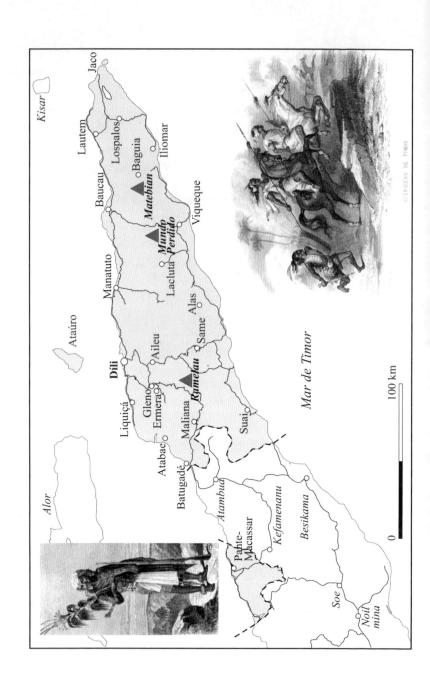

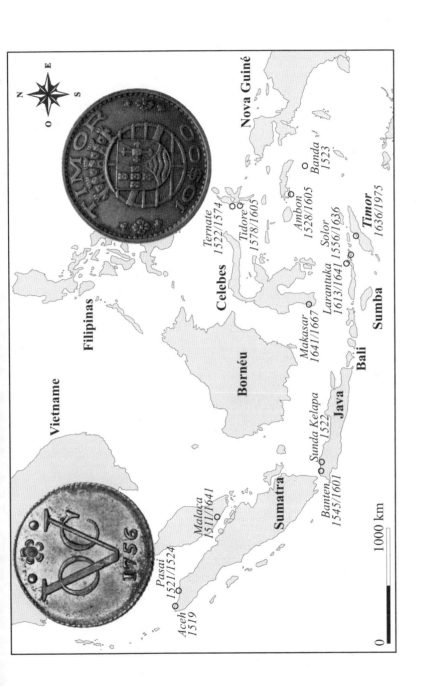

Peregrinação de Enmanuel Jhesus

Suma accidental em que da conta de mvitas e mvito estranhas cousas que vio e ouvio nos reynos do Achém, Çamatra, Sunda, Jaua, Flores y Servião y Bellos, que vulgarmente se chamam Timor, homde nace o samdollo, & em outros mvitos reynos & senhorios das partes Orientais ateh ahs ilhas da Papoia, de que nestas nossas do Occidente ha mvito pouca ou nenhua noticia.

E tambem da conta de mvitos casos particulares que acontecerão assi a elle Enmanuel Jhesus como a outras mvitas pessoas. E no fim della trata brevemente de alguas cousas, & dos trabalhos & infortunios passados por Alor, mancebo jau, enviado ao reyno dos Bellos, y de hum triste caso que sucedeo nas pedras chamadas Matebian, no reyno timor do Cabo Amen, Diocese imaginária de Lorium Timur.

Porque, a certo nível de decomposição, sujidade e pureza igualam-se, meros elementos químicos, sem traço da sua origem.

in *Kapo*, Aleksandar Tišma

Timor Lorosa'e:
Inquérito a uma escolha

*Auto de missão
pelo bispo Per Kristian Kartevold
da Igreja da Noruega (outubro/novembro de 1999)*

Elenco e local de inquirições:

DALBOEKERK (SOCA/BALI)
Oficial e agente indonésio, natural de Bogor, Java Ocidental, profundamente marcado pela cultura sundanesa e a herança do Reino de Padjadjaran; operacional das Forças Armadas da República Indonésia (ABRI), serviu com Benni Murdani nos anos 70 (participou na invasão de Timor Oriental), foi próximo de Prabowo Subianto nos anos 80 e integrou a equipa secreta de Zaki Anwar em Timor-Leste, cumprindo missões de recolha de informações nos meses que antecederam a consulta popular de 1999; figura influente no Palácio Merdeka, onde usa, entre outras armas, a sua grande erudição; pai do jovem arquitecto Alor.

MATARUFA (DÍLI/TIMOR)
Veterano da Resistência timorense, natural de Laleia, Manatuto; começou como jovem quadro da Fretilin em 1975, integrou as Falintil no período das bases de apoio (guerra convencional); preso pelos indonésios após a queda do Matebian, esteve um ano na Comarca de Balide, em Díli, sofrendo

torturas e privações, até ser libertado por decisão judicial; passou a trabalhar para os Serviços Provinciais de Cultura, o que lhe permitiu acumular um conhecimento grande sobre as tradições timorenses, até porque nunca deixou de colaborar com a Frente Clandestina.

PADRE BELTERAN DO ROSÁRIO (BAGUIA/TIMOR)
Sacerdote católico indonésio, natural de Larantuka, Flores; colocado em Baguia, Baucau, nos anos 90; praticante aguerrido de diversas escolas de *silat*; perdeu um olho num combate de *tcinde*, tradicional de algumas regiões das Flores, onde os adversários se golpeiam à vez com um longo chicote feito de finos rebentos de bambu; sonha com uma entidade política que aglutine a parte cristã do Arquipélago.

WALLACEA (DÍLI/TIMOR)
Jovem timorense, natural de Kupang, de mãe indonésia e pai timorense, fazendeiro e patriarca de uma das famílias mais importantes em Díli, a quem todos chamam, apenas, O Pai; herdeira, por via materna, da linhagem real de Wehali, em Timor Ocidental, sonha com a reconstituição da grandeza perdida da sua "dinastia": um centro de poder matriarcal para toda a ilha, fundado não numa soberania política mas numa ascendência ritual; procura um príncipe.

QUE-DEUS-TEM (DÍLI/TIMOR)
Veterano da Resistência timorense; natural de Loré, Lospalos; foi recrutado muito jovem para as Falintil, onde se distinguiu rapidamente pela sua coragem; era já um dos comandantes mais experientes na batalha pelo Matebian (1977-78); a montanha sagrada foi a sua morada nas décadas seguintes: foi assessor do comandante-em-chefe, secretário da Direção da Luta e

tradutor-copista do *Manual de Guerrilha Vietnamita*; pensa bem; sonha mal; manteve-se nas Falintil até 1999.

BUPATI GONÇALVES (KUPANG/TIMOR)
Quadro timorense, natural de Ermera; sobrevivente da guerra civil, educado pelos padres, estudou na Indonésia nos anos 80; chegou a administrador do distrito; um colaboracionista com contactos na Rede Clandestina.

DAVID LEVIATÃO (DÍLI/TIMOR)
Biólogo brasileiro, natural de Telavive, de uma numerosa família judaica do Rio de Janeiro com origem na Polónia e nos Balcãs; cumpriu, por seu desejo, o serviço militar em Israel, numa unidade de elite do Tsahal; passou pela experiência *kibbutzin*; após uma primeira experiência como Voluntário das Nações Unidas, ofereceu-se para a missão internacional que organizou a consulta popular em Timor-Leste; apaixonado pelo mergulho de recreio.

GLORIA SUPREMA (DÍLI/TIMOR)
Estudante timorense, natural de Loré; abandonado pela mãe no Matebian, foi criado pela família em Lospalos nos primeiros anos de ocupação indonésia; despertou, ainda adolescente, a curiosidade de Monsenhor, seu protetor e amigo íntimo; faz parte do grupo de rapazes conhecidos na Cúria Diocesana como Jardim Celeste, que circulam e reúnem na Pensão Mundo Perdido, em Díli — no quarto de *Gloria*.

I
JAU

ele é erguido para atravessar
ele é iluminado para atravessar
buscando a antiga pista
buscando o antigo sendeiro
o sendeiro do Liurai
a pista do Liurai
vem, não passes apenas
vem, não sigas apenas

in *Wehali — The Female Land*
Tom Therik

I
MATARUFA

Às 9 horas da manhã de sábado, 4 de setembro de 1999, no Hotel Ma'hkota, em Díli, Ian Martin, chefe da missão internacional, anunciou os resultados da consulta popular em Timor-Leste: 21,5 por cento tinham votado a favor da autonomia, 78,5 por cento votaram contra.

O anúncio foi feito em simultâneo com a sede das Nações Unidas em Nova Iorque. O resultado era inequívoco, pois "a Comissão pôde concluir que a consulta popular foi isenta, do ponto de vista processual e conforme com os Acordos de Nova Iorque, constituindo, consequentemente, um reflexo exato da vontade do povo de Timor-Leste", sem distorções ou constrangimentos de outra ordem.

No meio de um regozijo indescritível, reparei num homem que acenava à porta do salão do Ma'hkota. Fazia-me sinal para ir ter com ele. Cumprimentou-me com delicadeza. Foi formal em demasia para a ocasião e não aludiu à notícia que naquele momento circum-navegava o mundo. Informou apenas
   Trago uma encomenda,
pôs-me nas mãos uma caixa de cartão, endereçada à
      "Presidência da República
         Timor-Dilly"
Talvez queira abrir,
e, olhando por cima do ombro, entreabriu o cartão pelas asas. Da caixa escapou um hálito a ferida podre. Continuo a

sentir esse cheiro, ficou colado a mim, a nós, não devia ser mas é o cheiro de um país nascente, Lorosa'e, o cheiro de Ian Martin garantindo ali ao lado, a nós e ao mundo,

"Não existem dúvidas de que a esmagadora maioria do povo desta terra agitada deseja separar-se da República da Indonésia."

O homem da caixa informou, sem emoção,

Não fomos nós,

acendeu um *kretek*,

Foi do vosso lado, nas vossas áreas. Aceitamos a tradição, como aceitamos o resultado: mais um loroçá dos *aswain Timor oan*. Mas é uma pena que lhe tenham feito isto, logo agora.

O homem vestia uma camisa tradicional javanesa de pura seda, elegante na extravagância: em fundo malva e creme, repetia-se um estampado com pequenos veleiros. Notei que as velas tinham cruzes templárias. Eram iguais aos paramentos de Nuno Álvares Pereira nos meus livros de Soibada. Pareciam bastante as naus quinhentistas que chegaram ao Índico com portugueses a bordo. Nos ombros direitos do homem, a armada lusitana navegava em ordem num mar brilhante de seda. Estranho efeito para estranha ocasião. Pensei: o requinte cínico e silencioso dos javaneses.

Do cartão saiu uma larva. O capitão da armada de seda pareceu enojar-se no meu nojo. Puxou uma passa mais sôfrega do *kretek* e atirou o cigarro ao chão, sem o apagar. Foi a olhar para o pequeno ponto extinguindo-se em cinza a nossos pés que o homem repetiu,

Logo agora, que ele tinha ressuscitado de propósito,

com o que fez uma vénia e saiu do Ma'hkota com os seus galeões de seda, deixando-me nas mãos a independência, tal como ela nos foi entregue pela Indonésia. Uma pirisca com odor a cravo e a morte.

Na caixa, jazia a cabeça de um homem.

2
DALBOEKERK

Dos picos mais altos do casal Matebian — Homem e Mulher — avistam-se, em dia escampo, centenas, milhares de rochas de talhe vertical e austero. São antropomorfias esculpidas pelos elementos, sem função definida. Legião, êxodo, procissão, necrópole? Os penedos, de grande envergadura em relação ao porte de um homem, escapam à perceção de quem estiver junto deles, embuçados no gigantismo. Apenas à distância ganham a expressão completa de um coletivo simbólico, quando olhadas das cumeadas onde chove pouco porque, na verdade, nelas sempre habita a chuva.

Tais formações parecem aludir a trânsitos criados e interrompidos por um cataclismo. Seguem díspares direções e nenhuma em particular, petrificadas em desassossego. São linhas e conjuntos riscando prados e escarpas, em gumes ora em talvegues. A sua silhueta ganha dramatismo na sagração da alvorada e do crepúsculo e na embriaguez glauca do nevoeiro. Estas pedras, cada uma recolhida nos ombros da seguinte, aparentam aqui querer subir a custo, mas já ao lado parecem iminentes a descer em tropel. Isto assim opera, ao observador atento, não consoante a topografia em que a natureza espalhou tais rochas, mas conforme a orientação uniforme da sua parte superior. Pois que a erosão, com vagar mineral, vergou a estatura de cada megálito numa expressão taciturna, ou cansada, ou submissa, ou outra forma de desalento que lhes pesa na nuca, para um mesmo lado, tal as árvores se inclinam em obediência ao vento.

De outros patamares e perspetivas, a ossatura dos pedregulhos cria uma ilusão de vértebras e de escamas dorsais. É a indiscrição paleogeológica de que ali mesmo, no fim do arco das ilhas das Pequenas Sondas, em varanda que deita sobre o mundo oceânico, pode repousar uma colossal besta pliocénica. Talvez estas formações sejam mesmo um resquício da natureza primordial do Matebian, criatura adormecida no seu próprio fóssil, invisível porque é do tamanho da ilha. O Matebian, porta entreaberta para os aposentos de *Marômak*, O Iluminado, é cimo de céu mas, em eras recuadas, já foi fundo de mar, nas idades em que terras e bichos estavam ainda por nascer, recolhidos no útero aquático da Terra. Disso atestam a presença de conchas em altitudes superiores a 2000! metros e a composição coralínea dos seus cumes. Quem sabe, aliás, se é a grande montanha que sustenta à tona dos mares toda esta cordilheira de Timor, única ilha do grupo que não tem origem vulcânica? No Matebian ressoam eternidades que são denunciadas, aos poucos que se desafiam nas vertentes mais altas, por ventos que nunca descem ao nível do mar e pela ressonância ocasional dos sismos no coração fundido da Terra.

Matebian significa "Monte das Almas" em língua macassai, o povo homónimo que habita a faixa transversal entre os dois mares — Homem e Mulher — da ilha, a levante dos cabeços do Mundo Perdido (que dominam as fragas e os aluviões de Viqueque) e a poente do planalto de Lospalos. O Matebian constitui uma zona de transição do povo de língua macassai com os povos de língua naueti e macalere, fixados nos anfiteatros que o maciço estende para o Mar-Homem, chamado de Timor. Estes e outros povos timorenses, conforme concluí de muitos relatos que ouvi por lá, adotaram e veneram Matebian como a etimologia do seu culto comum aos avós mais antigos. Matebian quer dizer também "almas dos antepassados". Mais que isso, portanto, Matebian designa a morada comum de onde saem e para onde seguem as linhas da vida que, num colar de mil palavras, unem os timorenses em famílias, as famílias em clãs e os clãs em nações. Estes fios narrativos, enrolados em lendas e tabus, possuem tantos anéis como o pescoço cortado de uma árvore centenária. Começam num avô de bisavós e estão à guarda dos *lia-nain*, "senhores da palavra", cuja profissão ritual é a sua própria memória prodigiosa, tão espaçosa que nela descansa a memória vital do grupo. Dito de outro modo ainda, os antepassados são o seu próprio local e por isso esta montanha, não sendo a mais alta de Timor, é a mais nobre. Matebian, montanha do início e do fim, coincide com o momento e o ponto onde o verbo recria, por lembrança, o génesis do mundo timorense.

Ganhei boa convivência com as pedras hominídeas do Matebian. Aprendi a apreciar a sua constância, se não a sua lealdade. Receberam-me com assiduidade infalível. Por vezes a chorar de chuva, outras a estalar de calor. Em certos anos mais húmidos, apareciam festivas, enfeitadas de musgos e ervas. Noutros anos, de maior estio, mostravam um sarampo de líquenes amarelos. Estiveram no mesmo sítio, a qualquer hora a que eu as procurasse, ao longo de três décadas. Não custaria acreditar que esperam por mim desde há séculos e continuarão a esperar depois de eu passar por elas a última vez. Elas, e eu, não sabemos quando será essa última vez.

Conheço algumas pedras pelo nome, pois eu as nomeei. Chamar a uma pedra é mais seguro do que nomear um filho e é mais honroso do que nomear uma flor ou um animal. Eu, quando era criança, sonhava dar o meu nome a uma nova espécie de eucalipto, de orquídea ou de borboleta. Mas a minha vida não levou esse rumo. Levou outros, e díspares, que se intercetaram em Timor.

Às pedras, cristianizei-as, passe o anglicismo. Sei quem são por nome próprio. É fácil para mim recordar gente que desapareceu à minha frente nesta terra timorense ao longo de vinte e quatro anos. É que, durante esse tempo, fui nomeando pedras com os nomes dos que desapareciam. É o meu arquivo privado. Um registo civil, se quiserem, com assentos de nascimento que correspondem a certidões de óbito — ou o contrário. Neste meu livro de assentos, para cada emboscada, para cada bombardeamento, para cada massacre, para cada tortura há uma pedra no silêncio do Matebian. Há nomes de aliados e de inimigos. De civis e de militares. De regulares, de milicianos, de guerrilheiros. De indonésios e de timorenses.

Há, ou havia, em Haekoni, na encosta do Matebian-Homem, um velho a quem permitimos, depois de 1978, que continuasse deambulando lá em cima. Certa vez, Nicodemos encontrou-me, como em anos anteriores, junto a um pequeno lago acima de Rufaguia. Existe aí um pequeno prado de megálitos, bastante airoso. Duas rochas parecem desafiar-se, viradas e inclinadas uma para a outra, distantes de poucos metros, como fazem os *cowboys* em duelo nos filmes. Não longe dali, em novembro de 1978, na batalha final, um soldado nosso e um soldado das Falintil foram despojados de camuflagem: levantou de repente a névoa cerrada que os escondia um do outro, ambos ignorando presença inimiga tão perto. Os dois soldados, espantados, dispararam ao mesmo tempo. Ambos acertaram no alvo. Morreram no mesmo instante. No meu Matebian, as pedras-*cowboy* acima de Rufaguia têm os nomes desses dois infelizes. Visitei-as várias vezes para refletir sobre o nosso longo duelo. Nicodemos surpreendeu-me num desses momentos. Ganhou coragem para perguntar se

Vocês, indonésios, vão também ocupar os nossos antepassados, *Pak*?

Eu nunca tinha lido sobre essa possibilidade em nenhum manual de guerra, nem em nenhuma modalidade de *Integrasi*. Sentei-me junto do velho. Falando-lhe baixo ao ouvido, respondi-lhe que

Não, avô. Só os que forem nossos descendentes,

ideia que, decerto, atormentou o ancião por várias chuvas. Nomear megálitos no Matebian é mais fácil do que explicar a presença desta população de pedra no "Monte das Almas". Parece um grupo na azáfama do seu próprio silêncio, emparedado entre origem e destino. Muitas destas rochas, mais singelas e fustigadas, são tão humanas que, salvo diferença de escala, recordam os *ai-toos* de madeira, colocados como marca de sepulturas, *ete-uru ha'a* na língua dos fatalucos do leste. Os *ete-uru ha'a*, da altura de uma criança, eram enterrados no chão e suportados por pedras na base. Encontram-se ainda alguns pelos caminhos da montanha, ou nas matas do leste, descascados numa expressão atordoada e emaciados pelas monções. Têm franjas de fraturas, lanhos e rugas, à laia da autêntica pele humana onde as intempéries da vida curtem um cabedal de velhice. São assim os ocupantes permanentes do Matebian: mulheres e homens, guerreiros e pastores, crianças e velhos, escravos e reis, todos suavizados e submetidos, até quase não terem nome nem tamanho. Por fim, desfazem-se nas frágeis orações de areia desfiadas por quem deles descende. Quietos, vivos-de-pedra, guardados pelos seus cavalos, que pastam sozinhos dentro das nuvens, aguardam um quem ou um onde, lembrados e temidos pelos timorenses — que outro socorro não pode valer-lhes que não o da mitologia.

Se o mito contar a verdade do lugar, o Matebian-Homem e o Matebian-Mulher guardam, lá no alto, a descendência integral dos avós de Timor. Ou, o que é perigosamente mais vasto, guarda a ascendência de todos os filhos da ilha. A lenda é omissa sobre o motivo que levou O Iluminado a transformar cada um destes seres na sua própria montanha-lápide: por olharem demasiado tempo o passado? Ou por não conseguirem pôr-se de acordo sobre o futuro?

3
MATARUFA

Tirando os passeios saloios nos arredores de Díli, para colher amêndoas-da-índia ou contar baleias no Estreito de Ombai — mesmo quando não é outubro e não são baleias certamente —, as excursões aos distritos continuam a ser mais ou menos as que se faziam há cinquenta anos, quando Ruy Cinatti primeiro por cá andou, depois da ocupação japonesa, e saltava por aí a catalogar champós e murungus sempre que o governador o licenciava.

Um dia chega para visitar Tíbar, Liquiçá e Maubara, à cota baixa, ou para trepar a Gleno e Ermera, que é uma volta acessível que os estrangeiros sempre apreciam, fascina-os o silêncio vegetal das plantações. Na direção oposta, com oito dias faz-se Díli, Baucau, Ossú, Venilale, Afaloicai, Baguia, Uatocarbau, Viqueque, Ossú, Mundo Perdido, Metinaro, Díli. Em duas semanas é possível estender um "oito" pela Ponta Leste, com Díli, Lautém, Lospalos, Muapitine, Tutuala, Lospalos, Loré, Baucau, Díli.

Quis saber de Alor quanto tempo tinha ele para a sua viagem de exploração, e ele, admirado,

Acredita mesmo que sabe quanto tempo tem?

pelo que senti ter liberdade para pôr as cartas na mesa, digamos, diante de um grande mapa de *Tim-Tim* que havia no Comando da Polícia, pois foi lá que Alor combinou o encontro comigo. Dei-lhe a minha opinião em poucas palavras, as possíveis, Se quer *Barat* vamos para oeste, se quer *Timur* vamos para leste — e se quiser atolar-se em lama e ribeiras, nesta época de

chuvas, vamos para sul. Ele ouviu, compreendeu a redundância e decidiu, em excitação,
Timurtimurtimur!
Pedi a Alor um segundo encontro de trabalho, com outros mapas e em melhor companhia. No Comando da Polícia de Díli não havia nada de bom, nem sequer um mapa, que aquele primeiro que mostrei a Alor foi uma carta de aproximação militar à ilha. Tem instruções sobre baixios e correntes e bancos de coral e mangais e profundidades na linha de costa, algumas indicações de navegação aérea, altitudes. Deve ser um bom mapa para delinear um desembarque mas é nulo para orientação no interior do território, falta-lhe a maior parte das estradas, construídas aliás pelos indonésios, e muitas localidades nem sequer constam.

Encontrámo-nos depois num restaurante em Bidau, de uma pessoa de confiança. Alor falou com paixão dos estudos de arquitetura e de como, concluída a universidade, tencionava especializar-se no aproveitamento de técnicas de construção tradicionais no desenho de estruturas modernas. A viagem de estudo a *Tim-Tim* tinha sido sugerida por um dos seus orientadores. E ali estávamos, planeando uma expedição ao interior, em busca da casa timorense.

Eu tracei um plano de trabalho possível para o estudo de Alor: a casa fataluco do planalto de Lospalos, com uma derivação pelo maciço do Matebian, zona de interceção dos territórios fataluco e macassai e, decerto, interessante, por tão inacessível, para o contacto com materiais e modelos mais autênticos do que em partes do território mais tocadas pelo progresso da província. Alor ouviu e apenas colocou uma pergunta no final,
É verdade que esteve um ano na prisão por pertencer à guerrilha?
O meu conhecimento bastante extenso do interior do país pode beneficiar o seu projeto e evitar que caia em muitas

armadilhas, foi o que eu lhe disse nessa ocasião e ele não insistiu na indiscrição. Continuei: Primeira armadilha, *a* casa tradicional timorense não existe, *ponto*. Existem diferentes tipos de morança entre os vários povos timorenses. Sugeri até que a primeira questão que Alor devia desenrolar no estirador não era teórica mas política. A saber, qual a "raça" da casa tradicional que iriam construir para o líder? A escolha da esguia casa *dagadá* do planalto de Lospalos e do maciço do Matebian, *ex-libris* de *Tim-Tim* desde a época colonial portuguesa, poderia ser, e era, uma escolha óbvia do ponto de vista estético. No entanto, seria polémica. Os povos da parte ocidental de *Tim-Tim*, os calades, como lhes chamavam no tempo português, ressentiriam uma casa-símbolo de inspiração fataluco ou macassai, timorenses firacos ou *lorosa'e*. O problema seria o mesmo se, inversamente, a casa-modelo fosse a casa de Maubisse, de Bobonaro, do Suai, ou do enclave de Oécussi, todas de tipologia diferente para povos diferentes, ou, em geral, de qualquer distrito ocidental, *loromonu*.

Não estava sequer a entrar pelo debate necessário de como, no final do milénio, uma nova casa "tradicional" poderia integrar as influências inevitáveis da arquitetura europeia, por questões de custo, conforto e conceito. Nesse capítulo, o arquiteto deveria escolher ainda entre outra encruzilhada, a das influências da Europa portuguesa e as da Europa holandesa, que, por sua vez, iriam levantar a jusante questões relevantes, quando o círculo se fechasse ao tornar evidentes as sobrevivências subterrâneas e longínquas que ligam a casa *dagadá*, por exemplo, a modelos que se encontram em Samatra, nas ilhas Fiji ou na Indochina, e que dificilmente o público timorense veria como "tradicional" do país. Alor compreendeu

O que está a dizer-me sem conseguir dizer é que *Tim-Tim* é um arquipélago em doca seca e que a inveja social começa nos símbolos

O que eu estou a dizer-lhe sem conseguir dizer é que não vale a pena dar-se ao trabalho de construir uma casa tradicional que seja queimada por um "tradicional" incêndio no dia da inauguração.

4
MATARUFA

Cruzes,

disse Alor à passagem de Samalari, na estrada que sobe de Laga, quando a cabeça bateu outra vez na janela onde ele encostara o sono. A cabina metálica mantinha a algidez e o odor oleoso, éramos três homens sem banho, no caso de Sixto há semanas ou meses. Alor deu-se colo em seu peito, encolhendo a cabeça nos ombros e as mãos nos sovacos. As cumeadas eram ainda de noite, vazias de vegetação, de animais e de pastos. Pela nossa esquerda, contra o alvor lilás,

Cruzes e mais cruzes, uma, duas, três, quatro...,

passavam, nítidas, as silhuetas de telhados e campas,

Vocês têm mais cruzes que árvores,

reparou Alor,

Qualquer dia não vão ter madeira para assinalar os mortos,

ao que o nosso condutor explicou, sem descurar o volante,

É a tragédia do nosso povo, *Pak* Alor,

mas o moço já não escutava a gramática imperfeita do velho Sixto,

Timor sofre muito da *irisão*, parece,

e, tombando outra vez na janela, balbuciava aquela contagem nos quilómetros de Baguia, com a boca aberta, de onde correu um fio pavoroso de baba, que achei de agoiro,

Vinte, trinta, cinquenta... cem... duzentos... trezentos... mil...

5
Matarufa

Na igreja de Baguia estava um cão ao dependuro — morto. Um baraço tolhia o cachorro pelas patas, com a outra ponta atada ao barrote do sino. O canicídio sucedera pouco antes de chegarmos à vila. Uns minutos mais cedo e teríamos sido convidados a colaborar na honra, talvez até a dar a primeira paulada. Vi homens no terreiro passeando marretas ainda oleadas no bicho, muito excitados, com a atenção posta na roda de mulheres que improvisavam os tebedais, umas danças nossas mui graciosas.

A cal da fachada escorria uma demão de sangue, escura, a partir de um astro aspergido com miolos e pelo. Era o sítio onde o pêndulo do cão morto embatia na parede, de cada vez que um dos miúdos no telhado da igreja, em guinchos e algazarra festejada pelos homens em baixo, fustigava o baraço para ver o cadáver tremer, e ganhar a vida que lhe tinham tirado, chamando o coitado pela sua condição anónima:

Asu! Asu! Acorda, *asu!*

O cão não acordou. Do seu torpor corria apenas uma saliva vermelha, do focinho até ao chão, formando uma pequena lama luzidia. Alor não pareceu incomodado com nenhum destes costumes. Foi com naturalidade que perguntou

O que é aquilo?

e com a mesma naturalidade o elucidou Sixto, com afetação de cátedra,

É um campanário, senhor

Eu sei... Digo, porque mataram o cão?
Não mataram. São estilos, senhor
Estilos?
É a tradição, senhor
Timorense ou católica?
e a isto já não conseguia responder a ciência de Sixto, que repetiu
São estilos, senhor
olhando para o cão com enlevo.
É uma pergunta legítima,
disse o padre Rosário, que surgira a nosso lado embrulhado na sua figura particular: um rosto quadrado, quase severo, com duas cicatrizes, dominado pela pala que vedava o olho direito, pescoço alto em costas grandes e mãos largas, calejadas, o que não é comum entre clérigos. Cabelo espesso, prateado. Rosário falava com um sotaque hispânico sibilino, adquirido em anos de estudos teológicos nas Filipinas, um sotaque que interessou Alor. A mim, o padre deu-me um abraço. A Sixto, estendeu o beija-mão. A Alor, saudou-o com bênção, levantando a mão direita à altura da cara. Reparei Alor ter reparado numa nódoa de sangue no punho da camisa de Rosário.

O senhor padre é de Timor?
Quase, meu filho, quase. Sou das Flores. Nasci em Sica e tenho raízes em Larantuca. Mas quis Deus que eu praticasse a Sua palavra por outras bandas do arquipélago
Nos passos de São Francisco Xavier, então.
Os passos da iluminação não são fáccis de trilhar, meu filho, nem a santidade é fácil de imitar
O que diria São Francisco Xavier daquilo?
Do cão? Outra boa pergunta. Xavier não era de Assis
notou o padre com malícia,

e talvez não pensasse tanto na alma dos bichos como em ganhar a dos homens. Sempre podemos dizer que os cães são criaturas de Deus, como as outras — mas Seus filhos, só nós

Parece-me bastante... pagão

E é, meu filho. Pagão católico. Mas eu não consigo teologiar em jejum, valha-nos *Marômak!* — o santo nome de Deus em língua tétum. Já mandei ferver o café em casa do Xímenes, que tem a melhor varanda de Baguia.

Sixto desaparecera na direção contrária, para o mercado. Não queria fazer-se à montanha sem uma catana nova. O padre Rosário abriu os braços, empurrando-nos como se guiasse cabras, e seguimos em rebanho de dois, eu e Alor, até ao cimo da rua, onde morava Xímenes, o chefe da vila. Havia uma imagem de Jesus Cristo pendurada na parede. Alor, sentado no banco corrido que acompanhava todo o comprimento da varanda, ficou diante do Cristo.

Os timorenses não são todos católicos?

São... fervorosos animistas batizados,

explicou o padre, catando migalhas de bolacha na camisa preta,

O cão morreu nos estilos que pedem a *Marômak* uma boa colheita

Matar um cão daquela maneira é um ato... selvagem. Não encontro adjetivo mais suave,

Não deixa de ser, meu filho, mas isso é para si, e até para mim (admito, se não contar aqui ao chefe Xímenes). Não é esse, todavia, o magistério da Igreja. O que se pensa é ver como é que se pode integrar um certo número de coisas a que os timorenses estão habituados. Um tipo de expressão, de linguagem, de rituais. Vemos como se pode encontrar um paralelismo ou integração de valores para que as pessoas possam exprimir, de uma forma entendível para elas, a realidade mistérica do cristianismo

Ou seja, padre Rosário, a Igreja não rejeita os cultos primitivos do povo. Leva o Deus cristão à pia batismal e chama-lhe o nome de *Marômak*...

E ao Cristo que você tem diante de si passa a chamar *Marômak Oan*, "Filho de Deus", "O Iluminado",

... E adota como seus os rituais animistas. É por isso que eles são católicos, então.

Não,

corrigiu o padre, experimentando um biscoito com creme, É por isso que *nós* somos.

Vi pela cara de Alor que ele ficou mais chocado com a doutrina do que com as pauladas. Já que o rapaz estava em viagem de estudo, ajuntei à discussão o exemplo que conhecia de Maubisse, onde alguns velhotes, "outrora detentores do sagrado pagão", como me dizia o bispo, tentam exprimir a realidade cristã através do paganismo a que estão habituados. Há danças, linguagem e rituais que os anciãos nunca faziam sem mais nem menos, apenas em circunstâncias especiais. Hoje, usam-nas na receção ao Santíssimo Sacramento ou à estátua de Nossa Senhora,

Ou ao bispo!,

acrescentou o padre Rosário, continuando a catar migalhas e pedindo mais café ao dono da casa,

Interrogo-me até que ponto a nível mental interno se dá a transformação. O desafio está aí. A leitura que eu faço é que este tipo de manifestação, para eles, deve ser muito mais profundo que um Pai-Nosso

Desculpe, padre, mas ali em baixo rezaram, digamos, à cacetada.

Eu acho que o Pai-Nosso deles é esse. Os rituais que conhecem devem ser liturgicamente muito mais profundos do que algo que eles não compreendem — porque não receberam formação

para isso. Evidentemente, falando do Santíssimo Sacramento, na minha linguagem teológica "aquilo" é a presença de Deus sacramentado. Bom: aí, não sei se esses velhos de Maubisse entenderão, porque, para eles, Deus é o pedaço de pedra que estavam habituados a adorar, a raiz ou a fonte de água, ou a jiboia, *et cetera*. Não sei até que ponto existe esta mudança mental,
 uma explicação do papel da Igreja que Alor entendeu cabalmente, pois que resumiu
  Em Timor falta, então, evangelizar os convertidos?
  Ora aí está! Evangelizar os batizados! Povo já temos, temente. Falta doutrinar a sua espiritualidade,
 concluiu o padre Rosário, ao que Alor, virando-se no banco para olhar para a vila em baixo, perguntou ainda
  Mas é preciso matar o cão?
  Nada se obtém sem verter sangue. Para isso servem os estilos. Pelo sangue, o vigor animal permuta-se em fertilidade telúrica. Sangue de quê, põe-se a questão? De galo não pode ser. O galo voa. Fugiria para longe, o campo à mercê dos pássaros. De porco? O porco faz buracos com o focinho, é essa a sua existência. Ia escalavrar a terra. Não serve. Temos pois o cão. O cão é bom, é obediente, é valente, é constante. Não estraga nem deixa que estraguem,
 ao que Xímenes, plácido, converteu na fórmula
  O cão é fiel, mata-se o fiel.
  Dessaciado de bolos, café e doutrina, Rosário arrotou e recostou-se no cadeirão, virado ao vale, de mãos postas no colo, com uma tremura de sono nas pálpebras. Alor sugeriu ao padre que fosse tratar da ferida no punho. Podia infetar.
  O quê, meu filho, isto? Não é meu! É sangue de cão. E de cão bento! A primeira paulada é sempre minha, que *Marômak* me perdoe!

6
Belteran

Matarufa, timorense com funções oficiais na área da Cultura, saiu para falar com um "familiar", ou seja, foi demandar alguém da rede clandestina. Era assim, muitas vezes, entre ocupado e ocupante. Não havia segredos, apenas o seu teatro, com uma peça chamada "Resistência", a que todos assistiam — sentados no pequeno palco que é Timor, pois uma ilha é sempre pouco maior que Baguia.

Eu e Alor continuámos na varanda do chefe Xímenes, na segunda melhor tarefa depois de adorar a Deus, que é o santo ofício da contemplação. A paz do Senhor foi rasgada por Sixto, que apareceu a suar, com a catana nova,

Senhor, tem problema na igreja,

onde já se aglomerava gente, atraída pelo alvoroço. Fomos. A comoção afinal formava-se não na igreja, que estava fechada, mas diante do campanário, em torno de uma figura humana agonizando no chão. O infeliz, esgazeado e roxo, produzia espasmos, cada vez mais espaçados, como um peixe fora de água molhando as guelras em ar. Entre convulsões, tremiam-lhe as pernas, mas sempre muito hirtas, inteiriças, como as de gado morto. Não parecia um epilético, e de facto não era,

Caiu de cima, Senhor,

informou Sixto com irrepreensível exatidão,

queria roubar o cão.

O triste ladrão morria novo. Poderia ter quinze anos, não sei dizer ao certo neste país onde as crianças não comem o que de-

vem nem crescem o que podem. Não era um natural da vila. Tinha vindo das bandas de Uatolari, trazido pelo Saldanha há uns anos, depois de um "trabalho" com os Kopassus numa aldeia "subversiva". O próprio Saldanha, que mantinha o miúdo numa barraca junto de sua casa e das cabras, anunciara a quem o quis ouvir que
O puto é troféu de guerra. Não foi preciso matá-lo — ainda.
Estava o povo suspenso do passamento do rapaz quando o Saldanha apareceu de motorizada no largo e, sem se apear, investiu com a mota pela multidão, que se afastou como pôde para lhe dar passagem. O Saldanha completou uma, duas, três voltas à criança com a motorizada, em compasso. Parou, tirou os óculos escuros e procurou em redor, até ver o que queria: chegou-se a um velho e tirou-lhe o cajado. O rapaz, que parecia caído com a cabeça torcida para as costas, numa posição anormal, ainda deu um esgar para Saldanha. Os olhos do miúdo enchiam-se de ausência. Por momentos, pareceu que uma chama de vida quis contrariar o fim. Tentou dizer alguma coisa mas saiu apenas um som de bezerro engasgado. O Saldanha, sem pestanejar, acredite nisto, sem pestanejar!, chegou-se ao moço e acertou-lhe duas pauladas na espinha, nas partes da nuca. O segundo golpe fez um som de galho partido. Pararam os espasmos. Uma mulher desmaiou. Um polícia indonésio da guarnição da vila, que chegara entretanto ao alvoroço, quis saber
O que se passa aqui, *Pak* Saldanha?!
Nada. Um ladrão caiu de fome,
respondeu-lhe Saldanha. Excetuando o desmaio, nenhum dos presentes mexeu uma palha. Saldanha montou, fez um cavalinho com a motorizada e travou logo, junto do velho, devolvendo-lhe o cajado,
Obrigado, ele estava a sofrer,
e desapareceu aos uivos, fazendo rabiar o pneu traseiro da moto.

O chefe Xímenes contou-me que Saldanha, chamado mais tarde à guarnição de Baguia para responder pelo crime, defendeu a agressão negando-a. Expôs três argumentos,

Abreviei o sofrimento do rapaz, e ele, de qualquer maneira, não ia salvar-se nem teria assistência,

Eu poupei-lhe a vida uma vez, salvei-o a uma operação de limpeza total numa povoação que escondia terroristas, e por isso a vida do ladrão pertencia-me — e valia menos do que eu gastei a criá-lo,

O rapaz tinha responsabilidade na repressão colonialista da revolta de Viqueque, porque esteve do lado dos portugueses quando vieram matar o meu avô em Uatolari,

disse Saldanha, convocando para ali a rebelião liderada por uma dezena de refugiados indonésios de Sulawesi em... 1959.

Foi este último argumento que colheu junto das autoridades, disse-me Xímenes. Após uma consulta do *bupati* aos "líderes comunitários" de Uatolari e de Baguia, a "investigação" ao caso do ladrão de cães mortos — foi esse o ângulo que deram à história — foi encerrada. Saldanha recebeu um louvor público durante uma visita especial de oficiais das ABRI, que estavam em *Tim-Tim* para contactos no território. O cão tinhoso foi elogiado em Baguia, diante de uma população açaimada, como "herói da luta anti-imperialista e anticolonialista".

O Saldanha é aquele tipo de homem que pensa com os dentes e cuja ocupação natural é morder. Quando não pode ferrar, rosna — e não descansa até atacar de novo. É uma raça de gente, ou de cão, que vem enrolar-se debaixo da mesa, ganindo comida para melhor nos cobiçar as canelas. O que sempre ouvi dizer na vila é que esse filho-sem-mãe (o Santíssimo me perdoe sujar a minha boca clériga) começou cedo a trabalhar com os militares indonésios, talvez desde a adolescência. Por junto, isto dará uns dez ou mesmo quinze anos de, digamos, colaboracionismo ativo, como se diz agora em linguagem *Zeitgeist*. Saldanha é moço que anda pelos trinta-e-poucos. Fez-se homem e animal completo na gamela das ABRI, com uma folha de serviços para os Kopassus, dizem, em Lospalos. Ele nasceu para esses lados de Luro. Em Baguia não foi muita a admiração, em final de janeiro do presente, quando ele reapareceu na vila como comandante de uma milícia de que nunca ninguém tinha ouvido falar, a *Tim Binthuka*. Isso foi, deixe ver, depois de uma ausência de algumas semanas em Díli — anunciou o Saldanha e acreditemos nós, pois a víbora poderá nem ter passado de Laga — e não muito antes de o Matarufa aparecer em Baguia com o Alor e o Sixto.

Entretanto, apareceu montado numa motorizada nova. A motorizada era dele, porque só ele a usava, mas alguém lha dera, porque o Saldanha, a não ser numa caldeira do inferno, não tinha onde cair morto — embora (benzo-me duas vezes!) eu pudesse sugerir vários sítios bons onde o fazer tombar. Talvez a motorizada nova tenha vindo das mesmas mãos que lhe deram depois as armas, as instruções e o aval para fazer o que fez. Além da motorizada, Saldanha ganhou um uniforme preto, em peça completa, como um fato de mecânico. Lembrava um galo aperaltado para o terreiro. Cheio de porte, gola subida, bota cardada e arreios que chegavam para embrulhar um cavalo. O espavento maior era o bivaque, com um penacho colorido, a fingir pena de águia jaua, e o escudo da República Indonésia, com a garuda segurando nas garras o lema nacional: *Bhinnêka tunggal ika*.

O Saldanha era daqueles timorenses que são, ou eram, mais indonésios do que eu, se me faço entender. Um dia, ainda no final de 1998, mandou um dos da matilha dele à nossa *guereja*, para profanar a eucaristia fazendo-se à comunhão. Eu recusei-lhe a hóstia, à frente da congregação. O rapazola, sem ensaio, cuspiu no cálix e rosnou-me

Cago-me na Virgem e na merda das tuas hóstias!

e, com o meu rebanho benzendo-se, para que não os salpicasse o Demo, saiu da *guereja* prometendo voltar no domingo seguinte.

Não voltou. Sucedeu que um desconhecido, ou que o destino, ou a Providência, quiçá uma ovelha da nossa humilde congregação, considerou, segundo a melhor doutrina dos cardeais em Roma, que o sacrilégio pede castigo na Terra, sem prejuízo da justiça divina quando ela vier — porque já não devemos cá estar nesse dia de excélsia ofuscação e porque ninguém deve deitar-se no último sono com trabalhos inacabados, mormente as taliações de honra e de fé, segundo o Velho Testamento. Alguém teve um assomo de fé digno de uma cruzada na Terra Santa, reagindo com a mesma indignação e abençoada intolerância à profanação do *corpus christi* por um ímpio. Sucedeu que não tínhamos chegado a terça-feira e já o cão sacrílego aparecia retalhado numa fraga de Mau Kei, aqui acima — encontrado pelos bichos, que correram à vila com os focinhos em vinha-d'alho no sangue do desgraçado. Ainda nesse dia, o Saldanha entrou em cóleras pela *guereja,* à hora a que eu ia rezar o terço, chegando-se para mim aos gritos,

Zarolho do caralho!,

ao que eu, sentado-me no chão da abside assim que o vi arrancar pela coxia, lhe lembrei que estava na casa do Senhor,

O teu senhor que se foda!,

e que teria de lhe pedir para sair da *guereja* se ele insistisse naquela linguagem profana,

Eu falo como me apetece! Mataram um dos meus homens e tu deves saber alguma coisa,

ao que eu, sempre no chão e de costas para ele, corrigi, falando o que sabia, e só sabia o que se dizia. O homem dele, dizia-se, tinha morrido de anemia, na sequência de profusa hemorragia e ferimentos em órgãos vitais. O golpe, dizia-se, podia ter sido provocado por uma queda acidental do companheiro de Saldanha quando, num passeio bucólico pelas fragas de Mau Kei, tropeçou e foi enfiar o ventre numa lâmina que, para seu azar, alguém perdera por ali. Sobre a nefasta arma branca, havia menos consenso. Podia ser um *golok* balinês, com a lâmina em onda sinistra e elegante, ou um *tadji*, mais fino, propício para golpes desferidos bem fundo no abdómen e rematados por um movimento a duas mãos que rasga as entranhas do inimigo. Ou poderia tratar-se, para o mesmo efeito, de um *pisau* do sul de Bali, tão pequeno de lâmina e punho, tão versátil de manejar e virar e trocar de mão para ludibriar o adversário. Não é de excluir tão-pouco, dada a eficácia letal do golpe fortuito em Mau Kei, que tenha sido feito por um *raut* típico dos guerreiros batak, um punhal com a silhueta de pistola, que o manejador faz primeiro entrar fundo na carne do inimigo por um golpe ascendente ou descendente e, logo de seguida, crava ainda mais dentro, aliviando a força da mão no punho do *pisau* ao mesmo tempo que o empurra com um gesto singelo de palma aberta, após o que quaisquer outros golpes são supérfluos. E há quem não exclua em Baguia que o acidente possa ter tido origem noutras armas pequenas e eficazes das que abundam, por exemplo, na inesgotável Samatra, estava a lembrar-me do *karambit*, ou "dente-de-tigre", com lâmina curva numa citação bélica e artística da *jambia* árabe, que penetra as tripas de um homem e as tira para fora como uma meia-lua a bailar em círculo. Nem sequer perdemos tempo a imaginar a maldade e a má-sorte de alguém, em passeio pelas moitas de Mau Kei, ter caído em cima de uma foice de Menangkabau, do tipo do *padang sabit* ou do *kampar sabit*, com a lâmina em ângulo reto e do mesmo tamanho do punho. É obrigatório não excluir a hipótese mais prosaica, a de que o homem de Saldanha morreu, enfim, no encontro de seus maus fígados com um clássico *kris*, o punhal de lâmina ondulante e pontiaguda tão caro à mitologia jaua. Há quem afirme por aí já ter visto em Baguia um *kris* antigo com um belo trabalho de gravador no punho, em forma chamada de *jawa dêmam*, ou "homem febril", porque o punho recorda a posição de um homem agarrando o ventre, atacado pela febre, ou, ajuntei eu nessa explicação a Saldanha, de um homem na agonia de agarrar as suas vísceras depois de encontrar a lâmina para onde não era chamado, que é o que acontece a quem se mete por azinhagas estranhas sem a companhia do Altíssimo, que tudo vê e de todos tem misericórdia. Saberá certamente *Marômak* como aconteceu o acidente de Mau Kei, ou o crime de Mau Kei, ou a vingança de Mau Kei, ou a justiça de Mau Kei, que por enquanto ninguém trouxe à minha confissão, e — virando-me finalmente para Saldanha — agora convido o irmão meu filho a evacuar-se da *guereja* ou a rezar o terço connosco, talvez pedindo pela alma do seu companheiro perdido, que eu encomendarei diretamente a Deus, de joelhos consigo, rogando-Lhe que o receba rapidamente na Sua companhia, uma vez que carne tão reles não deixo apodrecer no cemitério da nossa paróquia; e, se ainda este convite não for aceite por si, garanto-lhe, Saldanha, que, perdoe-me a congregação e estas santas paredes, este "zarolho do caralho", seu servo na fé, sacudirá do templo, por suas próprias mãos, a merda que aqui não devia ter entrado!

Alor ouviu-me com atenção e decerto usou esse tempo para ponderar as três perguntas que colocou a seguir,

Padre, é permitido aplicar o *silat* dentro da igreja?,

Padre, é permitido, a um homem que não mente, simular para surpreender?,

Padre, um rapaz pode ser culpado de um crime cometido muitos anos antes de ele ter nascido?

Sim-sim-sim, respondi-lhe. A moral é a necessidade, quando a necessidade está do lado da moral. Não é evidente?

E quem decide qual é o lado moralmente necessário?

Eu expliquei que essas coisas não são matéria de decisão. São do foro da revelação, foram deixadas em Testamento... Alor não sorriu quando olhou para mim e, à frente de Matarufa, concluiu,
Padre, o senhor é um guerrilheiro,
e, experimentando o gozo do meu susto, ressalvou,
Um guerrilheiro, quero dizer, um insurreto, um cruzado, um guerreiro, subversivo quando está do lado da necessidade, convencional quando está do lado da moral... A minha incógnita é quem será o seu inimigo.

Eu, antes de embainhar a conversa, também empunhei uma pergunta de filosofia prática: porque não tentara Alor impedir Saldanha de matar o rapaz?

Alor nem olhou para mim. A resposta foi certamente honesta, tão cândida lhe saiu,

É grosseiro perturbar, mor com aquilo que ninguém espera de nós.

7
Belteran

No momento da emboscada em Mau Kei, Alor trazia com ele uma das catanas de Sixto, com a qual abria o seu caminho pelas azinhagas, após a passagem de cada um dos da frente pelos arbustos que pendiam sobre o sendeiro. Podia ter usado a catana contra o Saldanha e a sua erva-toira, não duvido de que saberia fazê-lo, mas evitou a arma branca. Claramente, quis magoar sem derramar sangue. Tenho para mim que foi menos um pudor do que uma técnica apurada. Os javaneses adoram todo o tipo de lâminas — e adoram usá-las nas entranhas dos seus inimigos, enobrecendo a têmpera no número de vítimas —, mas cultivam as técnicas de combate desarmado. Lembro-me de assistir a uma matança de búfalos na aldeia de Tjibeo, entre o povo badui, durante a qual não dei conta que corresse uma única gota de sangue. Os badui, raça intratável que se alimenta, parece, de carne em decomposição, têm um interdito religioso que os impede de sangrar animais. Desenvolveram por isso uma técnica letal de golpes de mão nua, com que chacinam até animais de grande porte.

Não sei se Alor cresceu a matar bois com as mãos. Sei, porque vi, que é versado numa mistura sincrética de diferentes artes guerreiras de Samatra, decerto de Menangkabau e sobretudo do estilo Harimau, e de Java, pois pareceu-me notar o cotovelo mortífero e gracioso do Pajajaran sundanês, cuja mecânica se inspira na observação do tigre. Harimau significa também "tigre". A imagem que tenho do encontro dele com Saldanha é quase a de Alor lutando ao rés-do-chão, tal a profusão com que usou do *depok* e do *sempok*, as posições de cócoras e sentado, que são o melhor certificado das academias onde se instruiu.

Saldanha emboscou-nos numas pedras muito soezes, por onde era obrigatório passar ao escolhermos os contrafortes virados a nascente. Subimos por Baguia Vila, Baha Uku, Waiburugua, Mau Kei, Saelarigata, Tatilari e Rufaguia, primeiro patamar do Matebian-Mulher. Se o tempo obrigasse a estancar, Rufaguia seria primeiro acampamento na excursão de Alor e Matarufa ao Matebian. De lá, sem mim, continuariam o ataque à grande montanha por Adati, Muadugu, Galilai Soba, Sosbikaguia, Haekoni, Vassagata e Letegata, já no sopé do pico Mulher, com o fito de apreciar uma casa tradicional — e pedir abrigo.

Eu decidi oferecer-me apenas o gólgota de Tatilari, com descida imediata à vila na parte da tarde, sozinho. Fazia tempo que não subia à montanha.

A alvorada nasceu da noite embrulhada em chuva, à hora a que já nós atacávamos o primeiro lanço do maciço, deixando para trás um saudoso aroma de café fervido na varanda de Xímenes. A claridade demorou a montar-se no nosso caminho. Manteve-se fraca e não veríamos sol, nem céu, nem horizontes, nem montanhas, nas horas seguintes. A visibilidade era reduzida, uma película embaciada e lúgubre de mares frios. A chuva caía tão espessa que engolia o vulto de um homem a escassos três metros, mesmo que ninguém saísse da fila indiana. Quem saísse cairia num precipício ou estatelava os ossos num barranco, um perigo que as névoas glaucas escondiam de nós.

Aos terraços de Rufaguia chega-se por um caminho de cabras inclemente, onde cada rocha é ganha por impulso muscular e saltos constantes, de queixo nos joelhos e mãos no chão, ou nos arbustos que estiverem a jeito. O solo é instável e traiçoeiro, coberto de calhaus que desandam como berlindes debaixo dos pés e que tornam a escalada ainda mais esgotante. Onde não havia calhaus soltos, a chuva barrou manteiga nas superfícies polidas da pedra, o que redundava nas mesmas quedas. Não escorregar e não pisar em falso exigia um esforço constante dos músculos das pernas e das costas e uma atenção suína aos próprios passos — levantar cara a qualquer outra coisa era já arriscar desatenção. Quando ouvi chamar

Onde vais, Matarufa?!,

que seguia atrás de mim no pelotão de cinco, pensei que alguém o alertava para um perigo na pista, mas ao segundo chamamento,

Onde levas o zarolho?!,

reconheci pela voz o escorpião do Saldanha, que no mesmo instante choveu sobre nós como praga, do cimo de um rochedo de onde nos emboscava. Aterrou, de pé, mesmo atrás de mim, ainda eu nem tinha percebido de que sítio ele atacava. Sem perder tempo em ensaios ou avisos, antes de eu me virar, manietou-me o braço esquerdo atrás das costas e usou o seu braço direito como laço, apertando o meu pescoço com quanta força tinha, para me esganar nesse torniquete. Saldanha teria esmagado o meu gargalo se eu não tivesse pescoço de touro. Pescoço também é músculo e eu treino-os todos — a castidade apenas me proíbe o exercício de um deles. Além de entumecer o pescoço, reagi com um empurrão dos glúteos, a que chamam a rabada macedónia, e dei uma cabeçada seca para trás, em cheio no nariz de Saldanha. O tempo do danado levar as mãos ao focinho foi quanto eu precisei, valha a Providência!, para encaixar o meu pé direito no calcanhar dele e, com um impulso para a frente, passar-lhe uma rasteira que o vacilou.

Esta galileia de Timor, como se viu no caminho do Matebian com o lacrau do Saldanha, é escorregadia e acidentada. Nem todas as artes são eficientes para combater inimigos falsos em terreno falso. Há mais de duzentas artes marciais no nosso arquipélago, do Acém ao Bornéu e das Molucas às Sondas; poucas e pobres se cultivam em Timor, em abono da verdade, tirando a pedrada (livre ou à funda e à fisga, nela são por aqui exímios), as lanças e matracas e, mor, a traição e o eclipse como tática recorrente. A despeito de alguma literatura, não conto aqui as dentadas mortíferas de que se gabam em Cupão. Não vou descer agora ao nível de repetir a troca de razões que tive um dia na Missão Católica de Kefamananu com um aprendiz de monógrafo: se constitui ou não uma arte de guerra o hábito de rasgar cana sacarina para mascar o melaço, como fazem diariamente no Servião. Estava dizendo: por Timor convêm mais os estilos de *pencak silat* que privilegiam técnicas de pés e pernas.

Não havia espaço aberto no sítio que Saldanha escolheu para a emboscada: segue-se por azinhagas de altitude ao longo de um muro natural, mais estreito que os ombros de um homem, com rochas altas de onde saltou o jagunço com sua alcateia — cinco ou seis compadres da milícia *Tim* Bhintuka. E o abismo em baixo. Os milícias bloquearam-nos facilmente a retirada mas a topografia limitava-os também ao combate corpo a corpo. Um quadro quase bucólico.

Saldanha recuperou depressa da cabeçada que levou na cara. Levantou-se já com o fito na direção oposta à minha: Alor. O rapaz, quase encolhido, esperou Saldanha, maior do que ele em estatura e músculo. O milícia foi direito a Alor e desfechou um murro enroscado, apontado à zona superior do abdómen, logo abaixo do peito. É esse o ponto vital, no centro de um triângulo invertido com topo a meio-peito e vértice no pélvis, que algumas escolas de *pencak silat* privilegiam como alvo de toda a concentração do lutador. Saldanha fechou a sua atenção nessa zona do corpo de Alor, evitando claramente contacto visual com o adversário.

Alor seguia outros mandamentos: não tirava os olhos dos olhos de Saldanha porque, explicou-me mais tarde,
Tudo o que o adversário fizer, faz primeiro com os olhos,
o que é o primeiro mandamento de qualquer guarda-redes. Alor, alvo de um "penálti" que o queria matar, desviou-se dos golpes de Saldanha com grande destreza, quase sem mexer os pés do sítio e não cedendo terreno, do pouco que havia. Deslocava o eixo do corpo num ponto de gravidade baixo, sobre as pernas fletidas, de uma perna para outra, de forma a retirar o tronco da linha de ataque de Saldanha. Bloqueou os golpes com um jogo de mãos hábil, fechando as investidas do inimigo. Uma dessas evasivas serviu a Alor para agarrar o braço de Saldanha e dar-lhe um golpe na parte anterior, acima do cotovelo e contrário à articulação, que fez ajoelhar o miserável. O rapaz podia ter partido o braço a Saldanha, se quisesse. Lamentei que não aproveitasse o azo. Saldanha, humilhado diante dos seus, manteve a obstinação mas perdeu frieza. Carregou de novo, tentou mais um *bukulan* de punho cerrado e uma metralha de *totok*, o murro com o nó posterior dos dedos e o polegar reforçando o golpe. O *totok*, dirigido ao plexo, prolonga o impacto projetando a força para cima, em direção à garganta do adversário. É muito efetivo quando chega ao sítio — mas nem um *totok* atingiu o peito de Alor.

Depois da evasão e do estudo, Alor passou ao ataque — deitando-se ao chão. Ficou a mirar Saldanha, como um felino antes de se lançar à sua presa, com o corpo tenso mas numa posição aparentemente desprotegida e inferior. Saldanha, enganado ou não, lançou-se a ele numa derradeira tentativa de vencer o combate com um golpe mágico — dos que apenas existem nos maus filmes de *kung-fu*. Alor, de gatas, fez rodar-se sobre uma das mãos e, com a foice de todo o seu corpo varrendo um semicírculo, colheu as pernas do adversário. O golpe tombou Saldanha, que foi ao chão como lenha e fez uma tangente ao precipício.

Quando se levantou, azoado, Alor estendeu para ele a mão esquerda e agarrou-o pelos cabelos. Fechou os dedos como garras no escalpe de Saldanha e, com ele assim preso, arrastou-o também pela sua esquerda, com um movimento circular do tronco, mantendo os pés no mesmo eixo mas virando-se sobre si próprio para o atirar ao chão. Pelo lado de fora deste movimento do tronco de Alor viajava já o seu braço direito, fechado ao peito, de cotovelo em riste e em cunha. O cotovelo, carregando a força de todo o corpo nesse movimento, desenhou um círculo que acabou em cheio no nariz de Saldanha, com um estalo oco de osso no osso. O comandante Saldanha estava, em dois minutos, fora de combate.

Alor não deve ter nascido na montanha mas tem pernas de montanheiro. O rapaz aguenta-se firme em terreno íngreme. Se não foi de nascimento, foi de muito treino. Como lutador, pelo que vi e não pelo que me disse, pois nada me disse, é uma síntese soberba: um jau de Samatra, em termos cinéticos, pontuado por uma graça balinesa que não sei se ele recolheu por a motivos estéticos ou espirituais, se é que não se tratou de uma e a mesma coisa, e estou a pensar no estilo Bhakti Negara. O rapaz acaçapa em gravidade muito baixa. Por vezes parece que vai juntar as mãos numa vénia budista. Mas é dessa posição submissa que o corpo explode como uma mola, impulsionado pelas pernas, como fazem os grandes felinos — e os pequenos sapos. Isso tem notas do *silat* de Java Ocidental, não só do estilo Pajajaran mas mais ainda do Tji, com jeitos que denunciam posturas chinas do *kuntao*. Nada disso seria possível se Alor não tivesse pernas de gente que desce e sobe montes desde que nasce até que morre. Não quero dizer que seja um aleijadinho com as mãos. Calculo também que saiba servir-se de uma arma branca. Quero apenas dizer que Alor, nas fragas de Mau Kei, mostrou ser mui aprendiz de muitas artes. Lutou como um tigre, tanto quanto

Saldanha lutou como um cavalo. E fica provado que os homens vêm ao confessionário para se despir diante do Altíssimo mas só em combate mostram com que pele vieram ao mundo, como qualquer rapazola das Flores sabe desde o seu primeiro festival de Main Tjatji.

É óbvio que Alor conhece artes que não exibiu no combate de Mau Kei: sabe, pelo menos, o suficiente do estilo Perisai Diri — "escudo pessoal" — para saber como rechaçar um adversário desta escola. Saldanha é praticante avançado de Perisai Diri. Era quase inevitável que essa fosse a sua escolha de *pencak silat*. O P. D. é a arte de autodefesa preferida pela nossa tropa. Saldanha não deve ter chegado ao fim da aprendizagem, diria eu. Os Perisai Diris treinam primeiro a "força exterior", incluindo os músculos, como se nota na besta do Saldanha. Só num estádio posterior treinam o "poder interior", que é a força espiritual dominada pelo mestre *pandakar*. Vi algumas vezes o Saldanha treinar em Baguia com a sua coluna e com militares da República, em campo aberto. Domina, sem dúvida, quatro das qualidades que definem um Perisai Diri: precisão, rapidez, reação, força física. Os outros dois atributos, paciência e quietude, vão além da sua índole.

O combate de Mau Kei não se resolveu logo. O grupo de Saldanha, vendo o líder no chão, atacou Alor pelos dois lados possíveis do sendeiro. Contudo, não foi difícil ao rapaz resolver a situação. Saldanha era o melhor lutador da sua *Tim*, ou não seria o chefe dos Binthuka. Despachar o joio que o acompanhava era, para Alor, não uma questão de técnica mas apenas de resistência física. Teve quanto bastasse, ajudado pelas pedras que tinham propiciado a emboscada. O trilho de Rufaguia era de tal forma escarpado que não era possível a mais do que dois atacantes, de cada vez, lançarem-se sobre Alor; e isso, Deus o abençoe, ele aviou bem, o bastante para que desistissem depressa e se estampassem montanha abaixo na direção da vila. Esta giralda foi menos dura para Alor do que o treino regular dos sistemas jaus de *pencak silat*, baseados no *kerojok*. Um único defensor enfrenta, em cadeia, seis, oito ou dez adversários, segundo a sua perfeição, sem saber sequer que golpes vão eles aplicar-lhe e de que lado. Alor mostrou que aguentou muitos *kerojok*.

O meu regresso, sozinho, a Baguia Vila, ficou fora de questão. Seria arriscar uma emboscada de vingança pelos mesmos que tinham feito o ataque. Continuámos juntos a subida do Matebian. Mais tarde perguntei a Alor qual era a sua escola-mãe de *pencak silat*, mas ele apenas repetiu o que me ensinou, há muitos anos, um dos meus mestres jesuítas,

Temos dezassete mil ilhas mas não há muitas maneiras de dar um murro, *meu irmão*,

e, sendo verdade, um murro pode esconder um versículo tão condensado como um verso de Schiller, que sempre recito de memória quando não é de feição dar a outra face a quem nos quer mal: "Sinto um exército no meu punho."

8
Dalboekerk

Guardo em Bali, na Villa Topace, uma ilustração elaborada ao estilo das gravuras *Ukiyo-e*, ou "imagens do mundo flutuante", muito populares no Japão entre os séculos XVII e XIX. A ilustração foi realizada por Alor no Matebian, embora as cores tenham sido acabadas em Díli, na Pensão Mundo Perdido. Foi uma das prendas mais comoventes que recebi dele. "A meu pai, meu monte Fuji", escreveu Alor no verso da ilustração, feita no suporte pouco nobre de um bloco de papel para aguarela, tamanho A3. Não lhe agradeci o gesto e, pelo contrário, fustiguei a obra com questões e reservas.

A ilustração representa a "Casa dos Antepassados" timorense, imponente mas em plano secundário, na melhor tradição das *Ukiyo-e,* pois o motivo principal deste panorama do Matebian é uma árvore. A ilustração tem uma cercadura pintada, fingindo um caixilho ou contorno, com folhas de ácer de diferentes tamanhos flutuando em água. No lado superior da ilustração, o cume do Matebian ultrapassa o limite do enquadramento, tocando a margem do papel. Alor recorreu aqui a um artifício comum nas *Ukiyo-e*, usado para dramatizar um elemento da paisagem, por exemplo o monte Fuji, e torná-lo mais próximo de quem observa a gravura. Uma parte da ilustração de Alor, definida pelo contorno do Matebian, cobre a encosta do monte com uma chuva espessa, constante, um granulado de hulha em que é visível a textura física do carvão. O céu, porém, é pintado em cores intensas de um entardecer após aguaceiro, que anuncia a frescura da manhã seguinte, ou de uma manhã onde desponta um céu claro, radioso e veludíneo na estação das chuvas: um astro nácar--róseo flavo, verde de água, lilás. Quando perguntei a Alor se as cores desse céu eram matinais ou tardias, ele respondeu que

É uma hora de luz flutuando no cheiro das nuvens,

o que me pareceu tão enigmático, sintético e poético, que daria um satisfatório *haikai*.

Num cartucho vertical pintado no canto superior direito, ilustração pequena dentro da ilustração principal, Alor representou uma cena doméstica japonesa. Duas mulheres, vestindo quimono, "uma delas envergando um tecido com padrão *Genjimon*", explicou-me Alor, bebem vinho de arroz, *saké*, "por dois copos sobre uma mesa folheada a laca". Uma das mulheres aperta um leque fechado contra o peito, e olha para algures, ou alguém, no exterior da sala. Outra mulher, ajoelhada diante de um braseiro, escreve um poema nas cinzas, usando um fino pau de incenso.

Um segundo cartucho vertical, na simetria do anterior, escrito em carateres japoneses, completa a composição. Da bordadura do conjunto, sobre o centro da ilustração, caducam folhas revoltas de ácer, de diferentes tamanhos, como se animadas por uma brisa exterior ao próprio papel. As folhas combinam-se num movimento elegante que serpenteia pelos ramos e tronco em primeiro plano, terminando numa última folha rubra. Esta folha de bordo está presa a um fio que é esticado, ao vento, por um fugaz contorno feminino: uma mulher lança um papagaio de papel no sopé do Matebian.

Foi a este primeiro elemento que coloquei objeção, questionando a existência de bordo na *flora timorensis*. Alor defendeu-se, referindo que a literatura científica, já a suíça Maria Ernestine Walsh-Held, "fixada em Java desde 1911 e que andou pelo Timor holandês e português", já o português Ruy Cinatti Vaz Monteiro

Gomes, em 1950, em suas *Explorações Botânicas em Timor*, referem a presença de pelo menos uma espécie de Aceraceae, o *Acer niveum*, e de várias espécies de Sapindaceae. Prosseguiu Alor,

De qualquer modo, a inscrição de ácer, chamado também bordo, verídica ou não, é uma alusão poética ao Japão idealizado das *Ukiyo-e*, uma citação que é em si mesma um *japonisme*, como as citações que os impressionistas, e Van Gogh em particular, faziam de um país ideal. Tal como eu, nunca visitaram um "país" onde a natureza sublinhava o "mundo flutuante" nas duas faces contraditórias do devir constante da vida: a aversão, ou o fluir melancólico e transiente próprio da visão budista do universo; e a diversão, a passagem alegre e folgazã pelo tempo, num "barco-de-prazer" igual aos gravados nas *Ukiyo-e*, onde os homens se entregam ao gozo no fluir do momento, sem cuidar do futuro.

Alor, quando era ainda adolescente, visitou os grandes museus de Amesterdão, durante umas férias de estudo na Holanda. Nutria, desde essa excursão, uma paixão púbere por Van Gogh, retrato do artista como criança crescida. Diante do Matebian japonês que ele me ofereceu, quis saber se *Tim-Tim* era o "Japão" de Alor, como Arles era o "Japão" de Van Gogh, um lugar de beleza e luz "no que respeita à limpidez da atmosfera e aos vistosos efeitos de cor", como o pintor-enquanto-bonzo escreveu na primeira carta da Provença a seu irmão, Bernard. Alor, fleumático, pediu-me a ilustração do Matebian, analisou-a e explicou que

Tim-Tim não poderia ser o "Japão" de Van Gogh, porque "império do sol nascente" só há um, os outros *lorosa'e* apenas dormem até tarde, quando a luz já está queimada e avança para a cegueira do meio-dia,

sorriu Alor, para logo retomar gravidade,

mas no Matebian encontrei a minha "Arles", um bailado de luz e grandes espaços vazios. Um "Sul" oriental, "belo como o Japão", permita-me a adjetivação vangoghiana — e com uma

refração metálica igual à de Itália. Em Java é impossível alguém estar sozinho. O silêncio não existe,
 continuou Alor imergindo no "seu" Matebian de papel e ácer,
Lá em cima, pelo contrário, vê-se tão longe e tão limpo que podemos ver... para dentro,
 Quão "para dentro"?
Para dentro da nossa condição natural, da nossa pureza primitiva, uma respiração ancestral profunda e indiferente à inquietação do homem moderno,
 Isso parece-me mais a descrição de *para trás* do que "para dentro"
 Para trás?
 Para trás na história humana. Para trás no génio. Para trás na evolução. Um trânsito para a involução ou a ovulação da nossa espécie. Para trás na acumulação das civilizações. Isso corresponde mesmo à cartografia literal da História na nossa parte do mundo, à viagem entre Java e o *lorosa'e* do arquipélago: caminhando da Ásia para a Austrália recuamos no tempo humano; caminhando da Austrália para a Ásia avançamos no tempo. Suspeito que o Matebian não é o teu japonismo mas antes um primitivismo mal assumido,
 e terminei a rábula avisando Alor de que
 Os teus timorenses pertencem menos ao bom selvagem de Rousseau do que aos mujiques de Tolstoi. Estão na condição de homem natural não porque se despojaram de todas as maldades do homem civilizado mas porque nunca conseguiram atingi-las, restando-lhes nesse labor o caráter naturista de serem escravos dos instintos humanos na sua versão mais primária: conforto, orgulho, desejo.
 Alor não discordou, desenhou antes um contorno à minha argumentação, como a grinalda de folhas de ácer na sua *Ukiyo-e*, contando que

Não encontrei selvagens no Matebian — sem contar com um tipo chamado Saldanha. Apenas encontrei duas mulheres do Japão. Muito, muito velhas. Japonesas, uma delas por nascimento, ambas por enlouquecimento. Uma e outra habitando inteiramente um sonho de Rousseau: são "selvagens nobres", "espertas, filosóficas e inteligentes"

... Percebo, do género de selvagens que gastam o tempo a estudar "um único rebento de erva",

completei, tentando calcular o resultado objetivo da excursão do meu filho ao Matebian. O *Tim-Tim* de Alor, como o "Japão" de Van Gogh, não era um exotismo mas constituía uma religião: um poderoso veículo para atingir o império desconhecido — inevitavelmente imaginário —, o "sol nascente", "belo como o Japão", pátria de sossego interior, de que Alor queria apoderar-se, amanhecendo-o. Seria isso, talvez, a chave para uma questão inicial que sobrava na ilustração de Alor: a dedicatória no verso, tão ambivalente de sintaxe, fiz-lhe notar,

Não sei se devo entender que eu, teu pai, sou o teu monte Fuji, ou se é o Matebian o teu monte Fuji

Ou se meu pai é Matebian,

propôs Alor, divertido com a versatilidade semântica da sua própria dedicatória,

"A meu pai, meu monte Fuji",

repeti eu em voz alta, para nós os dois, descobrindo ainda outro enigma na ilustração, que formulei como erro grosseiro desta *Ukiyo-e*,

O Matebian, como sabes, são dois, Homem e Mulher, e só pintaste um; eu, "monte Fuji", sou teu pai ou tua mãe?

Alor, que cresceu sem mãe, ensombrou e ficou a olhar para mim, que repeti em tétum

Mane ou *Feto*?,

antes de me devolver a sua obra de arte,

Só vejo um monte na paisagem. Não sei se um vulcão esconde outro

Não há vulcões em *Tim-Tim*. Só em Ataúro. Se queres ser filho de um vulcão, eu não posso ser o teu *fuji*,

corrigi, áspero, sem levantar a cara da *Ukiyo-e*, recordando, para desconforto de Alor e de mim próprio, a etimologia de *fuji*, "prematuro, inoportuno, intempestivo, extemporâneo",

E o que dizem os carateres japoneses no cartucho da esquerda?

É o *haikai* que escreveram para mim as velhas do Matebian; são os versos que a mulher da *Ukiyo-e* está a escrever nas cinzas do braseiro, no cartucho da direita,

e Alor recitou o poema que pôs na sua-minha ilustração, caligrafada por mão alheia, prenda embrulhada em prenda, respeitando a sequência clássica de 5-7-5 sílabas, uma chave métrica tão perfeita — não consegui deixar de reparar — como a de um batalhão indonésio abraçando vivos e mortos no mundo passageiro e melancólico do Matebian *timoriste*:

"Alor já Timor
Lorosa'e nasce já
Velho alto Sol."

9
WALLACEA

Alor é feito de estrelas. Foi concebido noutro planeta. Um cometa serviu talvez de cegonha. Ou um vulcão. Lava fria ou lava quente, um meteorito cheio de curiosidade procurando o mundo por impacto. Deixa nos outros a memória côncava de um cataclismo. Alor é, sobretudo, o corpo que o contém: o corpo é a sua cápsula. Encapsulado em Alor estão as duas verdades a cuja revelação ele pode ascender. Uma verdade construída, que é a sua pessoa real. E uma verdade autêntica, que é a sua pessoa inventada.

Homem subjugado no seu corpo, Alor. Para os outros, para mim pelo menos, é um corpo leve, elástico e ágil. É pesado, adivinha-se, apenas para ele: Alor nunca será tão grande como o corpo que tem porque o seu corpo é o seu cosmos: planeta pequeno a rebentar de galáxias que ameaçam expandir-se em todas as direções para onde ele dirige o seu interesse. É, ao mesmo tempo, uma matéria que pesa para o interior, ameaça permanente de implosão. Sobre cada milímetro de Alor há uma coluna transparente de ar e água, uma pressão correspondente à sua grande profundidade, que aumenta geometricamente de cada vez que ele desce mais um pouco, mais fundo, pressão dolorosa e quieta, pronta a esmagá-lo e a pulverizá-lo de volta ao pó das estrelas que, afinal, guiam a sua vida.

Homem magnético, Alor. Homem, como explicar?, centrípeto, avançando num vazio que se expande e fortalece em seu próprio alimento.

Corpo canibal em alma bulímica.
Corpo celeste.
O que vi pela primeira vez do corpo de Alor é o que ele oferece ao espanto, ao fascínio e — vamos, não tem outro nome — à inveja geral. Primeiro, um sol, "nascendo" de frente para nós, com uma cabeleira de fogo espigado na sua irradiação colorida, na parte superior do seu peito, despontando nas camisas abertas em "v", sem botões e sem colarinho, que fazem a sua preferência e que lhe vestem tão bem. Silhuetas de uma elaborada caligrafia no ombro esquerdo, estendidas como trepadeira sobre o dorsal e a nuca e o ombro direito, cobertas e reveladas pelo algodão diáfano. Duas pequenas rosas-dos-ventos, uma entre cada polegar e indicador. Outras duas, maiores, nas dobras de cada antebraço. Mais rosas cardeais nos tornozelos, o que já faz oito (mas tem mais). E linhas, contornos, talvez uma escrita trabalhada, espreitando abaixo da bainha das calças, na parte inferior das pernas.

O resto do atlas, vi-o e percorri-o numa tarde de domingo, na Pensão Mundo Perdido. Alor queria desenhar-me, disse-me pouco tempo depois de nos termos conhecido,

Fazer um estudo das tuas linhas em dois perfis,

e eu achei que qualquer arquiteto, sobretudo jovem, sobretudo atraente, sobretudo bonito, sobretudo franco, tinha o direito de se ocupar do meu perfil num domingo à tarde, que foi o dia que Alor julgou propício para a sessão,

Depois da missinha e da tua comunhão, quando a digestão do *corpus christi* transpira na tua pele uma não-sei-que-aura, um não-sei-que-lume, um não-sei-que-brilho, ardendo fátuo numa vaidade de pureza que testemunha um momento místico. Quero captar esse orgulho, que é um orgulho sensual, de possuir o divino enrolando-O na língua, reduzido a pão, e portanto reduzido a corpo, até a hóstia se dissolver na saliva de um prazer sem lascívia,

o que me soou um programa tão inventivo, ingénuo e absurdo quanto o rótulo que Alor pendurou no anzol,
És uma católica sufi,
um anzol, portanto, que merecia ser mordido.
Alor esperava-me na pensão, no quarto onde ele criou espaço mandando retirar a cama e mantendo o colchão ao alto, contra a parede, durante o dia. Assim estava quando cheguei. O quarto de Alor era o seu terreiro de treino,
Os móveis e a preguiça são o estorvo do *pesilat*,
explicou, acendendo uma *tea-candle*. Colocou-a num queimador de óleo. Contou dez gotas de um pequeno frasco de essência aromática. Fez também cair uma gota de óleo no indicador,
"*A ilha de Timor...*",
e tomou-lhe o gosto com vagar,
"*... homde nace o samdollo*"
levando o dedo à língua e passando-a pelos lábios.
A solução de óleo em água, na forja pequena da vela, aquecia agora sem ferver e evaporava sem fumegar. Um perfume de lenho quente mobilou o quarto. Alor recebera-me nu de tronco e assim continuava, descalço, passeando o baile das suas rosas-dos-ventos pela malha larga dos mosaicos brancos. Alor vestia um sarão de *batik* estampado com aves-do-paraíso. Achei magnífica a forma como adejavam as penas das aves, nas cores do sarão, em cada movimento de Alor. E, do sarão para o quarto, parecia que as aves-do-paraíso eram as inquilinas do local, gaiola gigante com tamanho para gente lá dentro, capricho e deleite de um sultão vaidoso.
Dos pássaros e do sarão, a minha atenção voou para a tatuagem que lhe enchia o peito e a barriga: treze círculos, ou argolas, numa cadeia vertical encimada pelo sol. Fixei-me numa tatuagem que aparecia abaixo do umbigo, um desenho redondo revelado pela dobra do sarão. Suponho que Alor treinava *silat*

quando eu cheguei, pois a pequena vela do queimador pintava no seu torso enxuto reflexos espessos e baços, de grande réptil. Por ali andava eu perdida quando Alor perguntou se
Estás pronta?
e eu procurei com os olhos o que sabia lá não estar — e não estava,
E eu sento-me onde?
O meu reino é anterior à chegada dos homens de narizes grandes e dos seus estranhos escravos a que chamam cadeiras. Os meus súbditos só estão de pé, para fazer o que é necessário, ou deitados, para fazer o que é importante,
informou o arquiteto imitando uma voz solene e fazendo tombar o colchão, ponte levadiça para outros palácios,
E vou precisar também que tires a roupa.
Que me dispa?!
Não se isso te incomodar. Podes só tirar a roupa.
Virou-se, não sei se para rir. Apanhou do chão um bloco de esboços. Procurou algo numa sacola, sem encontrar, e depois noutra, de onde tirou uma pena de pato e um frasco de tinta. Eu, gelada. Subiu-me do estômago um inoportuno gosto a pão ázimo e a boca encheu-se de uma saliva impaciente: não era o momento de o *corpus christi* me lembrar que eu não tinha almoçado nada além d'Ele... As aves-do-paraíso, agarradas ao sarão, riam de mim, era inegável que riam de mim.

Um trovão estalou lá fora, chicoteando as nuvens a toda a largura do céu, e um milhão de gotas caíram sobre os telhados de Díli,
"*O tempo não é favorável para ir a Ternate...*",
comentou Alor, levantando a voz acima da percussão de chuva sobre zinco, com a mesma naturalidade com que teria fechado a porta do quarto para me impedir a saída. Alor: pena numa mão, tinteiro na outra; o Zodíaco aberto no peito.

As aves-do-paraíso suspenderam a algazarra, quietas, agarradas ao sarão; olhavam na minha direção, trocistas.
A vela crepitou, dançando um pouco. Minúscula e delicada dança do ventre. Pequeno queimador em pequeno nicho, pequena chama consumindo o pequeno pavio, chama e pavio, aconchegados sob a pequena abóbada de água e óleo, ardiam um incêndio grande como
o seu tamanho.
Um pólen fresco, cheirando a flores acordadas por uma carícia de monção, lavou o ar e o meu torpor, mas o ázimo de cristo, mas a barriga vazia, mas o quebranto!,
"*A ilha de Timor...*",
corpus christi essencialmente óleo,
"... *homde nace o samdollo*",
temi desmaiar e ouvi em vertigem a minha voz propondo a Alor,
Está bem, mas preciso do sarão
o que era uma maneira de evitar a queda, escolhendo outra,
Preciso dos teus pássaros para me cobrir, quero dizer, do teu sarão,
a vaidade das aves-do-paraíso para tapar as minhas vergonhas, mandei Alor virar-se para a parede, despir o sarão e passar-me os pássaros amarrotados, confusos, grande exaltação, penas eriçadas,
"*O tempo não é favorável para ir a Ternate...*",
repetiu ele, sempre de costas, esperando que eu, ajoelhada de fraqueza, despisse o vestido e apanhasse do chão as aves-do-paraíso, todas de uma vez, vesti-as olhando a medo para cima, para um homem em *boxers* à espera da minha aura dominical, são magníficas as costas de Alor!, quero dizer,
"Enmanuel"
são magníficas as tatuagens, é isso que Alor tem escrito na omoplata esquerda!,

"Enmanuel",
de início não é fácil ler a caligrafia, há primeiro um bordado de linhas e contorções, mas depois o nosso olhar engrena na caligrafia rebuscada das letras tatuadas e a filigrana fala para nós, dirige-se a nós, interpela-nos chamando-nos o seu nome, a contemplação deriva em leitura e a leitura deriva em revelação, uma segunda palavra surge, evidente, central, enorme, o Senhor tem o seu Filho bem inscrito no centro das costas de Alor,
"Jhesus",
Estás pronta?,
e eu deitei-me no colchão, de costas, única posição azada para estar
Bastante pronta
mantendo o sarão no seu lugar útil, aves-do-paraíso fazendo sentinela — e sesta — entre o meu peito e os meus joelhos, guardando todas as entradas do meu jardim nos quatro cantos do *batik*.
Alor sentou-se no chão. Enquanto desenhava, explicou a sua abordagem. Tudo se resumia a uma questão de perspetiva. Não lhe interessavam perfis de rosto, como eu erradamente entendera. Procurava, em vez disso, linhas de perfil de pessoa inteira, num corte lateral da cabeça aos pés, acompanhando um corpo deitado, nas duas variantes possíveis: de costas e de bruços. A parte inferior do desenho era uma linha horizontal, direita: a superfície onde o corpo estava deitado. No meu caso, o colchão. Cada levantamento de perfil — assim lhes chamava Alor — iniciava-se com um traço simples e enérgico, a toda a largura da folha. Em cada folha, Alor gostava de esboçar dois perfis em confronto, em simetria, invertendo a posição do papel — e a da pessoa deitada — para elaborar o segundo levantamento. O resultado, por fim, era uma junção visual,
A língua da serpente de barriga,

junção imaginária
Toca a cauda da serpente de costas,
de duas linhas numa linha só,
A língua da serpente de costas,
a do plano único, central ao desenho, guia axial de dois traços ondulados, um na parte inferior, outro na parte superior do conjunto,
Toca a cauda da serpente de barriga,
ia murmurando Alor, acompanhando o gesto que arranhava o papel com a pena.

Cada levantamento de perfil, concluído, era uma topografia, semelhante à representação de relevo segundo um plano de corte, ilusão e alusão em silhueta branca, forma humana despida de qualquer detalhe que não o seu contorno,
Um contorno panorâmico,
fiz notar a Alor quando ele mostrou o andamento do meu primeiro perfil. Alor não discordou,
O corpo é um panorama de relevo, sobretudo o corpo feminino, do qual tudo o que interessa está escrito no perfil, do nariz ao queixo,
levantou os olhos,
aos seios — e aos mamilos também —, ao ventre, aos quadris, às nádegas, à pélvis, aos joelhos e aos pés.

Sem o sarão, desenhando sobre o estirador das suas pernas cruzadas como o escriba do faraó, Alor revelava um novo conjunto de tatuagens, bem diferentes das zodiacais. Pela perna direita ondulavam linhas de grande elegância, ora mais agudas, ora mais suaves, lembrando os panoramas que ele "levantava",
Na tua perna: são mulheres ou serpentes?
Os cronistas não são unânimes,
sorriu Alor, colocando a folha no chão e encenando uma apresentação pomposa da sua perna direita,

São as Sondas. Pequenas Sondas.
"Enmanuel Jhesus"! Ilhas, claro! As tatuagens de Alor ganhavam, mais uma vez, evidência. Na perna de Alor estavam tatuadas sucessivas linhas-de-céu desta parte do arquipélago, desenhadas tal como aparecem a alguém que as olhe do mar. Cordilheiras, montanhas, montes, colinas, vales, vulcões, planícies, estreitos. As Pequenas Sondas.
Alor voltou ao desenho. Mexia-se pouco, com movimentos laterais de caranguejo, apenas o bastante para se manter na perpendicular do ponto do meu corpo que o ocupava nesse momento. Fechei os olhos. No escuro apareceu um filme animado, "*A ilha de Timor...*",
um *travelling* de folhas coladas, com linhas oscilantes,
"... *homde nace o samdollo*",
gráfico vital de uma pulsação irregular, a minha, como se o meu coração batesse primeiro em cada uma das Sondas e, do fundo do filme, contagiasse o meu peito e passasse de mim para as aves-do-paraíso, que eu vi, latejando em suas asas de *batik*, quando reabri os olhos para uma dúvida urgente,
Só tens ilhas tatuadas na perna direita, porquê?
Os cronistas não são unânimes... As minhas ilhas correspondem à sequência panorâmica do *Livro de Francisco Rodrigues*, enviado em 1516 por Afonso de Albuquerque ao rei D. Manuel I. "Enmanuel Jhesus", no fólio de rosto, é uma espécie de autógrafo do cartógrafo para o rei. Francisco Rodrigues desenhou as Pequenas Sondas tal como as viu na viagem que fez entre as Molucas e Malaca. Navegou o "Arco das Sondas" pelo norte. Foram essas panorâmicas que incluiu no seu livro. Bem vês: os portugueses não desenharam as Sondas pela costa sul, para que eu pudesse tatuar panorâmicas também na perna esquerda...
As aves-do-paraíso latejavam pelo sarão. Ou eu me acalmava ou elas voariam. Ou eu me acalmava ou ficaria nua. Alor

remeteu-se ao desenho. Parara de chover e, na tranquilidade do sândalo queimado, apenas se ouvia a pena de pato, debicando a sua sede de tinta, fugindo e brincando com a serpente do meu contorno, a pena de Alor arranhando, cada vez mais nítida, uma curiosidade mal saciada,

Alor... Como escolheram a perna?

A perna de quem?

A tua! Poderias ter as panorâmicas do atlas português tatuadas na perna esquerda

Poderia, mas isso seria... uma inversão de mundos. Muito pouco científico para um atlas. O *Livro de Francisco Rodrigues* é um atlas — o primeiro da era moderna. O meu corpo também. Obedece ao livro. A minha pele, se quiseres, é uma cópia viva dos fólios do português — com técnicas anteriores a Gutenberg... Não vale a pena copiar um atlas se a obra não for rigorosa. Para tatuar a costa norte das Sondas na minha perna esquerda, eu teria que estar de bruços sobre o arquipélago. De acordo?

De acordo. A menos...

A menos...?

A menos que dormisses de pés para a cabeceira!

apetecia-me rir sem motivo, as aves-do-paraíso numa algazarra comigo, todas nós nervosas e patetas, descontroladas, até repararmos que Alor olhava para as suas pernas como se lhe tivessem crescido naquele instante e ele acabasse de descobrir uma folha do seu próprio atlas em que nunca tinha reparado, uma carta que lhe propunha, por minha boca, que

Em vez de o teu corpo ter os pés em Java, os teus pés podiam estar em Timor e o tronco em Java, ou mesmo Samatra. A costa norte das Sondas desceria pela tua perna esquerda e o teu peito não estaria onde está agora

Em Lorosa'e, pensei, Sol Nascente — como Alor pensou, pois levou as mãos ao rei dos astros que tem tatuado no peito.

Nem ele nem eu, hoje pergunto: coincidência?, completámos a frase dizendo o nome óbvio, Timor, só Alor repetiu, de mãos postas na sua tatuagem, como se agarrado a um rosário,
"... *homde nace o samdollo*",
enquanto as aves-do-paraíso transmitiam do *batik* para o meu corpo um arrepio súbito de penas com cio,
"Enmanuel!"
"Jhesus!"
que não escapou a Alor, afinal era ele o dono das aves, não eu,
("aos seios — e aos mamilos também —")
suponho que os malditos pássaros me traíram
("ao ventre, aos quadris, às nádegas, à pélvis, aos joelhos e aos pés")
malditos magníficos pássaros, decerto estavam até ensinados por Alor a reconhecer o mínimo de comoção topográfica, epidérmica, geológica, meteorológica
("tudo o que interessa está escrito no perfil")
porque, de um salto felino, com um impulso de pernas, Alor estava sobre mim, assente nas mãos e nos joelhos,
("o Arco das Sondas")
um homem em quatro patas, não me tocava em nenhum ponto, nem sequer nas aves-do-paraíso, desvairadas sob a proximidade da sua respiração, do seu hálito de árvore húmida,
("... *homde nace o samdollo*")
ali mesmo, estrelas e planetas a milímetros da minha cara,
("nariz e queixo")
tão perto que consegui ler mais uma caligrafia que Alor tinha tatuada no peito, ladeando o sol com três linhas à esquerda e à direita, graciosamente, três versos de métrica dividida pelo astro-rei,

"*Domde o soll procede*   *has claridades e aos*
signos et aos planetas   *asi aos supiriorees*
como aos imfiriores   *ca he allma do mundo.*"

O Lorosa'e de Alor tinha uma expressão zangada, reparava agora, ou apenas soberba, prepotente, rígida, insolente e severa como deve ser o rei dos reis. O sol encimava as argolas mas, entre o astro e os círculos zodiacais, havia um bastão, como se o sol estivesse espetado nele. O bastão estava seguro por uma mão cortada. Uma mão direita, cortada rente pelo pulso, sangrando ainda, as aves-do-paraíso fixaram o punho sangrando, confessando-me algum horror,

Alor, de quem é a mão cortada que segura no sol?

mas Alor gatinhava e contorcia-se acima de mim, brincando com os seus músculos abdominais para colocar o ventre em espasmos, eu por fora quieta, de forma a que sobre os meus olhos desfilasse o detalhe do seu jardim celeste,

"Este livro fez Francisco"

e dos mares indonésios desvendados antes de 1511 por pilotos jaus, gores e chins,

"Rodriguiz pilloto moor da primeira armada que descobrio Bamdam e Malluquo"

Alor murmurando para mim, alheado e exato, os fólios do seu atlas,

"Aas doze folhas achares os treze cirquolos que por eles podes saber quallquer deecrinaçam que vos for necesairo"

deslizando o seu tronco, nuvem enorme ocupando todo o céu,

"As quatorze folhas achares o Regimemto da decrinaçam"

treze argolas como doze pulseiras,

"A dozassete, a deecrinaçam"

com fiadas alternando o vermelho e o verde, duas argolas alternando uma joalharia de azul e preto, o torso de Alor passando sempre, gatinhando, até o tronco acabar num pulso cortado, outra mão esquerda, ou a mesma, segurando a parte inferior do bastão em cima de outra tatuagem,

"*Aas vimte, achares huuma agulha que vos dara a emtemder quanto vall cada grao*"
talvez uma esfera, não se vê, passam agora uns *boxers*, causam grande alvoroço nas aves-do-paraíso mas, pela parte que não me tocou, eram sem odor,
"*e asy por ela podes tirar a deecrinaçam com huum compasso*"
talvez apenas um cheiro a óleo essencial de estrelas,
"*Aas vimte duas, achares quamto vall cada grao*"
não saberia dizer,
"*Aas vimte e seis folhas achares a primeira pomma e nela achares todo ponemte*"
e, de qualquer modo, Alor recuou, até estar de cara na minha cara, para um ponto de ordem na derrota daquela tarde de domingo,
O atlas continua para oeste e a fólios vinte e sete encontrarias a Madeira, as Canárias e os Açores, mas são paragens que não navegaremos hoje.
Para onde vamos?
Para onde quiseres, desde que fiquemos aqui. O mundo lá fora é pequeno para quem tem um atlas no quarto,
sem dúvida, vaidade à parte, e Alor, homem cumpridor, não evitou encher o quarto com a sua. Também é verdade, disse-lhe, que os atlas e livros de marinhagem, incluindo o de Francisco Rodrigues, são feitos para ensinar a outros a liberdade de navegar, que era o que me apetecia agora, ali, mas eu capitão e ele apenas piloto — ou, "Enmanuel Jhesus", apenas língua! Despi de mim o sarão, no mesmo gesto embrulhando a cabeça de Alor no *batik* e obrigando-o a deitar-se, agora eu capitão, agora eu de gatas, explorando o arquipélago malaio numa perna tatuada em *travelling*, Saci Pererê das Pequenas Sondas, navegando à vista na recitação segura de Alor. Que seria do piloto preferido de Albuquerque se Rodrigues não pudesse plagiar um malandro

piloto mafomo? Alor-atlas, fiel à tradição quinhentista de as cartas esconderem pelo menos tanto quanto ensinavam, revelava-me outros segredos quando eu dava conta deles, como as inscrições na planta do pé direito,
"*Esta he afim da ilha de Çamatara Palembam*",
o pé esquerdo também estava tatuado,
"*Este he o compeço da ilha de Jaaoa. A esta parajem se chama Sumda*",
e por aí continuámos,
"*A duas legoas da porta do estreito esta huum castelo em cyma de huum monte qe se quer parecer com Palmela*",
talvez não pela ordem de encadernação dos mapas,
"*a huum a oste dele podes sorgir em dez braças em qualqer bamda que qiserdes sem nenhum arreceo*",
adiante, sabemos que os mapas não estão na ordem em que foram descobertos,
"*He muy bom porto de ponente espermentado, chama-se Narham he todo o fumdo lympo.*"
pela perna de Alor procurava o cheiro de especiarias,
"*Ha neste porto agoa: esta huum tiro de bonbarda do mar*"
em águas que brilhavam tanto como a minha saliva,
"*A ylha que esta a porta do estreito se chama a Vera Cruz*"
que era também a dele, pois a ele subia para nele molhar,
"*Esta em doze graos e dous terços tomados em terra*"
trepando as argolas, colhendo-as à força de beijos,
"*No meo dela tem huum porto da bamda do sul*",
içando-me pela estaca, espeto do sol,
"*a sua emtrada seis*",
para colher o Zodíaco
"*sete*"
entre "Geminys" e "Camcer",

"*e oito braças.*"

brincando na boca tapada de Alor por interpostos pássaros
"*Pode neste porto por huma nao de duzentos tones por em momte*"
e espalhando os braços dele de forma a mantê-lo imóvel contra o colchão,
"*Esta norte e sul com Zeyla. Ha daly a Barbora trinta legoas e de Barbora a Adem ha outros trinta de norte e sul e de Zeila a Adem ha quorenta legoaas esta de nordeste sudueste com Aadem*"
"Enmanuel Jhesus",
"*Este porto desta ylha he muy bom de todolos ventos: estares em seis e sete braças e nom veres por onde entrastes tam bom he.*"
ave-do-paraíso e, naquela derrota, presa minha
"*nom veres por onde entrastes*"
tanto quanto podia chamar-lhe meu
"*tam bom he.*"
Alor libertou-se de mim. Sem dificuldade, dobrou-se sobre o ventre e enrolou-nos de forma a cairmos para trás. Ficou ele montando-me, de tronco direito. Enrolou o *batik* num turbante de pássaros e virou-me de bruços, com uma brusquidão que me apetecia e me assustava,

Que aconteceu?
atrás de mim, Alor tirou os *boxers*,
Corsários!
e senti-o procurar um caminho no estorvo das minhas cuecas,
Querem o quê?
fui eu que ajudei a desviá-las,
"*Os rubis do Pegu e a pimenta de Samatra*"
e o corsário investia já em mim,
"*Peguu homde ha muytos robis ricos*"
e depois foi o esquecimento da batalha naval,
Enmanuel Jhesus, de Portugal e dos Algarves e de África e da Índia, defendendo a nova rota,

"*Quedaa*"
declinando portos, ilhas e baixios, nomes que Alor rosnava,
"*Rio do Trom*"
mordendo-me de cada vez que entrava,
"*Rio de Mellaa*
Muar
Rio Fermosso
Samgepura
Pam"
gritando instruções à equipagem espalhada pelo quarto
"*Amssiam*"
no colchão e no mar frio de mosaicos brancos,
"*Niquibar*
Gamisspolla
Pedir
Paceeira"
cada vez mais fúria,
"*Esta ilha he a de Camara homde ha muita pimemta*"
cada vez mais perto,
"*Compeço da ilha de Maquater*"
Alor empurrando-se em mim e empurrando-nos, de repente, numa derrota direita,
"*Ilha de Bamta*"
pelo azulejo branco, até ao queimador,
"*Camynho da China*"
eu e Alor uma nau de dois cães,
"*Esta he afim da ilha de Çamatara*"
vi Alor apanhar o frasquinho de óleo,
"*Palembam*"
retirar-se de mim, untar a sua ereção com um gesto frenético,
"*Este...*"
sem me dar tempo para

"... *he*..."
Não, Alor!
"... *o começo*..."
e, surdo, fundeou com grande violência em meu último tabu,
"... *da ilha*..."
empalando-me numa dor quente e líquida,
"... *de Jaaoa*"
gritando para terra
"*A esta*..."
o dono e a fé
"*Parajem*"
da devastadora
"*se chama*"
Descoberta
"*Sumda!*"
A monção voltara. O queimador ardia ainda mas tinha consumido a água.

Alor almirante, vencido pela vitória, faleceu sobre mim com o peso da tatuagem que vi, de relance, finalmente inteira e terrível, plantada entre minhas colinas e subindo pela pélvis castanha de Alor: o padrão com uma esfera armilar na ponta. Eu acabava de ser fornicada num capítulo longínquo da cruzada contra Mafoma de um sandeu venturoso,

"Enmanuel Jhesus",

o que Alor confirmou obliquamente, antes de adormecer velado pelas aves-do-paraíso. A tatuagem pélvica de Alor é uma cópia fiel do padrão português que está no Museu Nacional de Jacarta, e, mais importante para o meu piloto jau, professor anónimo e póstumo do cartógrafo Rodrigues,

A sombra ereta do meu desejo.

10
Belteran

Matarufa passeava algures pelas vertentes de Maurates. As velhas escreviam em silêncio nos seus teares, verdadeiros cadernos de linha estreita que elas construíam com a sua caligrafia de pano. Eu monologava com o Criador, ajoelhado a um canto, junto do pequeno jardim de cinza e búzios onde descansavam os antepassados da casa.

No exterior, sob a cabana, Alor treinava sozinho, diante de Sixto, no quadrado definido pelos quatro pilares de sustentação da casa. Mentalmente, no escuro, conseguia acompanhar o rapaz fazendo repetições dos golpes básicos diante dos pilares, seus moinhos de La Mancha em forma de cruz, como quatro inimigos troncudos, de braços abertos, cercando-o, encaixando golpe atrás de golpe e tentando fechar sobre Alor um círculo a partir dos pontos cardeais.

O ritmo da respiração de Alor e o ruído dos pés na terra lisa mostravam-me a repetição de uma sequência de murros e pontapés em que cada soco é dado em frente, à altura do peito do adversário, em ângulo reto com o anterior, seguido de um pontapé projetado para a frente. Nesta sequência giratória, muito rápida, no sentido contrário ao dos ponteiros do relógio, mantendo o corpo no mesmo sítio, o pé que dispara para diante recolhe logo depois ao chão, como uma mola, para mudar o ponto de sustentação do corpo e, ao mesmo tempo, marcar o eixo do golpe seguinte. O quinto golpe traz o corpo à posição de partida, com um murro de dedos dobrados em garra, ascendente sob o queixo do adversário, acompanhado com um único berro que liberta e canaliza a força letal nas quatro falanges que batem e, no mesmo movimento, agarram e puxam ao chão.

Nas minhas mãos, o rosário adquiriu sozinho o movimento desta sequência básica, com as quatro pontas do crucifixo rodando nos meus dedos segundo o manómetro do treino de Alor. No início de cada repetição, os gritos de
Sikap jurus!
atravessavam o sobrado, quebrando a tranquilidade *lulic* da oração, como se
Sikap jurus!
fosse um chamamento terreno para outra religião, o *silat*, misticismo marcial, ascese de corpo e espírito. Não tardou muito, levantei-me e pedi-Lhe desculpa, pedindo a bênção, sabendo que, daí a pouco — porque não há combates amigáveis —, estaria a pedir-Lhe outra bênção para o confronto com Alor, através de um
Ámen!
que antecedeu outros
Sikap jurus!
ditos pelos dois, frente a frente, depois de seguirmos o protocolo de, em pé, de mãos postas, rezarmos em silêncio aos respetivos deuses, se os tivéssemos, e de rogar o favor divino.

Medir forças, ou sabedoria, com outro *pesilat*, sobretudo de uma *perguruan* diferente, é a única tentação indomável do bom praticante. Em cada instante, é preciso saber quem é o melhor, sobretudo entre estranhos ou forasteiros, porque a cor do cinto não guarda todas as gradações do respeito do sistema hierarquizado do *pencak silat*. Não era diferente no alto do Matebian, na presença de apenas dois *pesilat*: o treino de Alor era um desafio implícito. Interrompeu o treino quando eu desci as escadas de bambu. Uma vénia discreta bastou para me aceitar na "aula".

Alor vestia duas peças de roupa preta, como é regular no *pencak silat*. Como exercício de aquecimento, percorremos os movimentos de base — *jurus* — por ordem crescente de número e, depois, as sequências com diferentes combinações de golpes — *dasar*. Com variantes de estilo, eu conhecia a maior parte dos *jurus* e dos *dasar*. Alor mostrava-me o que eu não sabia de memória, eu repetia com ele. Achei particularmente graciosos os golpes que combinavam poder ofensivo com elegância coreográfica. Um dos *jurus* mais eficazes, mas de uma leveza feminina, imita a mecânica de um felino avançando sobre a presa, sem fazer barulho no chão: os pés pisam em ziguezague, com o tronco virando para a esquerda ou para a direita em cada passo, cada um abrindo no ângulo reto do anterior; a mão mais próxima do peito faz um movimento ascendente em leque, desviando para fora o ataque do adversário, com o antebraço, de palma aberta; a outra mão avança sobre o mesmo lado, também de palma aberta, para desferir sob o maxilar do adversário um golpe seco, em que a parte anterior atua como o gume de uma arma branca. Apesar da violência deste golpe, o *juru* é feito com requebros de dança, numa sequência de três passos à frente e três passos atrás, em que as mãos parecem atiradas de palmas para cima para segurar o céu — ou se proteger dele. O modelo é um tigre evoluindo com graça perante o perigo, sublinhando uma influência das *perguruan* de Java Ocidental nas técnicas usadas por Alor. Quando, numa palavra, quis saber a sua *perguruan*,

Pajajaran?,

Alor olhou para o seu próprio ventre, como se houvesse algo à mostra que não devia estar. Não estando, nada vi e menos entendi — na altura. Alor puxou as calças pretas para cima, pôs o corpo em sentido, encheu o peito de ar,

Sikap jurus!

e adotou de imediato uma posição de felino, muito baixa, quase sentado sobre o pé direito, de joelho no chão, e o pé esquerdo adiante, toda a planta bem assente, o queixo mais baixo do que o joelho esquerdo e protegido por ele, o tronco recolhido e protegido pelos membros. Alor voltou várias vezes a essa posição. Usou as mãos e os braços sobretudo para bloquear os meus golpes e tentou diferentes formas de me surpreender pelas costas. Queria certamente golpear-me a coluna vertebral e resolver a "aula" dessa maneira. Alor evoluiu depois para uma tática mais evasiva, após ter caído uma primeira vez, mas procurava a proximidade no momento do golpe, que era frontal, dirigido ao ventre. Confirmou no combate comigo o que eu vira antes contra Saldanha: uma enorme graça de pés, movendo-se com o cuidado de alguém que aprendeu a pisar chão escorregadio. Outra marca, talvez, das origens dos estilos Tjimandi nas margens dos rios de Java Ocidental. Confirmou também o domínio do *sempok*, recorrendo a uma posição de sentado para, com o impulso de uma perna, desferir um golpe de punho e de cotovelo. Só quem tem pernas e ancas fortes é bom no *sempok*. Alor é muito bom.

Foi, contudo, um desses golpes que o perdeu. Consegui evitar um soco projetado ao peito de forma a agarrar-lhe o braço direito em movimento, quando o outro braço não estava em guarda, levantá-lo e desferir um pontapé em cheio no peito. Alor dobrou-se com a aspereza do golpe. Não foi difícil fazê-lo cair de cara ao chão, manietando-o pelo braço. Apenas não dei o golpe final com o cotovelo porque iria cair em cima da tatuagem que a luta deixara à mostra:

"Enmanuel."

Alor levantou-se, atordoado mas estoico,

Retiro o que disse, padre. Você não é um guerrilheiro. É um cruzado,

estendeu-me a mão e a aula terminou com o mesmo protocolo com que tinha iniciado. Orámos em silêncio pela graça de não haver ossos partidos. No final, eu concluí em voz alta, diante de "Enmanuel",

Obrigado, Deus, por connosco,

e, desta vez, Alor repetiu comigo, de olhos fechados,

Ámen!

Sixto, que aguardava de pé o final da oração, apanhou algo do chão e veio junto de mim,

Senhor padre, a sua pala...

No calor do "treino", não dera conta de a pala ter caído. Alor chegou-se mais perto, para olhar melhor o meu olho vazado,

E esse é o pavilhão da sua cruzada? A sua guerra fica mesmo longe, padre,

referindo-se, percebi então, à delicada tatuagem coberta pela pala,

é Pajajaran?...

atirou. Alor sabia, naturalmente, que não era "Pajajaran" — o antigo reino de Java ocidental que foi o primeiro aliado dos portugueses no arquipélago. Mas suponho também que Alor não sabia de que tratava exatamente o desenho, e Sixto ainda menos, pois era uma referência algo obscura para quem não fosse das Flores,

É a coroa com a cruz e as quinas do brasão dos Braganças, a casa real de Portugal. Aparece nos pendões religiosos que percorrem a aldeia de Vure, na pequena ilha de Adonara, diante de Solor, nas celebrações da Semana Santa,

ao que Alor, cobrando atrevimento da derrota no *silat*, aproveitou para me colar mais um rótulo,

O padre Rosário é um monárquico católico.

Sixto, que se benzeu quando eu pus a pala no lugar, ficou mais perto da verdade filosófica da Igreja, ao concluir

O reino dos padres não é uma república.

II
MATARUFA

Andava procurando ossos nas pedras de Maurates quando me apercebi de um grupo, cá muito em baixo, subindo a encosta de Haekoni. Estavam bastante acima de Rufaguia. Não era possível distinguir rostos, tão longe vinham ainda, mas, pela postura e pelos uniformes escuros, só podia tratar-se da milícia de Baguia. A *Tim* Binthuka vinha desforrar o seu comandante. Iriam demorar cerca de duas horas a chegar à pousada japonesa mas não podíamos ficar ali à espera de — no mínimo — ser descascados à porrada.

Voltei para junto dos outros. Chamei de parte o padre Rosário. Estávamos encurralados. Demasiado longe da encosta de Quelicai para atravessar o maciço antes do cair da noite; a vertente de Ossu Una também não oferecia saída; e ficar algures ao relento, agasalhados pela chuva do Matebian Mane, não seria uma boa ideia.

Rosário foi o primeiro a referir o Vale dos Caídos,

O único sítio em que podemos abrigar-nos sem sermos encontrados pelos cães do Saldanha,

hipótese que eu eliminei de imediato,

Ninguém pode entrar no Vale dos Caídos sem uma autorização prévia do Conselho da Luta

Não há tempo para o Conselho da Luta!

Levar alguém ao Vale dos Caídos, ou até contar que ele existe, é alta traição, padre, e o senhor sabe disso

E também sei que, neste momento, prefiro a alta traição do Conselho da Luta à alta traição da *Tim* Binthuka. Se eles nos apanham cá em cima, não voltamos vivos a Baguia,
insistia o padre. Seria castigo divino, ou dos antepassados. A discussão versava, ali, revelar ou não, a dois estranhos, o maior segredo da Resistência, um segredo que tinha sobrevivido — no sentido próprio — durante vinte e três anos de ocupação indonésia,
Não pode ser, padre! Ainda por cima, um deles é filho do inimigo
e Rosário, malandro, não deixou passar a pequena ofensa, que muito jeito lhe deu no debate,
Quem é o inimigo de quem nesta guerra, Matarufa? Vocês são guerrilheiros ou *jihadistas*?
Como chama, eu não queria...
Queres dizer: o rapaz é filho de indonésio? Olha, que infeliz coincidência: eu também sou!
Sim, vejamos... não é isso... O senhor padre sabe o que eu queria dizer. O senhor não é como os outros. É filho de Deus. O senhor padre é dos nossos
Somos todos nossos, desgraçado! Somos filhos de Deus, alguns é que não conhecem o Pai... Mas uns são mais que os outros. Em verdade te digo, Matarufa, que Ele me perdoe: suspeito que Alor é mais Seu filho do que os teus pecados e as minhas orações juntos.
Seja claro, padre, não entendo
Alor, filho do "inimigo" ou não, é Filho de *Marômak*,
O Iluminado?
Pode ser,
continuou Rosário, exaltado, gesticulando,
Fale baixo, padre, a casa é um ouvido... Como é que pode saber tal coisa? A hora não é propícia a revelações. Os *Binthukas*

vão chegar aí e vão rebentar-lhe quanta bíblia tem no corpo, à força de pancada, e não vale a pena o senhor chamar por Deus porque Ele não se atreve a vir defendê-lo, digo-lhe eu por experiência própria, Balide tem paredes mais grossas do que a catedral, as orações não atravessam

Não blasfemes, criatura ignorante! Ainda bem que percebes o que nos espera ficando aqui. Eu não "sei" nada, nem estas coisas se "sabem". O Todo-Poderoso manda-nos sinais. É preciso estar atento a eles. Sinais, Matarufa, sinais! O rapaz é Filho de *Marômak* e, nesse caso, a nossa obrigação é levá-lo ao Vale dos Caídos. Para que ele conheça a Relíquia.

E se ele não for o Iluminado?

Se não for, voltas com ele à praça e duas coisas podem acontecer. Ou ele mantém segredo ou não mantém. Se ele não mantiver, duas coisas podem acontecer. Ou acreditam nele ou não. Quem iria acreditar? Acreditarias tu na Relíquia se não a tivesses visto?

Os timorenses acreditam em tudo, padre, mor no que não podem desmentir. Acreditamos em milagres

Os milagres são o analfabetismo da fé. Têm a enorme vantagem de já estar feitos, Matarufa. Nada exigem de nós, exceto que reparemos na sua, como se diz, fenomenologia. Não lesa os milagres o alguém vender-lhes fiado. De qualquer modo, é impossível a alguém que não conheça o Vale dos Caídos encontrar o sítio. Se assim não fosse, "o inimigo", e os filhos deles — além de mim! —, já teriam descoberto a Relíquia.

Lembrei-me de Soibada e de como os padres são bem versados em retórica e argumentação. Resignei-me ao facto de alguns anos de colégio não terem o arcaboiço de muitos anos de seminário,

Seja feita a sua vontade, padre. Mas vamos vendar o rapaz. Sobra-nos Sixto

Vendamo-lo também, para teu apaziguamento, mas ouve que Sixto — e a Relíquia à sua guarda daqui em diante — está protegido pela sua própria superstição. Sixto jamais denunciaria o Generalíssimo depois de o ver. A igreja de Sixto chama-se pavor. A realidade vai ser tão extraordinária para ele que, mesmo tendo-a à sua frente, palpável, será incapaz de a subtrair ao mundo sobrenatural. Chama-lhe animismo, se quiseres. Em linguagem canónica, eu chamo-lhe a gleba mágica.

Explicámos a Alor o perigo iminente e a urgência de fugir para um esconderijo secreto, dando-lhe a escolher ficar com as velhas, esperando sozinho *Tim* Binthuka, ou vir connosco de olhos vendados. Alor, depois de provocar Rosário mais uma vez,

Com a sua venda, padre, ou seria batota?

enrolou um *batik* à cabeça, cobrindo a cara até ao nariz.

Sixto atou uma salenda diante dos olhos.

Foi, portanto, de mãos dadas, em fila de escolinha numa excursão de montanha, que alcançámos a cabana do velho Nicodemos e, acima dela, o Vale dos Caídos.

Entra-se para o Vale por uma falha entre duas lâminas rochosas, uma entre milhares dessas pedras verticais, afiadas e eriçadas umas sobre as outras, como escamas de um peixe gigante. Só as cabras se movimentam bem naquele terreno. A entrada é esguia, enviesada, e continua alguns metros entre duas rochas maciças. Há sítios em que um homem apenas passa de lado. Depois, mais adentro, o abracadabra: o Vale é uma gruta com espaço para várias pessoas de pé.

Antigamente, a gruta era maior. Bastante maior. Mais profunda e com uma espécie de abóbada na parte alta, um pé--direito de vários metros por onde corria água da chuva. Havia reentrâncias maiores que penetravam o corpo da rocha, espécie de galerias onde cabia gado. O suficiente para nelas se montarem currais de cabras ou porcos — búfalos ou cavalos não conseguiriam entrar ou, se entrassem em crias, não conseguiriam sair depois de crescer.

A gruta foi a mesma, talvez, desde a criação da ilha até à guerra da invasão. Durante as bases de apoio, a gruta passou a ser usada pelo Comando da Luta. Vários comandantes passaram por lá, numa fase ou outra do conflito. Quando recuámos mais e mais para o cimo do Matebian, a partir de 1977, a gruta passou a ser um dos esconderijos do Comando para toda a zona leste. Era abrigada, espaçosa, remota mas bem localizada na cordilheira em relação às várias frentes da luta. Uma base ideal. Um dia, em 1978, o Comité Central convocou para lá uma reunião de quadros e chefias. Todos os dirigentes, todos os comandantes, todos os comissários políticos. Um grande debate, para durar dois ou três dias. A Direção queria definir o rumo da luta. Alguém denunciou o encontro e os indonésios bombardearam aquela zona mesmo com força. Bombardearam tanto que a gruta ruiu. Houve alguns mortos, incluindo elementos do Comité Central.

"Vale dos Caídos", por decisão da Direção.

A maior parte dos elementos escapou. O Generalíssimo, porém, ficou para trás. A ruína da gruta entalou-o entre duas massas de rocha. Não o matou. Prendeu-lhe um braço e parte do tronco. Para libertar o Generalíssimo, só abrindo um corte no Matebian e, se acontecer um dia, só a Natureza ou *Marômak* têm força para tanto. De certa forma, vejamos, o Generalíssimo foi absorvido pela montanha. O corpo dele faz parte do corpo do Matebian. As feridas do tronco fecharam na carne da rocha. O Generalíssimo continuou neste mundo mas já sem fazer parte dele. É uma criatura mineral, no meu entendimento. Foi um milagre ter sobrevivido. Um milagre dos verdadeiros. Até o Embote, que não é muito desses assuntos, veio uma vez visitá-lo, isso foi muito antes de ser preso, e prestou-lhe homenagem num poema, "Aswain Fatu / O Guerreiro de Pedra", na escola

do camarada Borja da Costa. Eis como o Embote improvisou diante do Generalíssimo,
> *"Fatu Mane no Fatu Feto*
> *Matebian*
> *unigénito Marômak nian,*
> *Fatu lulic, fatu bo'ot,*
> *Aswain Timor nian*
> *Aswain Matebian oan*
> *Fatu ka moris, matebian ka mate*
> *Aswain Timor moris no matebian fatu*
> *Aswain nian fatu Sinai*
> *Aswain nian fatu*
> *Lorosa'e!*
> *Luta ninian Independensia fatu*
> *Matebian ninian Luta moris*
> *Mane bo'ot ninian Luta fetu*
> *Aswain Matebian oan*
> *Timor ki'ik Pátria bo'ot*
> *Lorosa'e Pátria fatu*
> *Nain rain loro nian*
> *Aswain nian*
> *Laroman Nasaun Timor*
> *Aswain fatu!"*,

ao que o Generalíssimo chorou, "guerreiro de pedra!", em coro com o Embote.

Apenas um grupo muito restrito de dirigentes e quadros sabia que o Generalíssimo tinha sobrevivido à ruína da gruta e que continuava retido no Matebian. Sabiam-no alguns, poucos, no círculo do Embote, do Monsenhor em Díli e na cúpula da Frente Diplomática. Mais ninguém. Nem sequer a viúva, os filhos, ninguém da família. Eu sabia, pois era a minha caixa que tinha a responsabilidade de prover o essencial para a sobrevivência do

Generalíssimo. Cada entrega era um desafio logístico e uma operação arriscada que levava semanas a preparar e a concretizar. Tudo, vá lá, vá lá, quase, ia chegando. Água, aspirinas, combil quando não havia farinha... Injeções de morfina eram o mais difícil de obter. O Generalíssimo sofreu estes anos todos de dores terríveis. Uma dor profunda a dele, parece. Permanente. Eu assisti-o algumas vezes. Suponho que é a rocha fundindo-se a frio na sua carne. Uma vez aproximei a vela e vi que os líquenes se confundiam com a sua pele. O Generalíssimo, de resto, adquiriu com o tempo uma cor de estátua, macia como um túmulo ardente. Faltava-lhe a tranquilidade. As dores enlouqueciam-no.

Era a Cúria que, em geral, arranjava a morfina e que a passava à caixa. Nunca faltaram com assistência à Relíquia, embora, no início, Monsenhor fosse muito áspero com o Generalíssimo,

O suplício dele, irmão Matarufa, chama-se consciência,

aquilo incomodava-me muito, um doutor da igreja não devia dizer aquilo, o Generalíssimo era dos nossos,

É dos nossos, Matarufa, claro que é: glorioso pecador como todos, mesmo que agora só falte por pensamentos e omissões. Contra isso nós nem ele podemos nada, só o Misericordioso. Acredita e aprende, porque nem tudo vem na Bíblia, o Purgatório é lá no Matebian, chama-se Vale dos Caídos, é um castigo divino plantado no jardim do Éden por um avião desfolhante indonésio e o nosso general é um vegetal pródigo que descobriu o Criador!,

eu magoava-me que um coração tão bom pudesse cuspir coisas tão reles,

Estás a olhar para quem, Matarufa?, não olhes ao que eu digo mas ao que eu faço, anda-me com esse embrulho para fora desta casa de paz,

o certo, vendo bem, é que Monsenhor nunca faltou ao Generalíssimo com o embrulho vital, o certo, vendo melhor, é que mesmo o supliciado me disse muitas vezes,

Hau naran Fatu Moras, Timor aswain bo'ot,
"O meu nome é Dor de Pedra, grande guerreiro de Timor",
durante sezões que duravam dias e noites,
Os mil mortos de *Jacarta*
gritos que rasgavam o nervo do granito,
O meu pelotão de fuzilamento
gritos, o Generalíssimo era perseguido por uma multidão de vozes,
Vêm suicidar-me
exércitos cercavam o Matebian de todos os lados,
Para saudarmos a independência
exércitos, colunas negras subindo a face lisa da montanha, dizia o Generalíssimo, apavorado, conquistavam a última base de apoio e faziam um loroçá selvagem pela ilha,
Na estrada de Aileu, *Jacarta*
os aswain convergindo no Vale dos Caídos, pontapeando as cabeças degoladas
Mil salvas pela nação timorense!
era impossível escapar àquela dor
Aaaaaaileu!
e uma aflição mineral acabava por apoderar-se também de nós,
Aaaaaaaaaaaaaaaaaaaaaiiiiiii!
O Generalíssimo depressa era deixado aos seus pesadelos, às suas memórias, ele e os seus uivos de lobo pela noite eterna da gruta,
Aaaaaaaaaaaaaaaaaaaaaaaaaaaaaaaaaaaaaaaaaaaaa!...
Dor e solidão era o que lhe restava no Vale dos Caídos. As duas atividades fundiram-se numa única ocupação do tempo, um fio de arame para atravessar o abismo, na mesma dormência das veias entupidas de morfina: culpa e arrependimento. Veio o dia em que o Generalíssimo, recuperando uma réstia de majestade, manifestou dois desejos,

Perdão e capelão,

e alguém, no Conselho da Luta, emitiu uma ordem simples que chegou às minhas mãos, em Díli, numa folhinha, através da Clandestina,

"General urge Providência. Providencie-se urgente",

onde creio ter descortinado o sarcasmo do Embote. Não era fácil garantir assistência espiritual a uma múmia viva no alto do Matebian. Colocámos o problema à Cúria, e Monsenhor escolheu o padre Belteran de Rosário, pároco de Baguia, para se ocupar do Generalíssimo. Belteran, um indonésio da ilha das Flores: a escolha não caiu bem na montanha. A Direção da luta enviou — algumas semanas depois — um papelinho à Cúria, telegráfico, "Não há dos nossos?"

Monsenhor pediu, por seu turno, um esclarecimento:

"Bolcheviques ou mencheviques?"

Desceu tréplica da montanha, sóbria:

"*!!!Timor oan!!!*"

Monsenhor:

"Vasto rebanho, larga montanha, fracos pastores."

A "larga montanha" devolveu, enfim, uma ratificação sardónica,

"*Di'ak*. Glória ao Padroado Português do Oriente: Pátria ou... Flores!"

Vem dessa época o gosto do padre Rosário pelo montanhismo e a silvicultura e até foi essa a origem de uma asma persistente, inoportuna novidade num cavalo de saúde que ele era, mas que exigia ares de maior altitude, a altitude de Maurates. Não era fácil ser capelão de um cabo-de-guerra meio-morto e meio-vivo, no meio de uma cordilheira sob vigilância do inimigo, mas Monsenhor confiava no missionário de Larantuka para tão delicada missão,

Primo, há quinhentos anos que combatem Mafoma, e continuam invictos,

no caso de Rosário, era alguém que sabia defender-se,
Secundo, fez votos de dar a outra face, mas não vai dar o outro olho sem tirar um na troca,
no douto resumo de Monsenhor sobre a personalidade temperamental de Belteran.
Com uma paciência de Jó,
(O Generalíssimo é a minha ermida.)
o padre Rosário acolitou *Marômak* num segundo milagre, que foi o da conversão do guerreiro-estátua à Igreja Católica Apostólica,
(Deixemos o Romana para uma fase de maior maturidade doutrinária.)
iniciando-o numa metamorfose mística que converteu o ateu num beato condestável. O suplício foi sublimado em ascese. A sobrevivência ganhou um sentido providencial. A solidão adquiriu os contornos de uma exigência do Alto, humilde contrassenha de um destino maior, coletivo, que alcançava muito para além do Vale dos Caídos, um destino que interferia nas vidas — na salvação — da nação timorense, da irmandade dos crentes e do concerto das nações que vivem sob a lei de Moisés. Foi Rosário, ou Monsenhor, ou talvez tenham sido ambos, que perfilharam a Relíquia, e fala de novo pela minha boca o missionário de Larantuka,
Porque Timor, excedentário em mártires, tem um défice crónico de santos e não se funda um califado católico com um alicerce comercial tão desequilibrado,
e ainda,
Timor, não digo, precisa de heróis e eles estão aí, mas carece também de um messias.
A Relíquia era, em primeiro lugar, o seu próprio messias. Confinado à sua tragédia, panteão esperando as suas exéquias, o São João Baptista do Matebian não incomodava, entretanto, ninguém na Galileia, em Jerusalém ou em Roma. A educação mes-

siânica do Generalíssimo evoluiu num fascínio exíguo de si, o que é compreensível se atendermos ao facto de o seu corpo e a sua caverna serem a literalidade do seu mundo. O universo, lá fora, tinha sido armagedado por uma bomba indonésia, lançada por um cavaleiro do apocalipse, de fabrico americano, e o Generalíssimo era o líder, escolhido a dedo por Deus, para comandar as Falintil, e os timorenses, numa guerra de dimensões cósmicas, como são as dimensões expansionistas do Bem e do Mal,
 A única forma de o Mal não esmagar o Bem é o Bem esmagar o Mal,
dizia o Generalíssimo,
E o Bem sou eu por nomeação do Todo-Poderoso,
isto contou-me o Belteran num momento de desabafo,
Às vezes, Matarufa, a dúvida escurece-me a fé quando vou lá acima: e se Deus se tivesse parido num narcisismo místico de Adão?
 O padre vacilava. A Relíquia é de pedra mas ninguém é de ferro. O Generalíssimo tinha recaídas, os fantasmas nunca o abandonaram. Milícias vingativas farejavam as cumeadas do Matebian para encontrar o covil do comandante e saltar sobre ele, comendo-o até aos ossos enquanto ele se debatia agarrado à rocha. Nesses momentos, a Relíquia era possuída pela Besta dos seus medos,
 Merda para ti, Belteran, deixaste-os entrar!,
debatia-se contra uma alcateia de sombras,
Traidor! Traidor! *Bapa* d'um cabrão!
numa crise de espasmos e injúrias,
Vade retro! Vade retro!
contra o único homem que tinha poderes para lhe dar paz
Guardas! Guardas! Guardas!
orando com ele infindáveis rosários e ladainhas, fazendo círculos por visões de tormento e de refrigério,
 Torre de David

Ora pro nobis...
Torre de marfim
Ora pro nobis...
O Maggiolo?
Kyrie, eleison...
O Osório?
Kyrie, eleison...
São Francisco Xavier?
Ora pro nobis...
Espelho de justiça
Ora pro nobis...
Sede de sabedoria
Ora pro nobis...
até que a calma interior abria espaço para o Generalíssimo cair na constatação da sua sorte, da sua condição humana,
Matebian... Já viste, Belteran? Os mortos são o meu cárcere e a minha algália,
com um desespero tão profundo, disse-me Belteran, quase a medo, que dava lugar a um lancinante choro da Relíquia, agudo, demente, que engolia o infeliz num coma,
Aaaaaaaaaaaaaiiiiiiiiiiiiiiiiiiiiiiiiiiiiiiiiiiiiiiiiiiiiiiiiiiiiiiiiiiiii...
motivo pelo qual, finalmente,
... iiiiiiiiiiiiiiiiiiiiiiiiiiiiiiiiiiiiiii...
na verdade clínica da gesta do Guerreiro de Pedra,
... iiiiiiiiiiiiiiii...
a morfina era enviada pelas mesmas veias por onde, pouco antes, corria o fervor religioso,
... iiiiii...
substituindo-o pela ideia paliativa de tranquilidade
... leeeuuu...
a que Monsenhor, na sua clarividência brutal, chamava
O ópio do Politburo.

12
Matarufa

Havia um projeto, apresentado pelo próprio Alor: um projeto de casa. A memória descritiva era simples, Alor repetia-a com frequência,
   Desenhar uma casa tradicional timorense em Díli,
algo que, apesar de ter apenas uma linha, me soou subversivo e, já agora, verosímil no contexto de transição após a queda do Sultão. Naquela incerteza sobre para onde ia o país, era possível acreditar no melhor — o pior, julgávamos, estava para trás. Porque não uma casa tradicional? Os indonésios destruíram quanto puderam das marcas físicas da nossa identidade, durante os vinte e quatro anos de ocupação. Eliminaram o corpo, diluíram o gene, feriram a paisagem, queimaram a casa. Em janeiro de 1999, Alor ou alguém por ele lembrou-se de que valia a pena construir uma "casa tradicional" em *Tim-Tim*. Estupendo. Eu quis acompanhar o projeto desde o início, ainda antes de o Chefe de Serviços me dar instruções para apoiar Alor numa missão aos distritos. Foi o Chefe do Museu, e não Alor, que acrescentou a memória descritiva do projeto, enunciando
   Desenhar uma casa tradicional timorense em Díli para residência oficial do líder dos separatistas,
   uma declaração ainda mais fantástica do que simplesmente construir uma casa. Isto só se entende, hoje, olhando para o calendário. O projeto de Alor foi "clarificado" em Díli pelo Chefe do Museu na mesma semana em que o presidente

Messerschmitt anunciou a sua intenção de pedir ao Parlamento indonésio a realização de uma consulta popular sobre o futuro de Timor Oriental. Nunca tive oportunidade de perguntar a Alor se a ideia de residência para "o líder timorense" — ninguém nomeou a qual deles se referiam — tinha sido um enxerto de política num tronco de arquitetura, ou se a ideia original já incluía a casa e o inquilino.

Concentrei a minha colaboração nos assuntos de arquitetura e em transmitir a um jovem indonésio o que é a casa timorense. Tão longe da política quanto possível, mas com esta constatação, que guardei para mim: apesar do desmantelamento sistemático, a arquitetura tradicional timorense permanece a forma de expressão cultural mais consistente e abrangente, num território onde nunca floresceu nenhuma das grandes artes. No final de vinte e quatro anos de extermínio de uma cultura, a casa é a última morada da nossa identidade. Não era em Díli, nunca foi, que isso saltava à vista, mas nos locais menos atingidos pela guerra, pela destruição e pelo progresso. Sugeri a Alor que fosse beber inspiração para o seu projeto lá onde as estradas não chegam. Lá em cima. Não na montanha mais alta, o Ramelau, mas na montanha mais profunda, o Matebian. É lá que a novidade em técnicas e materiais, a existir, tem sempre de ser carregada ao ombro, encosta acima, e é, portanto, muito reduzida. Nesse aspeto, o maciço do Matebian é um santuário.

Por questões práticas e políticas, não podia, de início, passar a Alor os testamentos de Ruy Cinatti — e a angústia deste ao constatar, depois da Segunda Guerra Mundial, a erosão rápida de artes e ofícios e de motivos tradicionais em Timor. Nem sequer dispunha dos livros na minha biblioteca. Os livros em português e o uso da língua eram anátema no tempo indonésio. Li Cinatti em biblioteca privada e em segredo, onde ninguém podia incomodar-me: em casa do governador Abílio Osório

Soares. Não estou a inventar. A meu pedido, e parece que por recomendação do pai de Alor, o governador Abílio autorizou o rapaz a consultar "o que quisesse, quando quisesse", na sua biblioteca lusófona, que não era pequena. Penso que Alor aproveitou as leituras que fez, porque, a caminho de Baguia, disse-me
Você é uma quimera, *Pak* Eneias,
Quimera, eu?
Eneias morreu por Matarufa e Matarufa não existe, geograficamente, politicamente, historicamente. Matarufa é uma ideia sem sítio, ou, se existe, ainda não emergiu das águas no início das coisas, pelo umbigo da mãe do mundo, como é que vocês dizem...
Raiklaran...
... Isso, "o ventre feminino da terra". Matarufa é uma origem mítica. Um berço perto dos deuses. Um ponto de fuga. Matarufa é uma saga encalhada que procura grandeza, inventando uma epopeia. Eneias, o seu nome de guerra devia ter sido Camelot. Camelot Lorosa'e! Você não é um homem, você é uma narrativa
Vejo que andou a ler o Rafael das Dores, disse-lhe eu. Aquilo incomodou-me porque era tão inocente, da parte de Alor, e tão... azedo. Desviei o assunto para o Cinatti, que afinal era a leitura que eu tinha sugerido,
Sim, li. Bela maneira de ser amigo dos timorenses. Se bem entendi, a casa tradicional é uma espécie de ilíada de pau: maior do que o mundo por ser a refundação do cosmos e a construção do lugar que nele ocupa o homem,
o que é tão correto, comentei, que quase parecia politicamente correto da parte de Alor. Desta vez foi ele a desgostar do reparo,
Se for *também* politicamente correto, melhor, mas nada me interessa em arquitetura se não for antropologicamente correto. Desde o desenho à pedra e, sem dúvida, à função. Consegue imaginar Suharto ou "Gus Dur" numa residência tradicional ti-

morense? Eu não. Pode acontecer, em teoria, mas seria arquitetonicamente incongruente. E isto não tem nada que ver com a política

E o Embote? Alor conseguiria desenhar um palácio javanês para ele?

Fez-se silêncio. Sixto, que tem um sentido para calar o que não precisa de ser dito, possui o instinto de ouvir o silêncio que é necessário cortar. Foi ele a responder, quase fleumático,

O senhor Embote já tem uma casa em Java e, quando sair de lá, não vai querer outra.

Assim ficou a conversa por um bocado de estrada, até Alor recuperar o tema onde tinha sido interrompido,

A vossa casa é um alicerce no universo, a ligação do indivíduo ao chão, ao clã, aos antepassados, a inserção de cada homem na terra a que pertence, nos rituais que herdou e nas cerimónias em que se renovam, no calendário das gerações e nas narrativas genealógicas, na sazonalidade dos ciclos produtivos, nas formas de adaptação ao clima, à geologia e à topografia,

continuou Alor, com uma exaltação estranha, agressiva, abrindo um caderninho, e leu alto, inclinando-se para Sixto,

Para citar Cinatti, que a estrada vai monótona, "Na estrutura da habitação revela-se o simbolismo cósmico: a casa é uma imagem do mundo, a sua cobertura é o Céu, o pilar ou poste principal é assimilado ao 'eixo do mundo' que sustenta o imenso teto celeste e desempenha um papel ritual importante: é na sua base que têm lugar os sacrifícios em honra do ser supremo, Marômac...", *et cetera*. Bastante lindo, mas a minha grande incerteza, *Pak* Matarufa, é se toda esta poesia ainda existe, escondida em alguma montanha ou garganta, ou se nós, indonésios, cumprimos o apocalipse do Cinatti, terminando em vinte e quatro anos uma demolição que ele dizia ter começado há quinhentos com os portugueses. O que acha?

E foi Sixto, de novo, a responder por mim,
Eu acho que o senhor lê muito bem português.
Repito: não sei se havia um plano. Agenda tínhamos, e ali mesmo a descrevi, para que Cinatti não ficasse a pairar em fantasma, mas em programa, e li para Alor o que tinha rascunhado como tópicos de estudo. Arquitetura tradicional implica abordar materiais, métodos de construção, padrões decorativos, códigos de trabalho, organização do espaço interior, localização na aldeia; e, num outro plano, os rituais, as palavras, a simbologia, os tabus, as crenças e a organização do grupo.

Tudo o que desce fundo na identidade da nação timorense, pensei para mim, enquanto Sixto, largando-nos de riso e descongelando por fim o ambiente, concluiu que

Comissário Eneias, isso é mobília a mais para uma cela de terrorista.

13
Dalboekerk

Os povos timores têm uma avidez coletiva por alianças cósmicas que os absolvam da sua abjeta posição no fluir da história global. Portugal, no seu catolicismo atávico, feito regime e religião de Estado "Novo", conseguiu convencê-los de uma conjugalidade primordial e necessária entre timores e portugueses, seus amigos e amantes. Pior: Portugal convenceu-se, até sempre, da perenidade e excecionalidade desta relação, comportando-se como se estas núpcias, concretizadas perante Deus, valessem para a eternidade, mesmo para lá do fim, mesmo depois que a morte — com uma descolonização! — os separe. "Ai, Timor!"

Alor relatou-me que um dos portugueses com quem viajou para Viqueque prometia à população comovida e transida,

Portugal vai voltar!

Os povos civilizados são os que seguram pela rédea os seus imperativos categóricos. Os povos desenvolvidos são, de entre esses, os que conseguem escolher, em cada momento, o melhor jóquei para correr o destino da nação. A equação de líderes desenvolvidos cavalgando povos bárbaros produz apenas uma verdade aritmética: tragédia. Eis Timor Lorosa'e nascendo.

Os nacionalismos, tanto quanto as bestas imperiais, são bestas ciumentas. Funcionam, crescem e definham por exclusão e projeção. Alor não o escreveu naquela carta de Viqueque, mas mais tarde dir-me-ia,

Os timorenses veneram os portugueses!,

e a carta que me enviou abunda em exemplos de êxtase e comoção de civis timorenses perante uma dezena de viriatos, os primeiros naquelas remotas paragens depois de vinte e quatro anos de integração. Alor, no entanto, não articulou a verdadeira dimensão do culto. Os timorenses não "veneram" os portugueses nem ninguém a não ser os seus "antepassados" — o seu único e arcaico pavor. Os timorenses, confrontados com o avanço dos poderes estrangeiros europeus no século XVII, fizeram uma escolha: "venerar", em seu melhor favor, a potência impotente que Portugal sempre foi no concerto da colonização europeia. Essa a sua grande astúcia e essa a única estratégia "nacional", a partir do momento em que a bandeira do Rei dos Algarves foi acrescentada do imposto de finta. A Indonésia mudou com os holandeses? Muito. Pelo menos passou a ir aos comícios nacionalistas de comboio. Timor Oriental mudou com os portugueses? Olhe à volta e avalie por si. Estou a falar-lhe, como se diz agora em Lisboa, de um encontro de culturas que ocorreu aqui. *Hélas!* Timor Oriental é o ponto de encontro de dois povos cuja noção de mudança e de futuro é a mesma: a projeção no tempo da sua própria inamovibilidade mental. Alor, certa vez, perguntou-me porque é que os holandeses conquistaram aos portugueses, à canhoada ou em tribunal, todo o arquipélago malaio, ao longo de quase quatro séculos, excetuando este cantinho cordilheiro. Eu disse-lhe: porque não tinham tempo a perder. Acrescento rodapé à minha própria resposta: forneceram marinha mercante, para não desperdiçar em favor dos Países Baixos, mesmo assim, o lucro residual que saía do Timor português.

Estes assuntos sempre tiveram uma grande limpidez para mim. E chegámos a 1999. O anúncio de uma consulta em *Tim-Tim* por *Pak* Messerschmitt gelou o sinédrio imperial em Jacarta. Foi como se os deuses perguntassem aos troianos se queriam pertencer aos latinos. A maior maldade de Jacarta foi involuntária: dar de bandeja a possibilidade de escolha aos timorenses. O Conselho de Ministros, desde o afastamento do Sultão, era um sistema solar centrado numa estrela menor à procura do brilho que não tinha, do tipo segura-me-senão-cego-te! O anúncio da consulta foi um impulso infantil do Presidente. Todos os grandes países têm direito ao seu Lyndon Johnson, até criarem arcaboiço para sobreviver ao seu próprio Jimmy Carter ou ao seu Boris Ieltsin. Mas esses parêntesis, em realidades imperiais como a indonésia, a americana ou a soviética, pagam-se muito caro. Continuo a invejar a constância dos chineses em assuntos de Estado — até o caos, quando acontece, é calculado pela Cidade Proibida.

Sejamos objetivos: a ideia de consulta, articulada por *Pak* Messerschmitt, foi uma birrinha de menino-homem que só poderia acabar mal para todos. No imediato, pôs a galáxia de corpos celestes — a que chamamos República por obrigação constitucional — em órbitas concêntricas, mas por vezes divergentes, sobre como segurar *Tim-Tim*. Nos meses seguintes, os nossos diplomatas e militares gastaram as suas energias em diferentes versões de como garantir uma escolha favorável à integração de *Tim-Tim* na pátria una da garuda jaua. Pelo lado dos timorenses, com ou sem transição; com ou sem polícia própria; com ou sem fronteiras; com ou sem governo autónomo. Pelo nosso lado, persuadindo-os; comprando-os; ameaçando-os; forçando-os; violentando-os.

Delírio puro. Qualquer destas estratégias — e andámos vinte e quatro anos a aplicá-las todas em *Tim-Tim*, malhando em ferro frio —, baseadas na ignorância e na boa-fé, estava endossada ao fracasso. Por junto, remetiam para a última opção: um incêndio desesperado da História, um apocalipse vingativo que contrariasse a profecia, incinerando-a. A integração de *Tim-Tim* teria de ser mantida como tinha sido feita em 1975: à força bruta.

Não se tratava, sequer, de qual era o bom e o mau resultado da consulta ou o que era melhor ou pior para os interesses dos timorenses. Essa nunca foi a questão. A questão era, apenas, qual o resultado possível. Mesmo no Palácio Merdeka havia quem, genuinamente, acreditasse que os timorenses votariam por uma autonomia alargada no ventre indonésio. Pensaram conhecer bem a liderança "independentista",

Temo-los seguros pelo rabo. Se já aceitaram a autonomia uma vez, vão voltar a aceitar,

disse-me até um coronel com responsabilidades na preparação da consulta. Teria alguma lógica, até moral. Mas esquecemos, esqueceram, a vaga de fundo: os amigos incondicionais dos coitados e a capacidade de mobilização desse alambique de clientelas chamado "sociedade civil".

Eu partilhei com o sinédrio, nos debates algo descoordenados de fevereiro deste ano, algumas notas metafóricas da viagem de Alor pelos aluviões de Viqueque. Escutaram com atenção quando li o episódio que designei por *camel trophy* da consulta popular: "A mesma monção que engrossou a ribeira do Coa, e nos barrou no primeiro dia na costa sul, provocou um deslizamento de terras entre Viqueque e Ossú. Parte de toda uma encosta fendeu, simplesmente, na cumieira de um monte e toda a vertente desmoronou em direção ao fundo da garganta. A estrada ficou atolada em lama ao longo de mais de quinhentos metros. De ambos os lados da barreira acumulava-se população em grande algazarra, em volta de viaturas que não mexiam para a frente nem para trás. Poucos veículos conseguiam transpor este obstáculo e apenas à custa de grande esforço braçal. Os dois jipes dos portugueses foram prontamente empurrados lama adentro pela população, que, em grande alegria, se enterrou até meio-corpo na enxurrada castanha, gritando 'Força Porto! Força Porto! Força Porto!', sendo *Porto* a abreviatura genérica para o país, corrente no arquipélago. 'Porto', navegando nós dentro sem sujar os pés, conseguiu ultrapassar a derrocada. Do lado norte, havia um jipe que insistia em desbloquear-se a golpes de acelerador, o que apenas contribuía para polir ainda mais a lama e enterrar mais fundo as rodas. Um dos portugueses quis saber se alguém iria ajudar aquele jipe, onde estava apenas o condutor. 'Aquele? Não! Deixe-o estar. É um indonésio.'"

Os generais e ministros não gostaram desta passagem. Nem de uma outra, que também citei da carta de Alor. "Em Viqueque, exaustos pela travessia do Coa, fomos acolhidos pelo padre Filomeno, que quis 'dar hossanas' pela chegada da comitiva. Abriu uma garrafa especial. 'Tenho aqui esta garrafinha de vinho guardada há muito tempo, para beber com os primeiros portugueses que aqui chegassem. Subtraí-a ao vinho eucarístico, com a compreensão do Omnipotente e Todo-Misericordioso'. Era vinho português e com ele brindámos 'à liberdade do povo maubere'." "Comunistas! Esses padres são todos comunistas!", comentou-me um conselheiro de *Pak* Messerschmitt.

Terminei os ensinamentos que recolhi da carta de Alor com um último quadro de viagem: "Na margem do Coa, estava uma mulher acocorada, imóvel, diante de um toldo com bananas, tubérculos, raízes. San Payo chegou-se a ela e, em português, perguntou: 'Senhora, quanto custam os amendoins?' A pobre iluminou-se e respondeu, como se há vinte e quatro anos tivesse o preço na ponta da língua: 'Vinte escudos, senhor.'"

O meu contributo, *suma*: a consulta popular não podia menosprezar a força da santa aliança entre timorenses e portugueses. A vaga iria crescer nos meses seguintes e Jacarta teria que estar preparada para ela. Estávamos a lidar com gente obstinada em produzir eletricidade com moinhos de marés. E as negociações não deviam perder nunca de vista a única vantagem estratégica dos timorenses, que eles teriam que usar:

a malícia do servo que é disputado por dois amos. Usei até linguagem mais crua, para que ficasse claro: iríamos assistir a um episódio de história colonial, apócrifo que fosse, mas igual a todos os outros. Uma batalha, mais uma, entre a legitimação de fornicar e a capacidade de fugir. E, em história colonial, não se combate para saber quem fica por cima ou por baixo, pela frente ou por trás; apenas quem penetra e quem é penetrado. No caso vertente, concluí perante os senadores da nação, portugueses e timorenses não vão fugir de juntar a fome com a vontade de foder. Na mesma cama: a sedução do abuso e a vingança pelo adultério.

Enquanto o concílio do Presidente se ocupava nas várias modalidades de persuasão dos timorenses, alguém tinha que trabalhar, e depressa, muito mais à frente do referendo: na derradeira exemplaridade do castigo.

14
Que-Deus-Tem

"Vejamos se explico bem. Um guerrilheiro tem uma arma. Serve-se dela quando a emboscada é propícia ou quando a fuga tem desvantagem sobre o confronto. O resto do tempo, que é a maior parte do tempo, o guerrilheiro é um mapa à escala de 1:1: conhece da situação o local literal que nela ocupa naquele momento. Sobre a sua posição, e sobre nenhuma outra, pode garantir e informar. E, para informar e ser informado, só deslocando-se por suas pernas. Na guerrilha, o emissor e a mensagem são a mesma pessoa e ambas estão cara-a-cara com o recetor. Foi um marco na história da resistência a introdução clandestina de um transmissor de rádio nas áreas das Falintil, para o Embote ser ouvido na Austrália através de um mar de silêncio,
East Timor calling
mas mesmo esse rádio demorou.
Sei quantos passos demora a travessia de Timor, pois a pé se fazia na guerrilha. São muitos dias de caminhada. Mas a maior distância, nos anos de resistência, era a espera. Quem atravessava de umas áreas para outras podia aguardar normalmente duas semanas no ponto de contacto. Entre a saída e a entrada, como nas portas sagradas das *uma lulic*, havia imobilidade.
Imagine uma rede de transportes sem veículos; cada peão movimenta o seu próprio cansaço. Não há aparelhos de rádio; não há ordem posterior à partida nem anúncio que preceda a chegada; chegou quem está, dos outros não se sabe. Não há

estradas; por elas circula o inimigo. Assim Timor durante a ocupação; as Falintil, grupo de cruzados expulsos de Jerusalém, transformou-se numa organização de peregrinos. Cada guerrilheiro era um caminho de Santiago algo errático, convergindo numa basílica sagrada nos limites do mundo conhecido chamada Independência.

Cada grupo de guerrilheiros limitava-se, região por região, ao conhecimento dos outros, dela originários. Os guerrilheiros em movimento estavam nas mãos dos guias, guerrilheiros daquele sítio. As ligações do Centro-Leste para o Matebian eram sempre feitas através de pessoas que conheciam bem essa zona do território. Eram estas pessoas que combinavam os dias dos encontros nos sítios de troca. Os de Loré vão ter com os de Iliomar em tal dia; então, aproveitávamos esse dia para ir ter com os de Iliomar. Os de Iliomar diziam, Daqui a uma semana temos ligação com os de Baguia, e nós ficávamos à espera. E vai assim. Vários postos de ligações, mais uma, mais uma, até à fronteira. Não há nenhum rádio. Não é nenhuma comunicação.

Por exemplo, de Loré à fronteira. Partimos de Lospalos em maio. Era o tempo que nos davam para arranjar coisas. Em maio tínhamos que seguir para o Centro. Maio, junho e julho: só até ao outro lado do Matebian demorávamos quase quatro meses, porque tínhamos que estar ali à espera em cada mudança de zona. Por exemplo, esperávamos duas semanas, até chegar o dia de efetuar a ligação. Porque os próprios da ligação tinham um calendário. Iam intercalando: dia 15 do mês, por exemplo, era de Iliomar; aos dias 25 era Baguia, então esperava cinco ou seis dias. Só eles é que sabiam o calendário.

Se este calendário era apanhado pelos indonésios, tinha que ser mudado imediatamente, ou os grupos passariam de uma zona para uma armadilha do inimigo. Se apanhavam o calendário de Baguia, toda a ligação tinha que mudar. Se não, iriam saber! De duas em duas semanas faziam ligação. Se era de semana a semana e havia uma emboscada ou uma patrulha, o calendário era mudado para o guia aparecer de duas em duas semanas, para não serem apanhados. Se fossem todos apanhados, o calendário mudava para apenas uma vez por mês de contacto, até os indonésios ficarem cansados de patrulhar e de serem iludidos. Aí começávamos outra vez com um calendário mais frequente.

Aconteceu-me isso no último ano. Cancelei todas as ligações do Matebian... Estava ali sozinho.

Se o inimigo ocupava a posição de passagem, queria dizer que alguém a tinha denunciado.

Aproveitava-se o encontro de dois grupos da guerrilha para mudar de um sítio para outro. Quase como água entre terraços de arroz: de um para outro, para outro, para outro."

15
Dalboekerk

Na Villa Topace havia, ainda há, um mapa antigo do arquipélago malaio, um *John Tallis* de 1851, da série impressa para a Exposição Universal de Londres. Tem quatro vinhetas: "Nativos da Nova Guiné", "O Urso das Abelhas", "Arredores de Sarawak, Bornéu" e "Monte Vitória, Nova Guiné". Um belo mapa decorativo. Estava numa casa de Java Oriental, descoberta por Ketut quando andámos à procura de peças pelas aldeias. O madeiramento da casa era magnífico, vigoroso, em especial o *dodok besi*, a viga que encimava a estrutura, um sonho entrançado de flores, serpentes e deuses. Comprei o conjunto algum tempo depois. Foram esses elementos, desmontados, embalados e levantados de novo, com alterações na estrutura, numa plantação sobranceira ao mar de Java, em Bali, que vieram a constituir o núcleo social da Villa Topace, o *pendopo*.

O *dodok besi*, com cerca de cinco metros de comprimento, numa peça única maciça, encaixava lateralmente em dois pilares, sem pregos, aguentando-se firme no seu próprio peso encavilhado no jogo macho-fêmea dos entalhes. A partir desses dois pontos de apoio, o brocado de teca crescia em simetria para o centro, a parte mais grossa da trave, onde o *dodok besi* formava uma orquídea bojuda mas graciosa, virada para baixo, como se florisse para o chão, com uma pequena argola metálica encastada, de onde seria pendurada iluminação, divindade ou *selendang* decorativa.

A trave-mestra do *joglo*, a cobertura tradicional, tinha um entalhe tão delicado que, olhando para cima, na cúpula criada pelos níveis sucessivos de pilares e barrotes, construía a impressão de jorrar da grande orquídea de teca o resto do *pendopo*, num pé-direito bastante generoso. Colunas e painéis com flores incisas, como um gondão de raízes aéreas, apenas chorando ramos em redor dos sofás e poltronas, criam a casa a partir do telhado, quero dizer, numa cascata algo manuelina que oculta a quem está por baixo o peso tremendo da pequena floresta de teca consumida em tão nobre marcenaria.

Comprei essa casa, em primeiro lugar, pela robustez do vigamento, decerto centenário mas sem uma sarda de caruncho, outrossim pelo tabuado, colunas e painéis finamente esculpidos, talvez por artífice de Madura. O recheio da casa, no entanto, desmerecia em qualidade e em gosto, traindo a decadência dos proprietários e uma origem menos nobre da família do que aquela que a construção decerto queria ostentar.

O mapa foi um dos poucos salvados na trasladação da estrutura de Java para Bali. Dei ordens para que o mapa fosse colocado exatamente no mesmo painel em que estava pendurado antes. Os painéis, no entanto, quando montados na Villa Topace, seguiram outro ordenamento, com delicadas adaptações de Ketut. O que era uma casa javanesa, fechada e compartimentada em áreas de uso estanques, transformou-se num grande pavilhão na costa de Bali, totalmente aberto ao mundo, não apenas a sul, como manda a tradição rasgar a porta na casa jaua, mas sobretudo a poente. O *pendopo* não tem paredes nessa orientação, aliás, é, pelo contrário, ocidentado, em benefício da contemplação do mar Jau. O mar esbate na praia, em cota inferior à Villa, com uma cor sugerindo vastidão e nomes de derrotas mercantis e guerreiras, início, limite e invocação do oceano Índico que banha a propriedade — uma antiga plantação de batávios.

Esmorecida a incandescência glauca criada pelo sol tropical durante os céus do meio-dia, aparece, nos requebros violáceos do Índico, a silhueta soberana da finisterra oriental de Java. Com a alteração da estrutura, o *palunggukan*, sítio de contacto, de descoberta e adaptação, de constatação mútua dos de fora e dos de dentro, arena onde a casa defronta o mundo e onde se cruzam os ventos nas quatro direções da cruz de cinco pontos gregos, esse *palunggukan* ganhou uma amplitude que não tinha na sua arquitetura original. É lá que está, em painel que não permite evasão a quem entra, o mapa holandês.

Da sua morada jaua para a sua nova cercadura balinesa, o mapa ganhou dignidade de moldura, aproveitando-se parte da esquadria de um biombo de três dobras, em muito pobre condição, que eu também trouxe de Java por apiedar-me da coroa hindustânica que enfeitava o painel central do biombo. A caixa do painel, já vazia do tecido que originalmente separava segredos sem cortar relances (o biombo não teria mais altura do que um homem impaciente em frente de uma mulher despindo-se, ambos em estatura malaia), foi cortada à esquerda e à direita, retirando-lhe os pés que lhe iriam estorvar na parede. Desta forma, o retângulo vertical do biombo foi transformado num retângulo horizontal, seguindo a proporção do mapa. O mapa emoldurado, como está agora, ganhou algum porte com a coroa talhada em madeira que encimava o painel central, e onde não foi preciso retocar a patine carmim, denúncia imodesta de que pertenceu provavelmente a uma família jaua hindu ou gujarate, tão estridentes na representação decorativa das cores de sua fé.

O mapa do arquipélago está rasgado a meio e separado em dois, numa ferida vertical que corta desde a parte inferior, no oceano Índico, para norte, quase na perpendicular do Equador, numa linha que passa a leste de Bali, no canal exíguo que separa a dita ilha da de Lombok, e vai apontada ao estreito de Macaçar, meridional ao grande Bornéu, infletindo depois para nordeste, a meio do mar das Celebes, para apartar o Sul das Filipinas e as ilhas Talaud, antes de se perder na imensidão do oceano Pacífico.

Ketut, o chefe dos carpinteiros que montaram a Villa Topace, depois de colocar o mapa encaixilhado no painel indicado por mim, lamentou que a carta, certamente relíquia para custar várias jutas, estivesse irremediavelmente danificada e prometeu apurar quem fora o responsável pelo estrago. Eu tranquilizei a ignorância e a boa vontade de Ketut, explicando-lhe que fui eu quem rasgou o mapa daquela maneira, e não é um rasgo, disse--lhe também, na linguagem que um carpinteiro entende, é uma separação nas necessidades da vida, como numa casa tradicional, há uma área para interagir e socializar, o *palunggukan*, como há o *panepen*, local de contemplação, e ainda o *longkangan*, uma delimitação física do pequeno mundo onde podemos mandar, mas é preciso ainda, e Ketut disse que entendeu (o que talvez não) delimitar um território para a realização pessoal em sentido biológico, água, alimento, terra, ar, reprodução, o *panggonan*, e o estrago no mapa antigo não foi feito por mim, mas pela mãe natureza, ou por Vixnu, ou por Alá, ele que escolhesse, e a esse estrago deram o nome do homem que o descobriu, e por isso se chama Linha de Wallace, ao que Ketut, aproximando-se do mapa com reverência e temor, perguntou

Porque é que Vixnu rasgou as ilhas do Sudeste do resto da República Indonésia?

E porque lhe conto isto, se o seu único interesse é o que aconteceu ao meu filho e o que for além desse tema é uma perda irremediável do seu tempo em *Timor-como-chama?-Lorosa'e?*

16
BUPATI

Creio que Gleno foi o primeiro sítio que Alor visitou fora de Díli depois de chegar a *Tim-Tim*. Gleno é muito perto de Díli, embora estas altitudes já cheirem a café. Pode até avistar-se o monte Ramelau, ao longe, da curva lá em cima, na estrada de Díli, antes de baixar ao vale. Mas, como viu, chega-se cá em duas horas. Em distâncias de Timor, duas horas é muito perto.

Alor foi trazido a Gleno, certamente, para ver a boa cara da Indonésia e o sucesso da integração de *Tim-Tim*. Trouxeram-no para maravilhá-lo, para Alor dizer o que ele e outros visitantes me disseram nesta sala,

O senhor e o governo da província estão de parabéns, *Pak Bupati*, a sua cidade é um jardim,

e era, na verdade, antes dos acontecimentos da consulta, era um pequeno jardim indonésio num anfiteatro de cabeços e picos, suspenso de albízias molucanas e cafeeiros. Gleno não existia antes da integração, não havia aqui nenhum centro urbano, muito menos uma capital de distrito. No tempo português tudo estava lá em cima, em Ermera, à volta do campanário, mas, como reparou o tenente-coronel que acompanhava Alor, um *inteligen* javanês,

Se a montanha não vai a Maomé, eu digo, faz-se da montanha uma mesquita,

e foi isso que os indonésios fizeram aqui. Instalaram não apenas Maomé mas também Buda e Shiva. Os deuses todos do

Índico subiram cá acima para ensinar o nosso povo a torrar café e a regar arrozais.
Isto é Borobudur em pobre, em muito pobre. Pelo menos têm os terraços naturais, já é um começo de elevação humana, disse também o tenente-coronel,
Já só vos faltam mil anos de civilização.
Os indonésios deslocaram à força a população das cumeadas de Ermera nos anos 80. Para eles, a população daqui era povo da montanha e povo da guerrilha, dois crimes capitais. Para salvar os timorenses da miséria e da guerrilha, instalaram as pessoas aqui em baixo, no vale, no jardim suspenso onde os dois rios se encontram, e fizeram uma cidade de raiz, com uma ponte, um estádio, uma escola, ruas direitas, canais de irrigação, uma urbanização de estirador, além, claro, dos jaus e *bugis* e balineses da *transmigrasi*. O resultado foi uma cidade que me permitia sempre concluir, perante os meus convidados indonésios, que
Gleno é a modernidade que a Indonésia trouxe a Timor para libertar o nosso povo da condição feudal em que vivia,
ao que Alor concordou, dirigindo-se ao tenente-coronel,
Gleno é o exemplo de que o desenvolvimento é a melhor tática de contrainsurreição.
O comentário de Alor foi inesperado. Não que fosse inapropriado para Timor ou para Gleno. Não era. Tanto assim que o tenente-coronel elaborou sobre um tema que ele certamente dominava,
Contrainsurreição, ora aí está um assunto importante na História da Indonésia e, não vamos negar, na evolução de *Tim-Tim*, *Dik* Alor. É um tema que a nossa juventude precisa de conhecer melhor, com efeito, para que as situações sejam compreendidas na sua substância. É verdade que o desenvolvimento suaviza resistências mas só perdura quando chega como um direito. Não quando é usado como arma. Aí reside a diferença

entre insurreição e libertação, entre terroristas e patriotas, tão essencial na fundação da nossa República.
Alor ouviu. Quando o tenente-coronel fez uma pausa, convidando à réplica, Alor perguntou-lhe
Na sua opinião, *Mas*, quem ganhou em *Tim-Tim*? O nosso progresso ou o nosso exército?,
ao que o tenente-coronel, descruzando a perna e chegando-se um pouco à frente, treplicou, seguindo, previsivelmente, noutra direção,
Ganharam os timorenses!, disse, batendo com as mãos nos joelhos,
Em 1975, *Dik* Alor, Gleno não existia. Nada disto existia! Gleno, o progresso, é uma consequência, não é uma estratégia. Não faça o mesmo erro dos portugueses. Em 1975, as forças de integração de *Tim-Tim* sabiam que a sua causa era justa. Lutavam pela libertação de uma opressão colonial de séculos, tão mais justa quanto o direito por que lutavam era a mesma causa dos nossos patriotas que pegaram em armas contra a opressão holandesa em 1945. Não minto se disser, *Pak Bupati*, que os portugueses perderam por ignorância, em Timor como no resto das colónias. Quando tiveram razão a sua razão já passara de época. Portugal sempre chegou tarde — até aqui ao arquipélago. Já cá andavam os chinas, de nariz no sândalo, há séculos! Chegar atrasado é ser atrasado, *Dik* Alor. Não se pode esperar que um povo assim saia a horas de lado nenhum, a não ser que o obriguem. Da Índia, de África, da Indonésia, até da China, escreva o que lhe digo. E quem, em Portugal, percebeu isso ficou sempre sozinho. Sozinho! Até hoje. Assim o último governador dos portugueses aqui. O general há de morrer com essa angústia,
Brigadeiro, interrompi eu, Lemos Pires era brigadeiro em 1975, e o tenente-coronel apropriou-se da minha interrupção e continuou,

Ou isso, brigadeiro, eu sei, *Pak Bupati*, as dragonas não contam para nada, um homem tem a patente da sua ambição e ninguém aguenta ser militar se não for para ser general. O governador Lemos Pires, como dizia, era um especialista em contrainsurreição e veio para Díli tentar repetir a "Guiné Melhor" do marechal Spínola,

General, corrigi eu, e o tenente-coronel disfarçou a impaciência,

... General... Veja bem, *Dik* Alor, os portugueses queriam derrotar a luta de libertação dos guineenses, por exemplo, com uma política a que chamavam de "Guiné Melhor". Desenvolvimento. O nosso Gleno na Bissau deles, imaginemos. Está a ver o absurdo? A "Guiné Melhor" não existe se estiver fora do sítio a que pertence. Seria uma Papua Velha Guiné, entende? E a Guiné, como Timor, pertence a si própria, não pertence a Portugal nem à Holanda nem a ninguém. A "Guiné Melhor" era uma Guiné deslocada. O general Lemos Pires,

Brigadeiro, *Pak*...,

... O general, no fundo, sabia que o desenvolvimento é inútil numa "colónia melhor". Em resumo, o desenvolvimento não ganha povos, *Dik* Alor. Apenas ganha tempo — e nunca bastante. O... brigadeiro Lemos Pires esteve na Argélia antes da independência, foi "observador" lá, ainda antes de estar com o tal Spínola na Guiné "portuguesa". O brigadeiro sabia. A contrainsurreição vale de pouco contra a história. No máximo, obtém uma vitória militar nas cinzas de uma derrota moral, ambas aliás remando contra uma anunciada derrota política. Foi assim que os franceses saíram de Argel, com uma vitória tática esmagada por uma derrota estratégica. Não foi com essa amargura que nós saímos de Díli. Nós, aliás, nunca saímos de cá!

Não compreendo, *Mas*. Está a dizer que o brigadeiro Lemos Pires foi o "Coronel Mathieu" da "Batalha de Argel"?

Ou que a integração de *Tim-Tim* foi uma batalha da guerra civil indonésia?

perguntou Alor, fulminando o tenente-coronel, que acendeu um *crevet* e inalou o aroma de cravinho antes de responder, de olhos semicerrados, que

Gleno, se quiser, é apenas um produto de ajuda fraterna. Espero ter respondido à sua pergunta, *Dik* Alor. E é verdade que a História tem este efeito — faz sede!

Ofereci bebidas. Alor, obedecendo à etiqueta, nada respondeu, deixando a escolha para o tenente-coronel, que reduziu o leque da minha hospitalidade com uma pergunta:

Ainda têm em Timor o problema que o Alfred Wallace Russell encontrou quando por cá andou no século xix? Ele queixa-se no *Arquipélago Malaio* de que "é um facto que nunca bebi bom café onde são as próprias pessoas a cultivá-lo".

Alor corrigiu-o,

Com sua licença, *Mas*,

num tom de respeito, tratando-o novamente por "irmão" em javanês, mas em tom tão carregado que soava quase insolente,

O Wallace não se referia ao café timorense, *Mas*. Essa passagem do *Arquipélago Malaio* é algures em Macaçar, quando Wallace visita um rajá local. De Timor, o Wallace diz mal de outras coisas, aliás, de quase tudo, a começar por Díli, que ele achou mais miserável do que até o mais pobre dos entrepostos holandeses. O Wallace não encontrou "qualquer sinal de cultivo ou civilização" em redor de Díli, onde a única coisa que sobressaía era o Palácio de Sua Excelência o Governador, e mesmo assim sobressaía pouco. O que sobressaía mais eram os fatos europeus dos funcionários e a gala dos uniformes dos oficiais, "em grande desproporção para o tamanho e o aspeto do lugar".

O tenente-coronel, calado, ficou a observar Alor, que se pôs a olhar em volta para cada parede e cada objeto da minha sala. Eu, que continuava em pé durante toda esta conversa, achei oportuno trazer cervejas. O tenente-coronel recomeçou, então, a dissertação no lugar para onde Alor o tinha respeitosamente empurrado, um lugar algures nos confins do arquipélago malaio, algures em 1861, numa ilha e numa colónia onde,

Dizia Wallace, *Dik*,

disse o tenente-coronel, recorrendo ao tratamento em javanês que, por si só, remetia Alor à sua condição de mais jovem e de menos qualificado,

Dizia Wallace que, apesar das várias culturas que poderiam florescer entre os climas do café e do trigo, nem um quilómetro de estrada nem um hectare de plantação tinham sido feitos em trezentos anos de domínio português em Timor!

Eu conhecia o capítulo timorense do Wallace. Tinha-o lido em Jacarta durante os anos de universidade. De memória lembrava sobretudo o que Wallace achava que esta ilha "agreste e desprovida da vegetação luxuriante das outras ilhas da região" podia, apesar disso, produzir: café e trigo de grande qualidade, batata saborosa, caprinos e, até, os nossos póneis semisselvagens, produtos muito apreciados pelos europeus e que podiam ser exportados de Timor para os colonos de todo o arquipélago, se para isso se construíssem estradas "toleráveis" e "os nativos" de Timor fossem "ensinados, encorajados e protegidos", e repeti esta frase que ainda guardo de Wallace, "ensinados, encorajados e protegidos" ao colocar, sobre um tais de Ermera com as cores alaranjadas de *Tim-Tim* indonésio, duas latas de cerveja.

Alor, espontâneo, rompendo a etiqueta visivelmente sem reparar nisso, estendeu o braço e apanhou uma lata, ávido mas dizendo

Makasih, Pak Bupati, eu não bebo cerveja,

ávido apenas pelo rótulo,

Cerveja Sagres?

O tenente-coronel agarrou na outra cerveja com naturalidade, olhando para o rótulo e passando o polegar pelo escudo da marca, limpando o suor gelado da lata,
Cerveja de Portugal. O nosso Bupati nasceu contemporâneo do Wallace mas às vezes esquece-se disso. Timor em 1970 era pouco menos bruto do que Timor em 1870. Os portugueses fizeram pouco mais pelo território nesses cem anos do que tinham feito nos outros trezentos. E as magras benfeitorias foram arrasadas pelos japoneses na Segunda Guerra Mundial. O Bupati ainda era criança quando Timor foi libertado da ocupação portuguesa. Por isso ainda tem, sem má intenção, uma ideia mítica de Portugal. Tenho conhecido muitos timorenses da sua geração, *Pak Bupati,* que têm saudades da opressão e da pobreza que, felizmente!, não chegaram a conhecer. É essa a generosidade da República Indonésia: trazer a todos os povos do arquipélago um desenvolvimento tão grande, tão natural, que deixe espaço à ingratidão.

O tenente-coronel calou-se, agarrou a lata com ambas as mãos, à altura dos olhos, e empurrou o abre-fácil como se despoletasse uma granada de mão, e o silêncio foi preenchido por uma breve detonação de gás, pensei num peido envergonhado, desculpe-me a comparação, e, enquanto Alor lia as letras pequenas do fabricante da cerveja, o *intelijen* fez uma expressão de alívio,

Não sabe mal, Portugal, *Pak Bupati,* gelado que nem cara de morto, mas é pena chegar cá fraco e pela metade do vasilhame.

Eu, atrapalhado de tão contente que fiquei, desfiz-me em desculpas, Estes chinas, sabe como são, uns trafulhas, sempre fazem dinheiro enganando os timorenses, *Pak,*

Porque não haviam de fazer? Os timorenses iriam logo queixar-se da discriminação dos Chinas ao *Pak* Suharto,

concordou o tenente-coronel, sorrindo,

Mas não digamos muito mal deles, *Pak Bupati,* se não fossem os Chinas em Macau ou em Singapura, ou lá onde você manda encher a sua pitaca de fazendas coloniais, não haveria cerveja portuguesa em *Tim-Tim* e eu sairia de sua casa com sede e de Gleno com uma memória antipática. Assim, vendo bem, estas latas de Sagres chegam de Macau a Ermera, é certo apenas meias de cerveja, o que, imagino, permite ao exportador português gabar-se lá no Porto, ou na Leça-que-o-pariu, de ter enganado os orangotangos indonésios com mercadoria imprópria, no evento de o acusarem de ser empresário que faz tráfico com os genocidas do Povo Maubere, e a si, *Pak*, permite-lhe importar um *made in Portugal* e, ainda por cima!, servi-lo em cortesia a um oficial indonésio, com a justificação de ser mais barato consumir um produto de refugo. Brindemos, portanto, aos Chinas, que aprenderam dos árabes e dos malaios que, no Alcorão, nem toda a usura é ilegítima, resta-nos a cabotagem e a comandita, *tos!*,

e levantou a lata, ao que Alor concluiu,

Totalmente de acordo, *Mas*, sabe, os Chinas e o empresário de Leça-a-Velha é que têm razão. O nacionalismo timorense não é uma causa, é, aliás sempre foi, apenas um nicho de mercado. Brindemos, então, por ser também possível ao Bupati de Ermera, e aos seus convidados, fingirem que um funcionário da República, educado na cultura e na língua indonésias, não é, no fundo no fundo no fundo destas "Sagres", dominado por um fascínio longínquo por D. Henrique, *O Navegador*, que, cantando à irracionalidade dos povos primitivos, o chama de lá longe a estatelar-se nos rochedos do cabo de São Vicente... *Pak Bupati*, o que me apetece mesmo agora é desmentir o Wallace, que não passava de um vitoriano, mais excitado com aves do paraíso do que com gente de carne e osso,

pediu Alor, enquanto o tenente-coronel se engasgava de riso e borrifava cerveja portuguesa na camisa caqui,

O café Timor não é assim tão mau, *Pak Bupati*, ou é?

17
David Leviatão

Da primeira vez que visitei Caicassa com Mariano, contei a história do boto rosa. É uma lenda brasileira, falei pra eles,
   Quando a mulher tem filho e não sabe de quem é, diz que é *filho do boto*. O boto rosa — só este —, que é o que vive na bacia do rio Amazonas, em noites de lua cheia transforma-se num homem muito bonito, todo vestido de branco, e usando chapéu, que dança muito bem. Um homem muito paquerador. O boto rosa, como é um cara charmoso, pega as mulheres. Logo de noite, faz aquilo que homem faz com a mulher. Na manhã seguinte, desaparece. Nove meses depois, aquele filho que nasce é chamado *filho do boto*. É por isso que a mulher tem que ter muito cuidado com um homem que é charmoso e sabe dançar. Não pode confiar de primeira,
   eu expliquei, mas a lenda tem mais: assim como o boto respira pelo buraco no alto da cabeça, igual ao lumba-lumba — os timorenses conhecem o golfinho, que chamam de lumba-lumba em indonésio —, eu falei,
   Essa é a única parte de boto que o boto não consegue transformar em homem. Por isso, o boto sempre usa o chapéu. E então, também por isso, quando um homem se apresenta a uma mulher, deve tirar o chapéu e fazer uma reverência, para lhe mostrar que não tem buraco no alto da cabeça e é homem de verdade,
   eu contei pra eles em Caicassa. Eles riram, esbaldaram-se! Depois que riram, eles falaram

Mas isso é verdade?
e, se eu tivesse dito que era verdade, tornava-se verdade — mesmo que eles não acreditassem.
Posso fumar?
Esse é o realismo fantástico dos timorenses, é essa a civilização mágico-fantástica. Eles podem ter uma sombra de dúvida, mas existe independentemente da crença deles. A mesma coisa com o crocodilo: o Avô não vai me comer mas eu não entro em água com o lagartão. O timorense acredita mas... não acredita.

A primeira vez que disse ao Mariano que sou judeu foi a primeira vez que subi a Caicassa. Fui lá para os conhecer porque fiquei sabendo que precisavam de um voluntário aos fins de semana. E eles fizeram almoço para mim, com pedacinhos de porco. Eu tive que dizer que não comia carne e Mariano disse apenas

Então o senhor David é como o Herodes...

e mais nada, comeram eles os pedacinhos de porco. Não senti que ficassem ofendidos ou chocados. Os timorenses aceitam ilusões com muito maior facilidade que os ocidentais. Os Ocidentais estão ensinados a questionar. Os timorenses não. Não causa transtorno alguém pertencer a uma realidade estranha à de aqui. Não implica um julgamento de caráter. É o que é, entende?

Eu, geneticamente, sou um cara contestador. O aprendizado do judaísmo é dialético, assenta no questionamento. Pergunta e resposta. Não é ignorância dos timorenses não reagirem assim. É que a sociedade deles se baseia em princípios mágico-fantásticos. Nós exigimos funcionalidade da realidade, numa lógica de uso e valor. Eles entendem a realidade através de mistérios carregados de simbologias. Fazem uma leitura diferente da realidade. Demandam explicações diferentes e satisfazem-se com respostas diferentes. O que caracteriza a forma de pensar timorense é a falta de exigência com relação à evidência. Eu, lá em Caicassa, queria que eles fizessem a transição mágica. Que eles passassem de um processo baseado em intuição para um processo decisório orientado pelas evidências. Quando os timorenses conseguirem fazer essa transição mágica, noventa por cento dos internacionais que estão a vir para aqui construir-lhes o "Estado" — *pô*, você já imaginou quanta ambição?! — irão para casa. E os que irão embora serão os estúpidos, que estão a chegar em multidões aqui e se instalando para a Transição. Os que vão ficar em Timor, nesse dia, serão os que, de fato, têm capacidade de analisar indicadores, de ler tendências. Os outros, que vêm ensinar os timorenses a caminhar, vão embora. Ficarão os internacionais que têm cinquenta variáveis e setecentas possibilidades para sugerir. Esses ficam. Os que andam a explicar o que é o bem-estar e a boa-governação, esses vão embora.

Estou tentando me lembrar porque é que eu comecei a falar em *kibutz* com Mariano. Já sei

não, *pô*

certo, já sei! Foi porque Mariano serviu um prato de banana frita. Aí eu expliquei para ele que aquilo me deixou satisfeito. Ele estava me servindo banana frita, não estava me dando bolo ou nada disso, apesar de eu não ter avisado pra ele que era minha Páscoa e que eu não podia comer bolo. Falei pro Mariano,

Não posso comer bolo porque na Páscoa judaica a gente não come fermento. Não come nenhum fermento, é proibido, então eu não posso tomar cerveja, não posso comer pão, não posso... Até *pasta* eu devo evitar comer, na verdade. Vai fermentar no meu estômago. Não posso comer o fermento do trigo,

aí eu falei pra ele

Estou bem satisfeito porque o senhor serviu certinho

aí Mariano falou

Eu tenho uma plantação de banana aqui atrás, pra lá do rio. Eu hoje fui ver como estava, vi uma penca de bananas maduras,

e pensei: o senhor David 'tá vindo hoje, então resolvi pegar a penca, escolher as mais maduras e fritar,
  legal, não? Foi aí que eu falei,
  Legal, Mariano. Sabe?, acho engraçado isso. Eu também trabalhei numa plantação de bananas
   aí eu fui contando como funciona um *kibutz*, que toda a produção é coletivizada e o lucro também, que não existe dinheiro dentro do *kibutz* e todas as suas necessidades são providas pelo *kibutz*,
  Sabe o que é um *kibutz*, Mariano?
  Não, não sei. Nunca ouvi falar,
  então eu expliquei que o *kibutz* é uma organização de cooperativa, falei
  É uma cooperativa que tem algumas coisas interessantes
  eu não entrei na parte política, de qual era o objetivo do *kibutz*, mas na parte ideológica, de mudança do mundo. Se não, ia ter que falar no conflito pela terra, no momento da história da Europa em que surgiu o movimento *kibutzin*, no socialismo utópico, no socialismo científico, *et cetera*, não queria entrar nessa seara. Falei pro cara
  Eu morei alguns anos num *kibutz*
  e contei como era o meu dia normal,
  Às cinco horas da manhã eu estava no refeitório, bebia uma caneca de café. Aí eu ia para o campo. Às 7h30, vinha o caminhão, nos recolhia a todos e nos levava de volta ao *kibutz*. Aí tomávamos um café da manhã reforçado
  e contei pra Mariano o que se tomava de café da manhã, de mata-bicho. No *kibutz*, o primeiro período de trabalho é tão cedo para não ter que trabalhar quando o Sol está a pique nem depois de almoço, que é miserável. Eu trabalhava na plantação de bananas, igual que nem Mariano, lhe perguntei então
   Mariano, a aldeia gostaria de montar um *kibutz* aqui?

Uma cooperativa?
Uma cooperativa especial
Quanto é que a aldeia vai ganhar com o *kibutz*?
perguntou o Mariano. Aqui em Timor-Leste a principal motivação para montar alguma coisa é económica. Eu deveria ter percebido logo que essa motivação é um problema, mas falei pra Mariano que
Olha, Mariano, a motivação principal dos membros do *kibutz* não é fazer lucro. Os membros do *kibutz* juntam-se à organização porque acreditam que aquele tipo de organização funciona. O *kibutz* é um projeto de mundo
e o Mariano gostou disso,
Então é para mudar o mundo!
É pra mudar o mundo
e dei o exemplo do *Beit Aladin*, a "Casa das Crianças", *Labarik nian,*
falei,
Vamos supor que o senhor Mariano tem que trabalhar na plantação de bananas e a sua esposa vai ter que ir para a cozinha, preparar o mata-bicho, para quando chegarmos ter peixe, ter bolo. Quando se vai cuidar das crianças? As crianças vão para uma casa de crianças e dormem lá também. O objetivo do *kibutz* é igualmente construir uma sociedade em que todos são iguais. As crianças todas recebem a mesma educação desde pequeninas
Os pais não ficam com as crianças?
Não.
O engraçado é que, quando falo disto a um ocidental, as pessoas ficam chocadas. Para os timorenses, pelo contrário, não é chocante. As relações dentro da família timorense já são assim: família estendida, conceito clânico. Tem esse lado e tem um outro: os timorenses estão a tal ponto assoberbados de culturas alheias, recebem tantas coisas exteriores, que se encon-

tram num estado de choque que não lhes permite questionar o que lhes é apresentado. Para os timorenses, qualquer proposta que um estrangeiro apresentar é tão viável quanto qualquer outra. O timorense está sendo confrontado com realidades que são tão radicalmente diferentes da sua e, na verdade, compreende tão pouco do que está sendo colocado diante de si todos os dias. A questão do *Beit Aladin* não parece tão incrível para o timorense porque ele não chegou a entender a outra realidade anterior. Pode até ser que é assim em vários outros lados fora de Timor.

O que Mariano achou mais interessante sobre o *kibutz* foi o trabalho na cozinha: alguém que trabalha para toda a gente e que recebe de todos, que não é criadagem. Achou legal a ideia de que todas as semanas as pessoas se reúnam para fazer a microgestão do *kibutz*, numa hora em que a comunidade discute sobre se acontece aquilo ou isto. Geralmente é no *shabatt*, sábado à tarde. Mariano traduziu pra mim uma pergunta de um dos velhos de Caicassa,

O *tio* quer saber se o *kibutz* é religioso,

eu expliquei que não, que

O *kibutz*, apesar de ser judeu, não é religioso. *Kibutz* quer dizer comuna

e Mariano continuou traduzindo para mim o que a galera perguntava, eles falando comigo pela boca de Mariano,

O *tio* quer saber se o *kibutz* é comunista,

'tá vendo a inquietação?, e eu expliquei de novo que não, avançando um pouco na compreensão deles,

O *kibutz*, na origem do movimento, há cem anos, é socialista na ideia. *Kibutz* vem da palavra *lekavet*, que significa "trazer para junto". Um *kibutz* é uma comuna no sentido de juntar pessoas. Surgiu esta ideia na Europa, há cem anos, quando os Judeus lá na Europa, sobretudo poloneses, lituanos, alemães, foram expostos às ideias utópicas do socialismo, até o Karl Marx ficar puto e cientificizar a ideia, isto é, até o Marx dizer que havia uma luta de classes sociais e que era inevitável a vitória do Socialismo e da classe trabalhadora

O *tio* pergunta se o *kibutz* é uma democracia ou uma ditadura,

e eu tentei continuar a explicação, falei,

Tudo isto aconteceu ao mesmo tempo do movimento sionista, de regresso dos judeus ao Sião,

e uma cachoeira de perguntas caiu em cima da minha exposição,

O *tio* pergunta se o *kibutz* vai trazer de volta a terra roubada ao povo maubere,

O *tio* pergunta se os indonésios do colonato na Ribeira de Lóis são judeus ou palestinos,

O *tio* pergunta se o rei do Sião é o avô do rei de Israel,

O *tio* pergunta se a guerra em Israel começou na *Transmigrasi*,

O *tio* diz que os timorenses não precisam de um *kibutz* porque o que faz falta é defender as nossas terras de serem invadidas pelos que não são filhos do lugar e é este o problema em que estamos,

até que um velho mais velho, impaciente, pôs fim ao debate me dizendo, através de Mariano traduzindo,

O *tio* diz que a terra nunca deixou de ser nossa e que vão perguntar aos espíritos de Caicassa, os *rai-nain*, se é uma boa ideia montar um *kibutz* na aldeia, porque os *rai-nain* sabem sempre o que é melhor e o que é ou não é autorizado e quem tem a propriedade de quê.

Percebi nessa altura que a Bíblia, o Oriente Médio e o Timor Oriental ficavam no mesmo sítio e na mesma época onde Herodes, Pilatos, Suharto e Nabucodonosor disputavam suas hortas em cruzadas e campanhas de *Integrasi*, e que a Ribeira de

Lóis, nos jardins suspensos da *Transmigrasi*, era um dos rios da Mesopotâmia babilônica. Ainda falei pra eles que
A melhor maneira de reclamar a terra é pôr ela a produzir. Não é apenas ser dono. Ser dono de um deserto só vale a pena se produzir legume nele
falei, mas
O *tio* diz que os *rai-nain* serão consultados
e Mariano se levantou, para me despedir bom regresso a Díli.
Você tem fogo pra eu?

18
Dalboekerk

Eu sempre quis o melhor que um pai pode ambicionar para um filho, isto é, ser pai de deus ou imperador. Se possível, de ambos, como ocorreu tantas vezes na gloriosa história de Java. Alor foi educado no seu futuro: o arriscado mester de liderar. A arquitetura surgiu no seu caminho como ofício e currículo. O *vitae*, contudo, tinha bússola na política.

Numa república laica, como é a Indonésia, o trono é a cúpula do templo e o templo é nos jardins exteriores do palácio. As artes de ser obedecido prevalecem sobre as artes de ser salvo. Alor cresceu versado nas funções de presidente e rei, de bendara e tumungão, de rajá e sultão, de *manco bumi* e toledão, de ministro e ragau, de profeta e brâmane, de general e capitão-mor, de governador e alcaide, de mandarim ou almoxarife, de moulana ou cardeal, nos múltiplos avatares da suserania, em monarquia, em democracia, em ditadura, em socialismo, em guerra, em anarquia, até em submissão, até no exílio.

Cada povo nem sempre tem os dirigentes que merece, por vezes os líderes transcendem a mediocridade dos grupos. Mas cada época arranja os chefes de que precisa. Alor exercitou a galeria completa, por encarnação. Eu convocava cimeiras trimestrais com ele, no final de cada período letivo, onde, a dois e só nós dois, discutíamos grande política. Digo cimeiras porque eram exames orais com roteiro rígido predefinido, combates corpo a corpo de retórica, história universal, etiqueta javanesa, alguma esgrima verbal, alguma manha — em suma, aulas práticas de diplomacia e governação executiva.

Eram encontros em que, na poltrona do professor, estava eu, sentado com a máscara de um dirigente, por exemplo Sultãojulho75, que dizia, pela minha boca,

Eu quero manifestar os meus sinceros agradecimentos e a minha satisfação pela sua disponibilidade, senhor Presidente, para aceitar o meu convite para visitar a Indonésia, embora o tempo seja muito curto este contacto amigável produzirá decerto os melhores frutos, a promoção de contactos pessoais entre nós é importante e significativa para os nossos dois países.

Em continuação dessa interpretação de abertura, na poltrona do aluno, outro dirigente, por exemplo Forddezembro75, respondia, pela boca insegura de Alor,

A minha delegação está extremamente grata, senhor Presidente, pelos esplêndidos pormenores da visita, lamento que o tempo seja curto mas depois das eleições espero regressar por um período mais longo, a oportunidade para este frente-a-frente é também da maior relevância para mim, a confiança que se estabelece em encontros deste género é importante para o desenvolvimento das nossas políticas, considerei o encontro de há meses em Camp David altamente frutífero e estou certo de que o encontro de agora vai potenciar ainda mais a nossa amizade.

Após esta antecâmara de cortesias, a cimeira propriamente dita era, por regra, lançada por mim, se possível, e era sempre possível, e sem eu desvendar o lado que possuía a iniciativa, fazendo-o afinal só depois de, por exemplo, Forddezembro75 enveredar pelo caminho que ele julgava ter escolhido ao lançar algo sobre a mesa, do género,

Como sabe, acabo de voltar da China onde discutimos o panorama internacional, deixámos bem claro que nos opomos à expansão de qualquer nação ou grupo de países, não temos am-

bições territoriais, prezamos a nossa relação com a Indonésia e respeitamos as vossas relações regionais e não-alinhadas,
e a invetivas deste tipo, que eram armadilhas ou currais entre homens de Estado, Sultãodezembro75, por exemplo, respondia pela minha voz, uma voz suave que era obrigatoriamente a nossa, a de um autêntico presidente e de um arquétipo javanês,
Quais são as suas impressões da atitude da China em relação ao Sudeste Asiático depois do Vietname?,
o que deixava Alor num pânico momentâneo, o pânico de um presidente americano que tem dois segundos para conjugar a Indochina após a queda de Saigão, em dois tempos verbais, o pretérito-mais-que-desgraça e o futuro-menos-que-indicativo, o pânico de um líder que percebe de repente que um patriarca com força de velho lhe manieta o pulso e o conduz pela vereda que ele pensava ter livremente escolhido...

Línguas, escrivães, gromales, estenógrafos e outros ajudantes nesta nau que é qualquer palácio, quando tinham um papel relevante nas nossas cimeiras, eram também trajados por mim ou por Alor, às vezes por ambos, numa técnica de manipulação--à-vista — apenas para garantir o alinhamento correto da história e a sofisticação da encenação, nesse nosso teatro de sombras, porque o poder precisa de corte mais do que de súbditos.

As cimeiras convocadas com Alor abordavam em gravidade e detalhe os problemas do arquipélago, da região, da Ásia e do elefante agitado e cobarde a que hoje chamam comunidade internacional. Julgo que foi numa dessas cimeiras que Alor ouviu a primeira referência a *Tim-Tim* — assim chamávamos a isto, *Timor Timur*, Timor Oriental, para o distinguir do *Timor Barat*, o Timor que já era, sem disputa, indonésio ainda antes de nós próprios conseguirmos ser.

A memória falha-me, toldada pelo incumprimento do sono. Queria recordar neste instante qual a cimeira, tentarei depois, mas não errarei muito se disser que, diante do jovem Alor, *Tim-Tim* surgiu encoberto numa das primeiras referências aos comunistas. Os comunistas e o comunismo ocuparam várias das discussões trimestrais com Alor e algumas das provas anuais. A esse respeito, nas nossas cimeiras, o arquipélago levantava-se no estreito de Malaca e em Samatra e afundava-se a estibordo, no mesmo ponto onde em 1975 mais pesaram a Guerra Fria e os comunistas: Timor Oriental.

Digo cimeiras porque eram a fingir mas de modo nenhum eram a brincar. Eu divertia-me mas nunca pude revelá-lo. Alor, nos primeiros anos, desgostava, mais pela exigência do que pelo exercício, mas nunca lhe permiti que isso transparecesse. Com o tempo e a prática, e uma feroz disciplina do mestre que em mim teve, tornou-se exímio nos jogos de poder, ao nível de interiorizar que o poder não existe no exterior da sua disputa, tal como no xadrez, que também praticávamos, muitas vezes àquele zénite de um peão se transformar em dama quando prestes a ser morto e, sem outro movimento que o dessa metamorfose, dar mate, esquivando um bispo ou um cavalo ou uma fortaleza que ainda sobravam ao monarca.

Sem dúvida, sem dúvida, a primeira referência a *Tim-Tim* terá vindo de mim, quer dizer, Alor ouviu-a de mim talvez na boca de Kissingerjunho75, em Camp David, ou de Holbrookeabril77, em Jacarta, embora, agora que nisso toco, não recordo Holbrookeabril77 ter feito qualquer referência a Timor Oriental, decerto que não, uma vez que nessa altura já nada a isso obrigava um enviado americano a Jacarta. Nenhum enviado de alto nível acorda mais abelhas do que as necessárias para roubar o mel. A mais, será sofrimento redundante. Com Alor insisti, entre outros, nesse princípio dos assuntos de Estado.

Recordo, isso perfeitamente, uma das cimeiras anuais em que o comunismo e *Tim-Tim* eram o assunto em exame, embora no decurso da encenação parecesse de outra forma. As cimeiras anuais eram avaliações de escalão. Se Alor reprovasse, continuaria trabalhando o mesmo assunto no ano seguinte. Não o mataria a repetição; matá-lo-ia a vergonha. Se fosse aprovado, no entanto, passaria, como sempre passou, ao nível superior. Não, claro, superior em conhecimento — também, mas não só — mas de relação comigo, com as sombras, com o teatro. Era a relação que estava em causa, é aliás isso que está em causa em cimeiras de líderes.

Terá sido em Camp David que Alor ouviu Sultãojulho75 infletir a conversa para

Se me permite, explicarei os problemas da Indonésia na sua luta pela independência contra o comunismo, ajudar-nos--á a compreender, não é a força militar dos comunistas mas o fanatismo e a ideologia que são os principais elementos da sua força, em consideração a isto, cada país na região precisa de uma ideologia própria com que contrariar os comunistas, mas uma ideologia nacional não é por si só suficiente.

Eu insistia com Alor que a longevidade da liderança não está na mudança de máscara, isso é para os democratas ocidentais, mas na mudança de linguagem. O poder tem níveis de linguagem específicos e não é apenas a gramática que tem de mudar, os níveis de concordância também. O léxico é o tempo. O tempo define a ação. Os sujeitos das nossas cimeiras recebiam, por isso, nomes próprios com mês e ano. Sultãojulho75 dizia, por exemplo,

Deixe-me explicar, eu perguntei ao Tito porque não apoia o regresso do rei Sihanuk ao Camboja e ele disse que levaria algum tempo. A minha informação é que vai demorar cinco anos para o Camboja se consolidar. Mesmo que leve algum tempo, os acontecimentos encorajarão elementos similares na Tailândia, Malásia, Filipinas e noutros sítios, bem entendido, esta solidariedade comunista tomará a forma de encorajar estes elementos a reforçar as suas atividades entre operários, camponeses e estudantes, não apenas para que Fordjulho75 perguntasse, cândido, Todos os comunistas trabalham juntos?,

mas sobretudo para que Sultãodezembro75 pudesse, no meio de uma abordagem académica sobre insurreições na Tailândia e na Malásia, virar à direita com brusquidão e

Gostaria de lhe falar, senhor Presidente, de um outro problema, Timor, depois de a Fretilin ter ocupado várias posições e outros partidos terem sido impedidos de se consolidar, a Fretilin declarou a independência unilateral, em consequência os outros partidos declararam a sua intenção de se integrarem na Indonésia, Portugal denunciou a situação nas Nações Unidas mas também não reconheceu a Fretilin e não é capaz de controlar a situação, é preciso agora ver o que fazer para garantir a paz no presente e para o futuro no interesse da região e da Indonésia, estas são algumas das considerações que estamos atualmente a contemplar, queremos a vossa compreensão se julgarmos necessário tomar uma atitude rápida e drástica.

Cada cimeira era preparada com semanas, meses de antecedência, até chegar o dia em que Alor se sentava diante de mim. O dia do exame. O exame incluía a revisão da matéria dada, mas cada cimeira não era tanto uma avaliação do conhecimento como da sua encenação.

Para cada reunião, Alor recebia de mim, previamente, cartas de chancelaria que detalhavam a agenda, os tópicos de discussão, as preocupações e os objetivos de cada parte e a margem de concessão. Alor sabia, além disso, que nestes memorandos não estava tudo, embora estivesse muito. Uma cimeira é um contraplacado, uma fina tábua feita de aparas delicadas, após a madeira em bruto ter sido mastigada por camareiros que não saem na fotografia.

Poucos homens podem ser reis mas todos podem ser cortesãos. A Indonésia é uma ilha de paz porque há um imperador em Java que, ao leme do arquipélago, sabe conduzir ao melhor porto a sua talassocracia. Os servos podem viver como cortesãos desde que aceitem a submissão. Foi por isso que tivemos de eliminar os comunistas, coisa que até Forddezembro75 compreendeu, ao dizer-me, na voz confiante de Alor, que

Nós compreendemos e não vamos pressionar-vos neste assunto, compreendemos o vosso problema e as intenções que têm,

ao que, infletindo a cimeira para um assunto lúbrico de comércio ou finanças, Alor sabia que passara mais uma prova, e eu sabia que ele apreendera um pouco mais da sabedoria súmula da vida, a de que não há tranquilidade como a do consenso.

19
DAVID LEVIATÃO

O mergulho é muito especial aqui pelo nível de pristineza. É pouca poluição, pouca pesca, um mundo pouco explorado. E a água é sempre quente. Lá no Rio de Janeiro você sai do mar, se deita no barco, estendido ao sol, e você leva uns quarenta e cinco minutos para seu corpo voltar à temperatura normal, tanto tempo quanto você passou mergulhando. Um saco! Aqui o mar é tão quente que você nem precisa de fato isolante. Mergulhar em Timor é comer a Shakira! Mergulhar noutros lugares é comer a avó da Shakira: tem quase os mesmos genes mas não é a mesma coisa!

Me desculpe, não queria ser grosso com o senhor.

Quero dizer, o relacionamento com o mar é muito presente desde a minha infância. Lá no Brasil havia um *department store* chamado Mezbla. A Mezbla do Rio tinha um departamento de aluguer de Super-8. Meu pai alugava filmes do Jacques Cousteau e todo sábado nós assistíamos a documentário de bicho. Eu sempre me dei bem com o mar. Tem mais uma coisa aí: eu venho de uma geração que acreditava piamente que, quando tivesse trinta anos, estaria passando férias na Lua. Prometiam isso em programas de televisão, artigos nas revistas, saía em todo o lado, na *Time Life*, nas antevisões da *National Geographic*. Tinha o desenho animado dos Jetsons e tudo isso. Eu lia muita ficção científica, Isaac Azimov, Arthur C. Clarke. Fiz biologia porque queria ser selecionado em primeiro lugar para explorar o Universo: os primeiros a ir seriam pessoas com formação científica. E cresci gostando de bicho. Falei tudo isso para Alor e Wallacea, uma vez que fomos mergulhar lá numas rochas na estrada de Liquiçá. Expliquei pra eles que

Mergulhar é parte desse apego ao mundo animal, parte desse apego à ciência e parte do sonho da exploração espacial. Hoje eu sei que o mais próximo que eu vou chegar de um outro mundo é o universo submarino. Já não vou ser astronauta. Não vamos estar a passar férias noutros planetas tão cedo. O mergulho é uma maneira de compensar um futuro que me foi negado, negado por montes de guerras, por investimentos mal feitos. Uma das minhas grandes frustrações com a geração dos meus pais é que investiram em babaquices, em conflito, em videocassete, em lugar de investir em exploração espacial. Lembro o primeiro ônibus espacial. Fiquei tão feliz, tão feliz! Agora já tem ônibus, pensei, daqui a pouco vai ter táxi espacial.

Alor falou pra mim que eu tinha amargura com as guerras mas que

Se não fosse a guerra, várias guerras, você estaria de facto na Lua, não como turista passando férias mas como judeu escapado a mais um extermínio

Não sei se entendi você, meu irmão. Você está fazendo sentido gramático mas não estou enxergando qualquer sentido sintático

É isso mesmo, Leviatão: se não fosse as guerras que seus pais e seus avós fizeram, e que seus irmãos continuam fazendo, você não estaria agora mergulhando nas águas mornas de Timor. Estaria procurando inventar uma maneira de fabricar água no grande Negev branco chamado Lua, porque Israel nem sequer existiria e você não teria país

e, antes que eu reagisse a esta provocação, que nem sei se o era, por vir de Alor, Wallacea falou, sorrindo,

Que nada!, os Judeus são povo com seguro de vida. Sempre têm outro país se não tiverem Terra Prometida. Israel pode ser em qualquer parte porque está no sangue deles.

No sangue?, falou Alor, Então é uma pátria genética.

Israel é a Shakira de judeus que nem Leviatão, concluiu Wallacea, imparável,

Se não tem Shakira, come-se a avó mesmo!,

e ficámos todos rindo, desanuviados. Eu mesmo completei, levantando-me numa dança, que

Não vem que não tem, moça!, Brasil não é a vovó da Shakira, é a irmã mais nova e vem sambando pro eu!

Aí, Alor quis saber por quem eu torceria num jogo de futebol entre o Brasil e Israel. Eu falei

Isso não é questionável, camarada: torceria pelo Brasil, porque em futebol o meu time é o escrete

E se houver uma guerra entre Brasil e Israel, você estará com qual?

Uma guerra entre os dois? Bem, cara, isso é tão louco que, se a realidade chegar algum dia aí, um dos dois países terá que ter feito uma merda tão grande que a escolha será óbvia. Aí, a opção será racional, não emocional

Ou seja?

Ou seja, vou ficar contra quem fez a merda

Ou seja, por hipótese — já que o Brasil é grande mas não tem imperialismo — contra seus camaradas das Forças de Defesa de Shakira? Você é corajoso, Leviatão, mas não sei se alguém ia entender sua escolha: trair a doida da Shakira para dormir com a avó dela.

Não me lembro de ter falado com Alor sobre meu passado no Tsahal mas ele sabia algo sobre isso porque logo perguntou pra mim

O que faz um jovem trocar Ipanema pelo Exército de Israel?

Bem... Foi oitenta por cento testosterona e vinte por cento racionalidade. Que moleque de 22 anos não se sente atraído pela possibilidade de participar na mítica do Tsahal? Tsahal faz coisas que a própria razão duvida. Eles aprendem a usar equipamentos *top secret*, armas ponta-de-lança. A decisão foi baseada nisso, falei, e Alor completou o que eu deixei por dizer,

Não foi para proteger a terra de Israel contra os árabes?

Não. Israel é suficientemente forte como Estado para poder prescindir da minha contribuição. Ia poder se defender quer eu entrasse na luta ou não. Israel é hoje uma realidade incontestável. É sustentável, é viável. Isso não era motivo. Mas eu queria entrar em algo militar e o Tsahal foi escolha de moleque.

Alor não fez mais perguntas pra mim, talvez porque as respostas fossem redundantes pra ele. Foi Wallacea que quis saber mais de Leviatão-vai-à-guerra. Eu contei que venho de uma família no Brasil com passado militar glorioso, uma família com marechais, dois presidentes da República, meus ascendentes lutaram na Guerra do Paraguai, foram ministros da Marinha, fizeram a Revolução do Forte de Copacabana nos anos 1930 contra o Getúlio Vargas. No Brasil, eu tentei alistar-me na Aeronáutica e não deixaram, porque eu nasci em Israel. Não deixam "estrangeiros" entrar na Aeronáutica. Eu fiquei puto da vida. Tinha 17 anos e aproximava-se a altura de meu recrutamento militar. Pensei, se existe o risco de servir, não quero servir no Brasil. Quero a Aeronáutica. Ainda por cima, eu fui expulso da escola e meu pai estava me ameaçando com eu ter que trabalhar. Decidi trabalhar no *kibutz* e ficar em Israel. Quando me alistei no Tsahal já tinha alguma coisa com forças militares. Me filiei na unidade Nahal. Nahal é um acrónimo, expliquei pra eles, é uma brincadeira com Nahol-Nun Het Lohem, "Juventude Pioneira Guerreira". A Nahal, de fato, é uma unidade aerotransportada de paraquedistas dentro do Tsahal que tem uma componente de

kibutz. Eu tinha morado num *kibutz*, tem montes de mulher boa no *kibutz*, tem paraquedas, tem helicóptero, tem comando, porra!, eu quero ir pro Nahal! Normalmente, as unidades do Nahal, depois de servirem, vão para um *kibutz* ou fundam um *kibutz*. Ao Nahal, então, vão parar sobretudo pessoas com uma visão de esquerda. Wallacea interrompeu-me a explicação,
 A esquerda em Israel defende a propriedade coletiva da terra?
 Não, eu falei pra ela, a esquerda lá são os camaradas que acham que Israel não precisa de colonizar os Territórios
 e Alor foi mais gráfico e agreste, não sei se comigo, com Wallacea ou, vendo bem, com ele próprio,
 A esquerda não é comunista nem revolucionária como aqui, Wallacea. Em Israel, os Mauberes da Fretilin estão acantonados desde 1948 do lado dos palestinianos. De esquerda são só os judeus razoáveis que não são os sionistas da Apodeti. São vocês se estivessem lá: os judeus da UDT. Imagina gente que pensa que 1948 já não precisa de 1967 para Israel existir. Não é assim, Leviatão?
 e, de novo, foi Wallacea a salvar o bate-papo,
 O que eu sei é que, em Timor-Leste, "somos todos judeus alemães",
 o que mereceu um puxão de orelha de Alor,
 Não sei, Wallacea. Isso é uma premissa perigosa e demagógica. Sendo assim, em Java, somos todos nazis palestinianos. Acreditas nisso? E o que sobra para os timorenses?
 e aí eu falei,
 Resta-lhes, felizmente, a consulta popular. Vão escolher entre continuar árabes israelitas em Jerusalém ou passar a escravos forros em Gaza, no quilombo do Arafat. Eu, por mim, vou ao mar sentir o calor da Shakira!

20
DAVID LEVIATÃO

Os velhos de Caicassa mandaram me chamar lá a Maubara pra me revelar a decisão dos *rai-nain*. No caminho à ida, à passagem de Ulmera, depois do cruzamento que tem para Tíbar, Mariano disse uma coisa engraçada sobre as comunidades com que é bom trabalhar em Timor. Ele falou,
    Crocodilo só tem onde há manguezal. As comunidades que vivem perto de onde há crocodilo são comunidades muito mais honestas,
    explicou Mariano, porque são comunidades que levam vidas mais regradas, com mais disciplina, sem roubo e sem violência porque a proximidade do bicho impõe a eles um certo regime de medo,
    Nós, timorenses, achamos que o crocodilo só vai comer quem fizer o mal, como este pessoal de Ulmera, que é super-honesto, porque, se começarem a roubar, o crocodilo vai comê-los,
    e eu judiei,
    Pô, Mariano!, você tá falando que a galera de Caicassa não é de confiar não?
    Mariano fez um riso pilantra,
    Não, *seu* David, nós somos gente da encosta mas descemos ao mangue de vez em quando...
    Risada geral. Fui olhando as comunidades ribeirinhas até Maubara, imaginando em cada uma um lugar ideal de *kibutz*,

pensando nas vantagens do medo intrínseco como fator de coesão e sucesso.

Mas Caicassa estava desafiada e o desafio foi aceite pela comunidade, com a conveniente mediação dos *rai-nain*,

Os *rai-nain* consideram que é o momento de unir a comunidade e os *lia-nain* agradecem ao senhor David a ajuda que vai dar a Caicassa,

disse Mariano. Aí eu perguntei pra eles se já tinham um nome para o *kibutz*,

Um nome?

Sim, Mariano, fala pra eles que podem escolher um nome

O nome daqui é Caicassa,

Sim, mas isso é o lugar. Fala pra eles que podem escolher um nome para o *kibutz*. Em Israel, todo *kibutz* tem um nome. Fala pros *lia-nain* que eu posso traduzir o nome para hebraico, aliás, podemos pôr o nome em aramaico

Aramaico?

Sim, a língua que falava Jesus Cristo

O senhor David fala a língua que falava Jesus?

e, quando Mariano traduziu isto, fez-se silêncio e todos os homens olharam para mim. Depois, os *lia-nain* entraram em demorada algazarra, trocando argumentos, até que um deles chamou Mariano, que traduziu para mim:

Eles falaram que o senhor David vai escolher o nome do, como chama?, do *kibutz*.

Aí, pensei para mim: meu irmão Leviatão, é melhor judeu falar a língua do Cristo do que Cristo falar a língua do judeu. Lembrei-me do que Mariano tinha dito sobre as comunidades ribeirinhas e achei que uma referência ao crocodilo no nome do *kibutz* poderia inspirar alguma honestidade ao projeto. Sugeri para eles que o *kibutz* de Caicassa se chamasse Gan Hasaba, ou Gan Aba, "Jardim do Avô", o mesmo que Gan Haav, falei,

Av quer dizer "pai" em hebraico, mas no dia-a-dia dizemos *aba*, que é aramaico.

A comunidade aceitou, repetindo o nome entre eles, experimentando "Jardim do Avô" como se experimentassem uma cadeira nova. Eu sentei com eles e me ofereceram um tais com as cores de Liquiçá. Aí eu quis saber se o distrito tinha bandeira. Silêncio de novo, até que um homem falou, em português,

Todas as bandeiras que tínhamos, os indonésios queimaram,

e Mariano, desanuviando, perguntou qual a bandeira do meu distrito. Eu falei no pavilhão do Rio de Janeiro, que tem dois lumba-lumbas, toda cidade tem bandeira ou cota de armas, e um dos homens de Caicassa propôs que o "Jardim do Avô" tivesse um crocodilo de um lado, e um lumba-lumba do outro,

Em pé, virados um para o outro,

E no meio dos bichos o que vamos colocar?

eu perguntei pra eles, e o mesmo homem que tinha falado em português disse,

No meio das limárias pomos uma esfera. Uma bola feita de muitos anéis de ferro, o Mundo que vamos mudar, grande por dentro e forte por fora,

e eu ainda falei algo mais terreno, menos armilar, propus que

No meio de bicho podemos representar o produto de nosso *kibutz*, assim como nas vezes de publicidade. Mas para isso precisamos decidir o que vamos produzir. A comunidade pensou nisso? Os *rai-nain* falaram alguma coisa? Não vamos produzir crocodilo nem lumba-lumba,

brinquei, mas me olharam como se a possibilidade não fosse tão louca. E não era. Mariano foi quem falou

No morro de Caicassa temos uma grande vista sobre Alor, Kísar, Ataúro, até para Wetar se consegue avistar. O mar está ali em baixo como se estivéssemos em cima dele. O "Jardim do

Avô" podia ter uma casa de hóspedes para convidar os estrangeiros a ver passar as baleias e os lumba-lumbas.

A ideia era boa. O estreito de Ombai está ali mesmo, estendido ao entardecer como se fosse uma tapeçaria confortando os pés de Caicassa. Nosso *kibutz* podia ter uma componente de turismo e até uma extensão de mergulho. É perto, até lá em baixo a Maubara. Mas isso devia ser um extra no projeto do *kibutz*, eu falei,

Precisamos de produzir alguma coisa. Mais ou menos depende do tamanho que vai ter o *kibutz*, mas é preciso criar dinheiro. Eu começaria comprando um monte de galinhas, de frangos. Porque se eu comprar frango hoje, amanhã já estou fazendo dinheiro, vendendo os ovos. Primeira coisa é isso. E, ao mesmo tempo, temos que começar a escolher o que é que nosso *kibutz* vai fazer — além do turismo. O frango é transitório, é para a gente ter comida e ter um pouco de dinheiro, para poder começar, ter material de agricultura, sementes — mas semente de quê? O mesmo com instrumento de agricultura: você compra conforme o que você vai cultivar. Provavelmente café?,

falei, com toda comunidade me olhando,

café, frango, turismo: o "Jardim do Avô" vai ser o *kibutz* perfeito cá em Timor.

Mesmo uma ideia exata como esta precisava de muita discussão da comunidade. Não há boas ideias em Timor. Há ideias persistentes, que resistem ao teste do debate, e outras que ficam pelo caminho. Podem não ser más, mas não aguentam o palavreado. Uma nova sugestão tem que ter a paciência do ritual de argumentação, mesmo que a decisão esteja tomada desde a primeira hora. O "Jardim do Avô" precisava de muitas conversas e exposições de Mariano e dos *lia-nain*. E, de novo, quando falo de exposição, quero dizer que não adianta explicar com figuras e desenhos. É com a explicação oral que os timorenses aprendem melhor. Os gráficos são ignorados. Se você os mostra vai ver os olhos da audiência se fechando na sua cara. São uma cultura oral. Têm capacidade fantástica de memorizar o que lhes contam. Decoram narrativas de duas e três horas e transferem essa recitação de *lia-nain* para *lia-nain*. Os timorenses têm a genealogia de todos os grupos clânicos preservada oralmente. Voltando ao *kibutz*. Era preciso, enfim, aferir do compromisso da comunidade, o que exige ainda mais insistência. Expliquei,

O "Jardim do Avô" tem que juntar alguns casais — e pau na obra!

Casais?

Casais. Homem com mulher. Trabalha hoje, tem filho amanhã, esbaldámo-nos um pouco,

O *kibutz* tem que se sustentar geracionalmente. Uma plantação de café, você planta hoje e começa a dar frutos em cinco anos e alcança a maturidade doze anos depois. Então, precisamos de algum tempo. O "Jardim do Avô" precisa de gerações trabalhando aqui, selecionando mudas, vão ter que eliminar as árvores que não têm uma produtividade alta, jogando-as fora, vão preservar sementes que têm alta produtividade. Até chegar a ter produto diferenciado que consegue vender no mercado, concluí. Percebi pelas caras se fechando que nossa ideia estava tocando o zénite da antipatia, porque, falei ainda, o *kibutz* nunca foi visto para ser uma unidade autossuficiente. Por imperativos conjunturais, em Israel, ele almejou um certo nível de autonomia, mas não se vê isolado do todo. Está integrado, por exemplo,

Eu produzo ovos, você produz leite. Eu troco o meu excesso pelo seu. No final, tudo se equilibra

Não há dinheiro no *kibutz*?

Há sim. Dinheiro tem no *kibutz*. O lucro é dividido uma vez por ano, faz-se o balanço dos sistemas de irrigação, do seguro médico, dos professores das crianças, do conserto das máquinas. O que sobrar é o lucro e divide-se pelas famílias.

Aquele dinheiro é seu, mas não quer dizer que você possa fazer o que quiser com ele
   e um homem perguntou pra mim,
   Quem é que fica rico? O *kibutz* ou as famílias?
   e eu contei que tem *kibutz* muito rico, como o primeiro *kibutz* onde eu estive, Gan Shmuel, "O Jardim de Samuel", um *kibutz* riquíssimo em Mishora Hof, entre Telavive e Haifa. Há uma ruína romana lá, muito famosa, chamada Cesareia, o segundo maior coliseu do império, construído por Herodes, o da Bíblia. O Gan Shmuel é tão rico que tem jogadores da NBA e entra nos campeonatos de Israel e da Europa. Compraram uma fábrica do Brasil e montaram todinha lá em Mishora Hof, fazem concentrado de fruta e vendem para o mundo inteiro. Na altura em que o concentrado estava sendo diluído em sumos de fruta, já alguns dos velhos cabeceavam, um ou dois fazia gesto de se levantar, e Mariano traduziu a palavra final com que um dos *lia-nain* encerrou a tarde,
   O *tio* pergunta então quando é que o senhor David vai trazer os primeiros galos para o "Jardim do Avô"?
   Isso era uma carona flagrante, até um abuso sobre mim: de uma sugestão, a comunidade arrancou um contributo, e eu, que lançara a discussão, saí de Caicassa chantageado habilmente com o ónus de dar o empurrão inicial ao "Jardim do Avô" — comprando pintos. Na prática, como falei mais tarde na Pensão Mundo Perdido pra uma menininha da AusAid, a Breanna,
   Eu dei minha mão pra eles e eles se penduraram em meu bolso como moleque pendura em bonde
   E qual é a admiração, colega? Bem-vindo a Timor. Tens que te mostrar agradecido, quando lá fores levar as galinhas, por eles terem a enorme generosidade de permitirem que tu os ajudes. Habitua-te ou desiste, porque a ingratidão é um dos direitos humanos da indigência.

21
WALLACEA

Se a Europa não fosse viciada no tempero que lhe falta, o arquipélago estaria tranquilo por mais cinco séculos, pelo menos até ao Hirohito,
    dizia Alor, enquanto farejava em mim a pimenta, o cravo, a noz-moscada e outras especiarias segregadas — segundo ele — pela minha cútis tropical,
    Mas teríamos vivido em armilar aborrência, continuava, largando-me cortesia antes de lançar-se ferro.
    Alor tinha o mesmo entusiasmo, masculino mas púbere, dos Europeus de Quinhentos. Viviam a incansável festa e a incontinente vaidade — e o voluntário engano! — de serem os primeiros a penetrar nas Pequenas Sondas, onde outros já invernavam há séculos, com grande destreza e atenção ao detalhe, o que, tenho para mim, explicava o desprezo dos cronistas pelos pilotos "mouros" que, com ciúme que fosse,
    "*este piloto mouro quesera-se bem escusar d'amostrar este camynho se podera e açaz trabalhou por ysso*",
    os levavam afinal pela mão à única recompensa que interessava, às suas ilhas... Malucas mas virgens.
    Era um delicioso teatro de narcisos, esta glória do galeão primeiro e único, a que Alor chamava simplesmente,
    A tesão da Descoberta, uma fantasia erótica como outra qualquer,
    e, nisso, Alor almirantava na cama, seguindo com rigor o

programa do seu atlas. *O Livro de Francisco Rodrigues* transformou-se no nosso catálogo de preliminares e de declinações, logo que Alor ganhou paciência para perceber quanto a declinação era, para mim, tão exaltante quanto a navegação.

Não era difícil, pois Alor tem uma memória prodigiosa. Não era monótono porque Francisco Rodrigues viajou bastante — como se o seu atlas, em 1515, pudesse antecipar a descoberta de novas derrotas por mim, em 1999, derrotas que eu mesma desconhecia, navegando nas mesmas águas com pilotos locais. Encontros episódicos, bruscos — a veniaga de cabotagem — aconteciam-nos, claro. Pequenas incursões à sorte do lucro ou da conquista, sem aparelhar em terra, em encontros sem história. Uns beijos entre marés, que obedeciam mais à cobiça do capitão do que à estratégia do vizo-rei.

A exaltação das grandes viagens acontecia mais com a aproximação da monção de domingo à tarde, altura propícia para, com o colchão a pleno velame, despir o atlas e pedir uma rota, como se Francisco Rodrigues e Tomé Pires estivessem escondidos numa *juke-box* de cartas eróticas da Expansão Portuguesa.

Eu deitava-me, esperando, como sói às ilhas que têm promessas que podem pagar essa taxa aduaneira de atenção masculina. Pedia-lhe, por exemplo,

Fólio 6, por cortesia

e Alor, diante de minhas pernas afastadas, mãos em meus joelhos, informava com grande seriedade,

Terei, como sabe, que começar declinando umas linhas atrás, a fólios 5,

descia com a língua por uma coxa,

"*Esta ylha primeira tem por marca huma mata d'arvores tamanha como huũa nao...*"

mas não se detinha nela; subia ainda pela outra perna,

"*... e a par das arvores ha hũa ensseada asy como a de Camaram senam qe he muyto aparecellado.*"

mas também não muito, para que a língua-pêndulo gravitasse de leve,

"*Fomos ao lomguo dellas em a dobramdo pera o noroeste tem dous momtes de pedra.*"

não mais que leves cócegas, ríamo-nos,

"*Disse-nos o Robam mouro qe levavamos qe era porto.*"

Subia depois inteiro por mim, para assomar meus lábios, introduzindo-se neles,

"*O fumdo qe ha na boca do porto de Dalaqua he duas braças e mea tres...*"

beijando adentro de meus beijos,

"*... tres e mea, e braça e mea, tudo sam mamchas de pedra e d'area.*"

e outras vezes reentrando,

"*Em meo do canall a cymquo braças e cimquo e mea.*"

não apenas na boca mas noutras margens novas,

"*O canal he tam estreyto qe nom podera emtrar demtro nenhuũa nao nossa gramde...*"

não apenas com a língua,

"*... salvo com rajeiros por propria e sua amcora prestes...*"

não apenas com os dedos,

"*... demtro no porto ha tres braças ate duas e mea e nom ha hy nehuũa segurança salvo abalrroamdo huumas com os outros.*"

ganhando já a barra com a naturalidade da maré fervente,

"*Ha demtro luguar pera tres navios amarrados a quatro amarras com estroutras tres naos de cyma.*"

já sem poder sair, se o quisera, do meu enlace, nem eu de ter meus joelhos levantados à cara,

"*Nom ja per o porto nom ser gramde mas he tudo aparecelado qe nom ha hy huum palmo d'agoa de baixa maar. De prea mar avera huuma braça pou mais ou menos.*"

até que demanda tão esforçada morria na praia de seu festejo,
"*De fora do Porto a huum tiro de bombarda ha qorenta braças cymqoenta braças.*"
como se a chegada desqualificasse a demanda
"*He tudo pedra.*"
e cada demanda servisse apenas a ambição da próxima.
"*Foy o capitam em terra fallar com os mouros, etc.*"

22
Dalboekerk

A sobrevivência, se não a liberdade, se não a vitória, a sobrevivência de um homem último, escarnecido pelos seus inimigos com a alcunha de O Digno, ou O Santo, ou O Esperto, ou O Cabrão!, é um jogo de probabilidades. As probabilidades narram tais façanhas através da linguagem dos algoritmos. Donde alguma razão assiste aos platónicos: a vida resiste sem mundo mas não respira fora da matemática. Isto eu concluíra da análise das *Guerras Judaicas*, de Flavius Josephus, algures entre a destruição de Jerusalém, em 70 *Anno Domini,* pelas legiões de Titus, futuro imperador de Roma, e o suicídio coletivo, três anos depois, dos últimos resistentes judeus zelotas na montanha-fortaleza de Massada, no mar Morto.

O governador Abílio Osório Soares achava que os três pilares de Timor Oriental eram "o Exército, o Governo da Província e a Igreja". É uma representação simplista — por demasiado extensa. Atacar diretamente o clero e os fiéis envolvia um grau elevado de risco para o futuro da integração de *Tim-Tim*. Melhor seria ter, pelo menos, a Igreja como elemento neutro da equação, isolando os independentistas — algo que o Sultão e o núncio apostólico em Jacarta não tinham conseguido em vinte anos. Foi uma esporádica reserva mental que me levou ao jardim da Residência Diocesana em Díli, numa noite de março pretérito. Não se tratou de uma fraqueza porque não constituiu uma demanda de consciência. Mesmo que a quisesse transformar em tal coisa, a título libatório, o que aconteceu aqui depois impedir-me-ia esse abuso. Quero dizer: a demanda junto da Diocese não rendeu e é moralmente estéril. Se tanto, confirmou que a Igreja de Paulo, na impossível condição póstuma de Cristo, serve para concretizar o que o Diabo ofereceu, e Jesus recusou, na última tentação no deserto.

A minha questão não era tanto poupar no sangue, que em todo o caso seria timorense, como economizar nos alvos. A campanha de violência contra os independentistas tinha sido definida num conclave a favor da integração — "o jantar de Wannsee", comentou em privado um outro inconfidente, contra-almirante do Estado-Maior. Pessoa influente, este oficial, favorito de Messerschmitt, cheio de germanismos e tiques racionalistas na sua filosofia política imbuída de milenarismo: "A teimosia é uma raça impura."

Visitei a Residência bastante tarde e sem anúncio prévio. Entrei sozinho, galgando o portão lateral, a sul, mal iluminado, e evitando a porta de fachada, onde havia um candeeiro aceso. Já dentro do recinto, bati a uma porta do anexo episcopal, nas traseiras, a parte mais recolhida. Aí funcionava a plataforma da Diocese com vários mundos proibidos, incluindo o da montanha. Cheirava a água-de-colónia, ou a *after-shave*, a uma frescura masculina matinal desenquadrada de sítio e hora. Um jovem entreabriu, a medo e a torto, com modos de menina zangada,

O que quer a esta hora? Não sei se Monsenhor está. É muito tarde

e fechou a porta, deixando-me de novo no escuro. Eu podia "ver" o que me rodeava porque conhecia bem o local. O jardim episcopal é — era — uma selva organizada em talhões, bem domada e perfumada, rica em *Oreodoxa regia*, *Borassus flabellifer* e outras palmeiras de que não recordo a espécie, palavões brancos e pretos, *Cedrela toona* e *Tamarindus indica*, muito frondosos e elevados, e, ao nível do nariz dos bispos e vigários, graciosos *Hibiscus tiliaceus* e *Sarcocephalus cordatus*. Ali estava eu, neste claustro de botânica tropical. Não percebi se o rapaz tinha ido chamar alguém mas não voltei a vê-lo. Num dos canteiros mais próximos, a folhagem mexeu-se um pouco, como se soprada por brisa que não corria nessa noite. Uma voz falou então comigo, uma voz conhecida, masculina mas dolente, sussurrada mas impertinente, ríspida com um timbre de vaidade. Nunca deixou a penumbra, não se revelou,

O que quereis de Monsenhor?

Ouvi-lo em confissão,

respondi, com a mesma convicção com que teria respondido Falar de profecias, ou outra generalidade, e houve o silêncio de uma voz que reconhece e avalia outra e decide que rumo tomar,

Os pecados de Monsenhor e o vosso juízo não pertencem ao mesmo reino. Em qualquer caso, nem todas as horas são convenientes para falar a Monsenhor. O assunto não pode esperar pela manhã?

Pode, à vista de todos, e poderá ser tarde. Nestes dias, o que é tarde pode ser fatal

E com que assunto pretendeis incomodar Monsenhor?

Com o assunto grave da posição da Igreja na consulta popular. Há algumas pessoas preocupadas com o que pode acontecer aqui

Aqui em Timor?

Como diz: as preocupadas ou as que deveriam está-lo?

Não... Queria dizer: onde é o aqui do que pode acontecer?

O aqui é aqui mesmo. Aqui em Timor. Aqui em Díli. Aqui na rua. Aqui na Diocese. Aqui... em todo o lado. A preocupação dessas pessoas é com a possibilidade de não haver *aqui*, o que seria lamentável para *lá* também

e a voz, protegida pela penumbra, tremeu, menos impaciente, ensaiando um chiste trocista, informando-me de que

Monsenhor, mesmo estando disponível, não falaria de política durante a Quaresma. Monsenhor cumpre abstinência de carne e de política.

Compreendo os estilos católicos e, desculpe insistir, assim sendo, que assuntos poderei abordar com Monsenhor — se ele, claro, estiver disponível?

Monsenhor está sempre disponível para discutir a Bíblia, que é um lugar complicado mas afastado das paixões mundanas de Timor; podem falar da Bíblia, se o tema não o incomodar, informou, recuperando ostentação.

Mais que uma vez, a partir de fevereiro, exortei o círculo em torno do Kasum Abri, tenente-coronel Sugiono, a ter presente a influência da Igreja em *Tim-Tim*. Era crucial reduzir ao mínimo a imprevisibilidade do referendo, ao ponto desejável de conseguir evitá-lo ou inviabilizá-lo. Para tal, era preciso gerir os bispos, os vigários, os padres, os frades, as freiras, os leigos, os beatos, os catequistas, os diáconos, as viúvas, os órfãos e as meninas. Na trindade segundo Abílio, a Igreja era o "pilar" falso da sociedade timorense, viga de madeira roída pelo bicho "comunista". A eliminação do clero subversivo e dos fiéis que nele procurassem refúgio era exigida pela harmonia da integração de *Tim-Tim* na Indonésia. Foi isto que o governador timorense defendeu na cimeira secreta de março.

Na reunião pesaram as sensibilidades dos departamentos "de pessoal" das TNI que fazem o trabalho de fundo nestas encruzilhadas da História, o Asops Kasum, o Aster Kasum, o Asintel Kasum — os comandos operacional, territorial e de informações das Forças Armadas. A Wannsee de *Tim-Tim* validou a operação de compra e distribuição de "quinze mil" armas às milícias, através dos comandos distritais. Foi também preparada a criação, no início de abril, de um guarda-sol para todas as milícias integracionistas, sob o comando de João Tavares. Desejava-se, em Jacarta e em Díli, que a estreia desta estrutura não demorasse muito e que fosse espetacular, brutal e inequívoca quanto à vontade de uma "solução final" para o "problema" timorense.

Não me lembro em que dia calhou, este ano, a Páscoa católica em Timor. Sei que, ao longo de março, abril consolidou-se como o mês bom, imparavelmente bom, para lançar a Páscoa indonésia. Havia plano, dinheiro, armas, estrutura e cadeia de comando. Contudo, sob os palavões da Residência Diocesana, era então a Bíblia, um livro jihadista, que Monsenhor gostaria de discutir comigo. Era, apesar de tudo, motivo de regozijo, notei na minha conversa com a penumbra-oráculo, dirigindo-me à fugidia presença envolvida pelo perfume das flores e da sua intensa água-de-colónia, era aliás

Uma feliz coincidência, nesta época de angústia e presságios, muito feliz coincidência, dado que a maior preocupação das pessoas que importam, aqui em Jerusalém tanto como lá em Roma, é o fascínio de Monsenhor pelo Novo Testamento e por uma releitura — não diria o aproveitamento, como certos detratores andam insinuando, mas a releitura — da agitação do Povo de Israel e do arrebatamento causado pelo anúncio de um novo reino, com a promessa da libertação definitiva do jugo romano, compreende

Compreendo. É uma preocupação legítima, a dessas pessoas, e certamente Monsenhor concordaria comigo se estivesse aqui, mas o Povo de Israel está atormentado, tem sido castigado por escravidões e exílios, e uma nação assim é chão e pasto de profetas, curandeiros, magos e até para *hasidim*, os santos homens que odeiam o seu próprio dinheiro e levam vidas de grande austeridade nas grutas de Galileia. Cito Honi, que tinha poder sobre os ventos e as chuvas na época da invasão de Pompeu. Cito Hanina ben Dosa, perto de Nazaré, que rezava com tanto fervor que não interrompia sequer quando uma serpente se lhe enrolava nos tornozelos! Se Monsenhor estiver disponível para vir falar consigo perguntará, pois: que messias merece a preocupação de... não sei se reconheço as suas insignes amizades, talvez Herodes Antipas, ou será Otaviano Augusto, ou Tibério, ou Calígula — já entrou Calígula? ou já está Cláudio?

Prepara-se Nero, parece

Roma muda mais vezes de imperador do que eu de camisa, que as mudo todos os dias, derivado ao nosso clima húmido e ao esforço da pastoral... Seja claro quando falar, se falar, com Monsenhor: vós temeis o Baptista ou o Jesus?

Para ser claro, o tetrarca preocupa-se pouco com o Baptista, que aliás mandou prender, em nome dos romanos; é o discípulo do velho que mais inquieta, mais agora que o discípulo arranjou discípulos. Não interessa se Jesus é o que diz ser, porque mesmo o Baptista duvidou, afinal — conforme Mateus 11:3 —, que Jesus fosse o Cristo, ou não teria mandado perguntar-lhe, da prisão, "És tu aquele que estava para vir, ou havemos de procurar outro?". A preocupação não é com a natureza de Jesus mas com a sua mensagem e as suas companhias,

disse eu para o perfume noturno, e tudo seria quase patético se a voz invisível não retorquisse, vigorosa, que

A mensagem de Jesus, dir-vos-á Monsenhor, se estiver disponível, não tem mistério e está também em Mateus, dois versículos adiante: "Os cegos veem, os coxos andam, os leprosos são purificados, os surdos ouvem, os mortos são ressuscitados...

"... e aos pobres está sendo pregado o evangelho", completei eu, continuando: Monsenhor, quando estiver disponível, não precisa de me ensinar a mensagem literal de Jesus, os meus parcos estudos bíblicos chegam para articular o seu caráter revolucionário e subversivo

O programa cristão já estava nos Salmos e nos Profetas...

Não como fundamento de um "reino". É isso que é tão apelativo para as multidões excluídas — e tão preocupante para quem governa, como eu vim aqui deixar protesto a Monsenhor. A justiça não funda reinos duradouros, mas a plebe é permeável a esses enganos

Os evangelistas são unânimes em pouco, mas nisto foram: nem Jesus reclamou ser o que foi, nem jamais aceitou o poder terreno. A realeza repudiava-lhe.

Tão certo como Ele ter morrido, coroado e inscrito, Rei dos Mauberes

A voz respondeu com um frémito de folhagem. Engasgou--se. Pigarreou. Cuspiu. Quando abriu a boca saiu uma azia,

As Escrituras são claras, e Monsenhor dir-vos-á isso — quando estiver disponível e apenas na condição de você, *Pak* Dalboekerk, não repetir sarcasmos que ofendem a nossa fé. A terceira tentação é bastante explícita: Jesus recusou soberania sobre todas as terras que Satanás conseguiu mostrar-lhe. A resposta à mensagem enviada da prisão por Baptista completa este despojamento: o reino de Deus chegará não por apocalipse mas por virtude interior. Não violenteis Jesus a assumir aquilo que Ele nunca reclamou!

A religião oficiosa de Timor é uma adoração simbiótica entre vassalagem medieval e piedade franciscana. É vício dos desvalidos precisarem de amparo em substituição da autêntica virtude, que dá o trabalho dobrado do questionamento e da humildade. A Igreja do Vaticano deu aos timorenses o missal em tétum e a condição institucional de nação perseguida. É um capital que se projeta no tempo psicológico da culpa, uma eternidade!, muito além do tempo histórico da perseguição. O que vejo: a língua eucarística e a narrativa de vitimização são os dois tesouros nacionais no génesis do Estado Lorosa'e. Subtraia este país à Igreja e os bispos, que não andam de carroça, sobem a Manila ou descem a Lamego para continuar o "ministério" com um mínimo de conforto. Faça o exercício inverso, porém:

subtraia a Igreja a este país e veja com o que fica. Saudades de Soibada!

Deus aqui e hoje, *Marômak*, é um utensílio geracional de ocasião. Utensílio místico, mas não menos oportunista, que calhou bem ao cristianismo comunista e que as outras obras de Deus, à direita do Padre, engoliram bem. Que seria do Salvador se ninguém esmolasse salvação? Estes gentios batizados acordam com a missa à sétima hora e, ao sétimo dia, limpam-se na mecânica salvífica da hóstia. Mas não largaram a sua arcaica idolatria de bichos e de antepassados, e menos ainda exorcizaram esse arcanjo maligno, chamado inveja, capaz de mastigar o granito de qualquer religião dedicada à bondade, à paz e à aceitação da injustiça. Entre invejosos, a inveja alimenta a inveja. A mim, provoca-me desdém, o que seguramente se notou no meu hálito quando, no pequeno éden episcopal, defendi que

A lei *é* a virtude, Monsenhor-ainda-não-disponível. A lei está na tábua e a tábua celebra a aliança, ou escapou-me algum apócrifo ou concílio? Quem não respeita a aliança não respeita nem Deus nem Israel e merece o castigo máximo: ser banido de ambos os reinos

A lei não merece vigor quando não chega ao interior do homem. Quarto Evangelho: "O reino de Deus está dentro de ti."

Ora exatamente, é essa a preocupação de quem manda no nosso pequeno mundo. Por isso vim discutir Bíblia, de madrugada, com as flores diocesanas. É pena que Monsenhor não esteja disponível, porque gostaria de perguntar-lhe o que Jesus, quando chegar a hora, pretende recomendar ao Povo de Israel sobre qual o reino a que devem obediência "dentro de si"

Vejo onde quereis chegar mas creio que Monsenhor, mesmo que estivesse disponível, não entenderia a vossa pergunta. Jesus não propõe respostas coletivas. O ensinamento d'Ele é uma exortação de conversões individuais.

Conversões individuais dão perdições coletivas. Ainda bem, digo agora, que Monsenhor não está disponível, porque teria que chamar-lhe teimoso, vaidoso e irresponsável. Ou fanático. O Povo de Israel ouve o Templo e dele espera conforto e direção. A virtude bíblica não é a dúvida de espírito, é a inviolabilidade das regras. T. E. Lawrence dormiu muito com os povos do deserto e escreveu dos descendentes de Moisés e de Jesus que "eram um povo dogmático, desprezando a dúvida, a nossa coroa de espinhos moderna..." O Povo de Israel, o povo autêntico — os cegos, os coxos, os leprosos, os mortos! —, viverá em paz entre si e com Roma se não lhe prometerem uma idade messiânica que não chegará. A História complica-se quando a religião incita à revolta e, pior, quando a própria revolta se transforma no sentido da religião

Jesus não é um chefe de guerrilha.

Diz quem?! Diz Monsenhor, quando estiver disponível? Pensei *não* ter chegado a ouvir esta noite que a Igreja não responde pelo seu rebanho. Não seria melhor que passasse a responder? Era apenas isso que pretendia discutir com Monsenhor esta noite: se o chefe de guerrilha é um Jesus ou um Baptista

Da guerrilha não sei, meu filho. Da Igreja, nesta Galileia timorense, poderia dizer que exerce um ministério que responde aos anseios espirituais da nação. O misticismo do nosso povo, a despeito, ou em hossana, do seu arcaísmo doutrinário e — vamos, vamos — da sua frouxidão exegética, é apostólico romano à letra. A especificidade da Igreja timorense é a de ser muito mais uma Igreja de Paulo e bem menos uma Igreja de Baptista, o que lhe permitiu insular-se na Ásia e resistir à geonumerologia do Vaticano.

A verdade visível é que Jesus se rodeia da pior espécie de gente. Simão é um zelota e acredita na expulsão dos romanos através da resistência armada. Judas é um sicário, dessa casta ainda mais vil de terroristas. Apunhalam os seus opositores em dias de celebração, misturados na multidão, camuflando-se a seguir na própria indignação geral com o crime que acabou de ser cometido

Jesus não é um zelota nem um iscariote. Jesus não é de nenhuma seita nem partido nem facção ou continuaria hoje a pregar no deserto. O seu projeto é mais vasto, é a casa de Israel sem excluir ninguém do seu povo. Abrangência não é crime, ou pelo menos não dei por essa *surat*.

Eu diria, e espero que Monsenhor ouça, quando estiver disponível: liberdade não exige rebelião mas rebelião exige repressão. Pode até acontecer que repressão exija conquista e que conquista exija expansão. À distância de séculos, Titus completou Pompeu. Os que mandam querem poder. Os que obedecem querem segurança. Não tenho que ensinar a Monsenhor, caso ele venha a estar disponível, que, neste hoje da nossa eternidade bíblica, todos os problemas da Judeia descem dos montes da Galileia e de Betânia. Galileia é um covil de provocadores e fonte de desestabilização nas fronteiras do Império. Eu vinha alertar Monsenhor para isto: há pessoas importantes que estão impacientes com tanto messias. Elaboraram um plano para estancar a profecia. As armas e as ordens foram distribuídas. Os alvos não mudam — a menos que mudem de lado. Não há muito tempo para isso

A folhagem mexeu-se de novo. O perfume das flores ficou mudo por um longo momento, oxidado por um orvalho morno de suor que pingou da penumbra para o chão, formando pequenas estrelas diante de dois sapatos engraxados. Temperou a água-de-colónia, que perdera a frescura e adquiria agora um odor enjoativo. Um galo cantou três vezes na direção de Bidau. A sombra, desperta pelo agouro ou pela angústia, respirou fundo, e entrou na volúpia, na angústia de saber

Onde vão atacar primeiro?

Monsenhor, quando estiver disponível, desculpar-me-á, mas terei de recordar-lhe que estamos na Quaresma e mesmo esta conversa de vultos terá de abster-se de carne e de política. Silêncio de novo. Impaciência no arbusto. Eu olhei as estrelas de suor no pavimento. Sobre elas passava uma centopeia. Apeteceu-me esmagá-la. Enojou-me a ideia de cem pequenos filamentos torcendo-se numa nódoa, sobre as gotas suadas. E a voz, reformulando a dúvida, gotejando ainda,

É uma ofensiva geral?

Geral, total, letal e final

Uma grande campanha, então.

Uma campanha para ganhar. Ao nível convencional do que se gasta, por exemplo, para esmagar de vez uma contrainsurreição de Judeus no século I: três legiões (a V Macedonica, a X Fretensis, e a XV Apolinaris)

Três legiões?

Uns sessenta mil homens pela Galileia adentro, segundo o noticiário bíblico de Flavius Josephus, que conhece ambos os lados e reportou a destruição de Jerusalém quase em directo

Creio, *Pak*, que se refere ao judeu Yosef ben Matityahun?

Yosef, Flavius Josephus e Titus Flavius Josephus são três nomes para um só homem com várias vidas. Em cada nome, ressuscitou do anterior

Não estou tão certo. Yosef chefiou os rebeldes na Galileia acossado pelas legiões romanas. Perdeu.

A voz prosseguiu com a biografia de Yosef. Foi para Roma após as Guerras Judaicas. Viveu, sob nome latino, de uma tença da dinastia flaviana. Yosef sobreviveu ao seu próprio suicídio — por conspiração matemática. Cercado pelos romanos em Yodfat, escondeu-se numa cela com os seus últimos quarenta zelotas. Cumprindo as exigências da honra patriótica, os rebeldes fizeram um círculo e começaram a matar-se um por um, por ordem, a cada três. No final, acreditando em Yosef--Josephus, sobrou ele e outro rebelde. Josephus não conta isso nas suas crónicas, salientou a voz, mas decerto sabia o bastante de algoritmos para saber qual o lugar a ocupar no início do círculo de forma a ficar vivo no final e, concluiu,

Como sobraram dois, há uma hipótese — matemática, pelo menos —, de Josephus ter tido um cúmplice.

Só a presença de Monsenhor, se estivesse disponível, nos ajudaria agora. Não sei se entendi o crime de Flavius: ter vivido como Josephus-o-historiador ou ter morrido como Yosef-o--zelota? O homem rendeu-se, é tudo. Não ficou menos digno como judeu por ter clientes em Roma. Não renegou. Pelo contrário. Em Roma foi um grande apologista dos Judeus, da antiguidade do Povo de Israel e dos fluxos entre a cultura judaica e a cultura greco-romana

Josephus não teve a coragem de levar até ao fim o pacto que o ligava aos seus trinta e nove homens.

Era um pacto com os mortos e uma perda irremediável para o povo judeu, como muita gente compreende na sua nação

Ninguém joga à roleta romana no meu povo!

Como não? Timor é um algoritmo de Josephus: a nação, sem poder sair e proibida de entregar-se, faz círculo e vai tombando por ordem, por honra, por escolha. Um em cada três, acusam os ativistas

Monsenhor não gostaria de falar de Timor nesses termos ultrajantes. Em Massada eram guerreiros!

E no Matebian quem era o quê? Monsenhor deveria ter tempo para ouvir o que tenho para lhe dizer, mas, uma vez que não tem, que ouça Agripa II, diante do seu povo prestes a rebelar-se de novo contra Roma, explicando a impossibilidade de vitória. Agripa conhecia o perigo do fervor tardio pela liberdade: "Tão dolorosa é a experiência da escravidão que qualquer esforço para lhe escapar é absolutamente justificado; mas o homem que se submeteu uma vez e depois se rebela é um escravo relapso, não um amante da liberdade."

Quando Monsenhor estiver disponível vai lembrar-vos que Massada resistiu três anos e que, como escreve Josephus, os "Galileus são guerreiros desde o berço", coisa que Agripa II obviamente sabia, como seu chefe. O Templo pode ser profanado por Pompeu e arrasado por Titus, mas a fome de justiça não morre por ordem do imperador.

Sobre Massada não tenho lições a receber de Monsenhor, se ele me desculpar quando estiver disponível. Massada resistiu e caiu. Mais nada. É uma dignidade pela violência. Motivo acrescido para os tetrarcas que eu frequento suspeitarem da utilidade de Simão junto de Jesus. O tempo novo prometido pelos messias não trará apenas derrota e profanação. Desta vez, produzirá anarquia. Se Monsenhor estivesse disponível agora, faria diante dele um derradeiro apelo para explicar ao seu povo que os Cristãos nunca estiveram nos planos de Cristo. Jesus não queria roubar a Israel um povo para fundar outro. Não queria um povo "novo" que seria sempre o mesmo. Como bom judeu que era, queria apenas ser um judeu melhor. Não sei se o tempo bíblico contempla a sua própria repetição. Acredito que não, ou não estaria de madrugada a falar com gondões e palmeiras. Pela última vez: onde está a Igreja na consulta popular?

Silêncio. E a folhagem. A água-de-colónia, perdido o álcool, morria agora no açúcar fétido de uma velha especiaria. E, de novo, um valete foi jogado para o debate que se esgotava de razão,

Onde está a Indonésia na Bíblia? É uma pergunta que teremos que colocar a Monsenhor antes das loas. A consulta popular em Timor Lorosa'e é uma experiência religiosa de um povo para quem o Reino dos Justos será anunciado não por arrependimento mas por crucificação. Como lhe disse, Timor pertence ao Batismo de Cristo, não ao Batismo de João. Aqui, como em Corinto, Paulo de Tarso foi mais eloquente que Apollos de Alexandria. Bastam umas epístolas para mudar a história, meu filho, mas como haveríeis vós de saber isso?

Silêncio. E a folhagem. E os galos.

Falara a voz das árvores, a voz oculta, a voz do irrazoável, a voz inspirada mas demente, imbuída da necessidade de cada indivíduo ganhar sentido com um lugar na História, uma necessidade tão infecciosamente cristã. Lembrei-me de ter lido sobre um debate lendário no século 1, entre o rabi Eliezer ben Hircanus e os seus colegas. O rabi, tendo gasto toda a sua argumentação em vão, convocou Deus para a discussão. Uma voz celestial deu-lhe razão. Os colegas do rabi, no entanto, anularam esta intervenção, porque a Bíblia ordena que todas as decisões sejam tomadas por maioria. Eu poderia ter chamado o rabi do século 1 ao meu concílio no jardim da Residência. Não o fiz, talvez porque o meu desespero se aproximava, decerto, do de Eliezer. Desespero diante do dogma. Silêncio diante da voz.

Galos diante da manhã.

Não é pouco eu admitir que *Tim-Tim*, em 1999, ainda guardava algo para me ensinar sobre a intratável mentalidade dos povos escolhidos. Neste admirável mundo, em final de história e de milénio, há uma Galileia Lorosa'e aprisionada num casulo de tempo bíblico. Ou de tempo mítico, o que é o mesmo. No caso desta Palestina do Levante, com uma perversão de milenarismo cristão, porque tudo se passa em Timor como se os profetas escondessem ao Povo de Israel que os Judeus não seriam dignos da atenção de Deus *fora* do exílio na Babilónia — e que só a perpetuação do exílio poderia oferecer à nação escravizada os contratos coletivos da salvação e da identidade.

A voz percebeu que o debate acabara e descolou-se do arbusto. Com apenas um passo na minha direção, Monsenhor materializou-se em luar, de mão estendida em bênção, cheirando a flores sem viço, esgrimindo no ar o sinal da cruz, como se ensinasse em câmara lenta uma arte marcial de excomunhão,

Deus o guarde, *Pak*,

e eu, por Deus guardado e despedido, consegui abandonar a Residência sem esbofetear o padre nem mandá-lo para Mateus 5:17, o lugar sensato de Jesus, com que — é um facto — a sua Igreja não poderia nunca saciar-se. "Não penseis que vim revogar a lei ou os profetas; não vim para revogar, vim para cumprir." Nós cumprimos. Eles revogaram. Pagou a sinagoga.

23
WALLACEA

O Filho, meu irmão, que tinha herdado o nome do Pai, também morreu em vez dele: as milícias tocaram à porta, o Pai não estava, então as milícias mataram o presente da sua pessoa no seu futuro.
    No 17 de abril, não morreu apenas o Filho. Morreu o Pai que nele estava nascendo. Uma tragédia apenas para a família.
    É tão horrível como límpido: foi o Filho a morrer por ter sido eu a sair. Quando o Pai se preparou para ir ao aeroporto, ao final da manhã, eu e o Filho corremos para a rua, saímos o portão, para ver quem chegava primeiro ao carro. Cheguei eu e sentei-me no banco, troçando com meu irmão o Filho,
    Eu vou, tu ficas!,
    assim, na brincadeira. Ninguém estava tenso, nem eu, nem o Pai, nem o Filho, apesar de as milícias terem anunciado claramente nessa manhã,
    Vamos matar os traidores!
    disse o Eurico na grande reunião de todas as milícias autonomistas de Timor, diante do Palácio, que é ao fundo da nossa rua,
    Vamos matá-los até à sétima geração!
    nós seguimos o comício das milícias em direto, pela Rádio Nacional, e as ameaças foram de tal forma explícitas que eu fui avisar
    Paizinho, ligue o rádio, eles estão a fazer ameaças,
    Ele ouviu no seu quarto. Eu ouvi na sala, com o Filho, com amigos nossos, estava também Alor. O Pai, depois de ouvir as ameaças,

Vamos fazer de Díli um mar de fogo se não votarem na autonomia!
telefonou para Jacarta
Ouviste?
para falar com o meu tio. Ele também tinha seguido em direto. Naquele dia, havia milícias por todo o lado. Fizeram o juramento de fidelidade à Indonésia diante do Palácio. Além dos discursos, houve cerimónias. Sacrificaram animais. Antes de derramarem o sangue, beberam-no: é a cultura daqui, antes de se ir para a guerra. Não se faz isso todos os dias.

Mas nós estávamos calmos quando saímos para o aeroporto. Íamos buscar o filho adotivo do Pai, uma criança ainda, que chegava da Indonésia. O voo estava atrasado, por isso fomos aguardar em casa de familiares aqui em Comoro. Foi aqui que recebemos a primeira chamada do Sidharta, que falou com o Pai,

As milícias estão a vir para Lecidere
depois de uns minutos, o segundo telefonema,
Estão a atacar a casa!
perdemos contacto com ele.

Voltámos ao carro e começámos a fazer o trajeto inverso, pela avenida de Comoro. O telemóvel do Pai tocou outra vez, desta vez era o Filho,

Não venham para cá, as milícias cercaram a casa
primeiro falou com o Pai, depois comigo,
Mana, não venham para casa!
explicou que o Eurico tinha ido bater à nossa porta,
Estavam à procura do Paizinho e apontaram-me a arma
E tu que disseste
Eu disse que o Paizinho tinha ido ao aeroporto e o Eurico então perguntou por ti
Que disseste tu

Que também tinhas saído com o Paizinho e essa foi a última vez
(Eu vou, tu ficas!)
que eu falei com o meu irmãozinho o Filho.
O Pai continuou ao volante. A primeira paragem foi em casa do Tono Suratnam, o DamRam, no Farol. Estava reunido com o ministro dos Negócios Estrangeiros irlandês. Milícias armadas circulavam, entravam e saíam do jardim com M16, com AK47, com catanas. O massacre estava a acontecer naquele instante, o Pai pediu ajuda ao Tono, mas ele respondeu
Você é do CNRT, deve ir buscar armas à sua gente, não a mim. Nós somos neutrais,
disse-lhe o Suratnam, que nos conhecia bem. Eu sentava-me todos os domingos na igreja ao seu lado, o Suratnam é um javanês católico, mas
Nós somos neutrais
e o Pai continuou connosco para a Polícia. A mesma reação. Ninguém fez nada, ninguém assegurou proteção. Seguimos então para a Cúria, sempre no nosso carro. Monsenhor reunia, agora, com o diplomata irlandês. Foi o diplomata que veio abrir-me a porta porque a Igreja não gostou de ser incomodada,
Vocês adoram exagerar,
foi o comentário. Monsenhor não foi muito agradável.
O massacre aconteceu no momento em que estávamos na Cúria. Pudemos ouvir quinze minutos de tiro contínuo para os lados de Lecidere. Não um de cada vez, mas rajadas seguidas, sem interrupção.
Havia cento e cinquenta refugiados em nossa casa. Os indonésios disseram que o ataque tinha provocado doze mortos. Eu sou muito estúpida em matemática mas consigo fazer pelo menos esta conta de cabeça: no Kapolda, onde nos meses a seguir ficámos "protegidos" — com milícias entrando e saindo a qual-

quer momento — com os refugiados de Lecidere, contei apenas fisicamente quarenta e cinco sobreviventes; doze corpos foram devolvidos; onde está o resto? Ainda sobra um grande número.

Doze mortos. Mais um morto e as contas dos indonésios batiam certo com o número da nossa porta, que era o 13. Eles gostavam desses trocadilhos: no massacre de Santa Cruz, que foi em 1991, houve "19" mortos e "91" feridos...

Eu fui. O Filho ficou.

Mataram o nome do Pai.

II
MATEBIAN

Eles deixaram-me quase louco
E fizeram-me amaldiçoar minha sorte,
Alguns deles com o seu amor,
Alguns deles com o seu ódio.

Heinrich Heine, c. 1827

I
Que-Deus-Tem

"Eu sou o meu totem. Uma cabeça de guerrilheiro sobre uma cabeça de estudante sobre uma cabeça de menino. Um nome por cabeça. As três cabeças um altar. Eucaristio em mim os astros que me protegem e a terra que me alicerça.
    A primeira página de cada história é o rosto onde se escreve. Portanto:
    'Este caderno pertence a:'
ditava o professor português, caminhando pela sala,
    'Em tal e tal a tantos de tal',
Este caderno, então, pertence a:
Quem quantos somos em cada um de cada vez?
    'Nós, sou dois',
escrevi, acanhado, o professor suspirando impaciente por cima do meu ombro,
    'Não: nós *somos* dois', emendou, 'recomecemos'
e eu escrevi
    'Eu somos dois',
o que deu lugar a uma salva de reguadas,
    'Uma!'
as primeiras que levei na escola,
    'Duas!!'
e, se alguma coisa chorei, ou engoli,
    'Três!!!'

não foi a dor. Foi a confusão e raiva diante de uma Gramática da Língua Portuguesa que não abarcava a conjugação da realidade dos meus sujeitos. Debaixo das reguadas, pensei inventar um dia uma Gramática da Língua Timorense que conjugue a verdade timor sem erro, sem medo de reguadas,
"Uma!"
onde o sujeito possibilite uma pessoa primeira do plural
'Duas!!'
e o verbo exista no pretérito do indicativo
'Três!!!'
Estou só e para mim escrevo. Somos poucos e dispersos nesta montanha de duas montanhas. O inimigo ocupou o nosso território do Lifau a Jaco. Mas um dia será amanhã, acredito, e nesse futuro incondicional eu serei outro homem, ou já não serei aquilo onde hoje me encontro: Matebian,
'A tantos de tal',
e que dia é, que dia será hoje?, se o professor estivesse aqui escreveria no quadro, a giz, a data completa, cada dia escrito na cal do anterior. Hoje é nevoeiro, hoje é aguaceiro, hoje é, meteorologicamente, fevereiro, ou seja, as chuvas trazem os céus instáveis de dezembro e de abril, e quando eu for outra coisa que não Matebian, será importante reler-me onde estive, cá tão alto onde apenas vivem nossos antepassados,
'Este caderno pertence a',
é melhor apresentar-me para me lembrar da sucessão correta do que fui.
Sou três pessoas — pois hoje há mais uma que não havia na escola, a de combatente. Eu *somos* a criança do meu nome tradicional. *Somos* o rapaz do meu nome católico. *Somos* o guerrilheiro do meu nome de luta.
Antes de ser a minha pessoa inicial, também fui ninguém, apenas durante alguns meses, entre nascimento e nomeação.

Não tive nome nenhum entre o corte do cordão umbilical e o corte do primeiro cabelo, conforme a tradição dos fatalucos, até ao Muangavara.
Eu chamo-*nos* por ordem cronológica,
'Em tal',
Nosso nome é Peresó.
'E tal',
Nosso nome é José.
'A tantos de tal',
Nosso nome é Que-Deus-Tem.
A cronologia quer dizer: sucessivamente e justaposição. A posição justa. O último nome nasce como uma pele nova sobre a antiga. Ninguém substitui alguém, todos vivemos em cada um acumulando nomes e gerações,
'Este caderno pertence a:'
Eu sou contemporâneo dos três indivíduos que envelhecem no meu corpo. Todos continuam a existir. Acumulam-se em mim e vejo-os, sobrepondo-se, ao olhar para trás, olhando para os meus pés agora e o chão livre em que pisam, livre mesmo que exíguo, neste santuário que caiu mas que o inimigo não conquistou,
Matebian, a Casa dos Mortos, fortaleza dos que lutam.
Dos meus nomes corre, desgrenhada, a desobediência, até um dia, com a nação libertada de Jaco ao Lifau, eu que poderei cortar esta cabeleira-voto, cabeleira-denúncia, cabeleira-mato, porque já não precisarei de deixar crescer a resistência ao ocupante, dos ombros para as minhas costas, na aura crespa, quase papua, do guerreiro fataluco.
Passei do nome tradicional para o nome católico quando tinha seis ou sete anos. O nome católico apareceu apenas quando me preparei para estudar. Começaram então a chamar-me por José, mas assim, batizado oficialmente, só quando fui à escola. É nome recente: já era criança. Os velhos continuam

a chamar-me pelo nome fataluco. Não querem saber do batizado. Até agora!

Que-Deus-Tem nasceu por volta de 1977 ou 1978, em circunstâncias. Quanto ao nome de Peresó, é um nome do clã Pairo. Em certos rituais do nosso clã, tenho que invocar este nome e todos os outros nomes do Pairo, há uma ocasião,

'Pairo, Pitilito, Luarai, Somotxo, Peresó',

tudotudotudo. Ninguém pode dizer estes nomes de qualquer maneira. Peresó é um nome da parte norte de Lospalos e também de Cacavém, que liga Luro a Iliomar. Os outros clãs têm outros nomes próprios deles. Há uma ocasião uma vez por ano. Todos os que fazem parte deste clã estão ali concentrados a fazer cerimónias rituais. O nosso rito devia convocar em janeiro. Os velhos em casa devem estar a decidir. Chove hoje como em fevereiro. Já passou, passando o Ano. Este ano, outra vez, sem a minha presença.

O chefe de clã não sou eu, embora pudesse. De nossos pais, na minha geração, eu sou o mais velho que resta na hierarquia das idades. Há uma idade por geração, contada no dia da morte do mais velho e não no dia do nascimento do mais novo. Cada membro do clã, por isso, tem uma idade individual e uma idade hierárquica.

Meu pai era o mais velho de seus irmãos. Daí que eu sou mais velho que todos os meus tios vivos ou não. Pela nossa tradição, eu nasci antes dos meus primos, ainda que eles sejam os filhos mais velhos dos seus pais. Eu nasci antes dos outros porque, também, os que eram mais velhos que eu, meus irmãos, morreram mais novos do que eu sou hoje. Para o clã, em resultado, a minha idade é a idade do meu pai, porque morreram antes de mim os filhos que podiam ser tão idosos como ele. Eu sou onde estava meu pai: o mais antigo desde que nasceu. Por tradição, já tenho bisnetos, mesmo que, no meu caso, nunca tenha tido filhos. Os netos dos meus primos chamam-me por bisavô.

'Em tal e tal'; por onde começar, então, a história da minha velhice de clã?

Éramos seis irmãos. Três irmãs e três rapazes.

José Agostinho Vasconcelos veio nome de um português que chegou a Timor, deportado e advogado. Esse meu patronímico esteve colocado em Loré e foi secretário do administrador. José Agostinho Vasconcelos escolheu o nome do meu irmão mais velho: João. Em pagamento de homenagem, por vontade de meu irmão João, eu adquiri o nome do deportado quando me batizaram, ou quando entrei na escola. José Agostinho Vasconcelos (I) fazia parte da Fretilin e morreu na guerra civil. Dele posso escrever que era um velho coxo. Não tinha um pé. Não sei se foi amputado.

Meu pai chamava-se Ratutei. 'Ratu', de nobre. 'Tei', de sagrado. Nobre sagrado, sagrado nobre. Era chefe de aldeia muito antes da invasão japonesa. Assim se chamou até à sua morte. Da aldeia de Oralata, onde eu nasci.

A minha mãe também não foi batizada. Até à morte. Coulavano seu nome. 'Lavano', ouro.

Eu nasci na floresta de Loré. Assim o demonstra eu lembrar-me de ver a folhagem e árvores grandes através das janelas da aula. Nos anos 1966-67, quando os portugueses criaram o posto de administração de Loré, abriram também caminho a estas aldeias na floresta. Entendia disso, tratar-se a aldeia de meu pai de uma aldeia recente, talvez dos anos 1930, porque havia muitas gentes que não tinham conseguido construir uma casa na aldeia e habitavam ainda em suas hortas.

Ratutei morreu quando eu tinha seis meses. Não cheguei a conhecer meu pai.

Era um homem e um chefe mal visto pela população. Muitos ainda agora são testemunhas de que foram vítimas da sua atitude. Ele batia na população. Ratutei, dizem,

'Era um fascista!',
cumpria as ordens dos portugueses como se fossem mando de Deus. Muita gente acusa-o de ter sido o maior tirano entre os chefes de suco e de aldeia em Lospalos. Batia até nos próprios familiares que sofreram com os seus castigos. Os japoneses deixaram em Loré, no final da Guerra, aquelas correntes enormes de quarenta e de cinquenta quilos. Ratutei aproveitava esses fios de ferro para prender a população. Quem fosse amarrado a uma dessas correntes, contaram-me, nem conseguia levantar o pé. Possuía também pessoas a trabalhar para nós. Tínhamos escravos em casa. Não sei onde estão, foram-se embora. Aprendi isso de minha mãe. Aprendi isso de muita gente,
'Vocês, antigamente, tinham tudo porque os escravos alimentavam a vossa casa'
e outros insultos de gente que eu nem conhecia. O pequeno Peresó *ouvi* isto. O pequeno José também,
'És filho de tirano',
ambos *ouvi* estas acusações. E as palmatórias: Ratutei punha as mãos dos infratores no chão ou em cima de uma pedra. E batia. Foram estas atitudes que o morreram. Digo eu, não se sabe quem o matou nem como. Não apareceu corpo nem restos, até agora. Ratutei perdeu ou desapareceu, na altura do festival do Metchi. O povo foi todo para o mar e, no meio de tanta gente, Ratutei desapareceu. Estava só o cavalo dele, Nanamoko. Algumas pessoas levaram o cavalo a nossa casa, a minha mãe,
'Então, o dono?'
'Só o cavalo e viemos entregar',
podia desaparecer-se assim uma pessoa.
Pensaram, era uma hipótese, Ratutei apanhado por um crocodilo. Os pescadores de Tutuala saíram então ao mar naqueles barquinhos. Procuraram durante um mês. Nem vestígios. Há muitos crocodilos em toda a costa sul, do Suai a Loré. Em Loré,

íamos tomar banho junto ao porto, onde os portugueses construíam grandes obras de pontão e farol, ainda há vestígios. Apareceu-nos um crocodilo a boiar. Podia ser Ratutei? Ou podia ser o Avô que fez justiça a Ratutei? Cada etnia ou clã de Lospalos tem um sítio na costa para adorar o Avô. O nosso é mesmo ali ao lado do porto de Loré. Outros clãs vão fazendo os seus rituais pela praia adiante, até Iliomar, chegada a época. O lugar de cada clã é marcado por um sinal. O nosso é um bambu, rachado e aberto, onde se põe uma pedra ou uma casca ou um caroço de coco para se colocar a carne, os ovos, a masca.

Do meu pai conheço a sepultura. Pois uma tem. Está vazia do morto mas não está vazia de tudo. Contém as cerimónias que apaziguam os antepassados e que sempre fazemos nestas circunstâncias. Tradicionalmente, quando não há corpo do morto, fazemos um que o represente. A essa mortalha dirigimos as palavras sagradas, as palavras verdadeiras para uma mortalha verdadeira, coberta por um pano-timor e colocada num autêntico caixão.

É um luto sem corpo que permite tranquilizar a perda. Quando a morte está incompleta de cadáver, de restos, de ossos, a morte completa-se pelo seu teatro. O morto passa a ter uma campa. O símbolo assegura a paz. Noutras regiões não sei, mas os de Lospalos que desapareceram na queda do Matebian vão tendo a sua campa simbólica. Nada está lá dentro. Apenas a cruz sobre a mortalha.

Os cemitérios ocos da nossa pátria.

É possível que os presumíveis mortos voltem a aparecer vivos. Tem acontecido com combatentes que estavam perdidos desde o cerco do Matebian. Muitos soldados fataluco foram para as regiões de fronteira e as famílias julgavam que eles tinham morrido. Os pais não queriam deixar vazia a sua representação simbólica no cemitério, mas se as informações, ou as más intenções, indicavam por aí, as cerimónias fúnebres eram feitas. Se os mortos reaparecem depois, é preciso corrigir os rituais. Um apaziguamento indevido dos antepassados é causa de muitos problemas. Houve uma marcha da morte. É urgente ilibá-la.

Tudo isso é acompanhado pela matança de animais.
Porcos
'Uma!',
cavalos,
'Duas!!',
búfalos,
'Três!!!',
o sangue derramado
'A tal e tal'
pede desculpa simbolicamente aos antepassados
'A tantos de tal'
pelo falso alarme do óbito. A campa, que aberta esperava abraçar um corpo, tem que ser rapidamente fechada, ou engolirá mortes e mais mortes. Há que ilibar a morte incumprida, aquela culpa, aquela mancha, fechando a campa com gado em sacrifício. Os sacerdotes observam o fígado de cada animal abatido, ainda quente, para garantir que os antepassados estão tranquilos. Se as entranhas não ratificam o sossego da Outra banda do mundo, é preciso matar, até.

Meu irmão João também tem uma dessas campas vazias. O João era muito mais velho do que eu. Era o terceiro filho. Éramos duas irmãs mais velhas, a seguir o João, depois outro irmão que também morreu na guerra civil, uma irmã e eu.

Eu era o mais novo e o último,
'Este caderno pertence a:'
Filho de Nobre,
Filho de Sagrado,

Filho de Ouro,
Filho de tirano,
Afilhado de português coxo."

2
Dalboekerk

A ideia terá sido do Benni Murdani, matreiro pelo menos tanto quanto católico. Foi ele que, um dia, me convocou à mesa dos generais e me disse
 Vamos tourear a Timor Timur,
estávamos em 1975 e o ambiente em Díli ia azedando, o Benni informou-me também
 Levamos nós os touros!
Em outubro de 1966, o empresário Manuel dos Santos trouxe à Indonésia cinco toureiros e um grupo de forcados de Portugal para uma *tournée* tauromáquica. Cinco datas de festa brava no Estádio Nacional de Jacarta, em apoteose. Entre os toureiros estava um dos Ribeiro Telles (o mais velho do grupo) e o moçambicano Ricardo Chibanga, que é o que eu recordo melhor, como a maior parte dos indonésios que assistiu a essas corridas.
 De Portugal vieram também os touros, que tiveram tempo para se adaptar ao nosso clima. Viajaram de barco, antes de os toureiros voarem para Jacarta, via Amesterdão e Singapura. Os homens foram alojados na casa de um dos generais do G30S — o Movimento 30 de setembro —, morto semanas antes da *tournée*.
 Colocaram os animais numa quinta dos arredores de Jacarta, em currais feitos de bambu, onde os toureiros e forcados os visitavam todos os dias, para uns e outros travarem conhecimento com as bestas que teriam pela frente.

Os portugueses foram tratados como príncipes. O sultão assistiu à primeira corrida, um delírio aplaudido por cento e vinte mil pessoas. No final da *tournée*, prendou-os com cigarreiras e relógios gravados com o seu nome e as armas da República. Manuel dos Santos também deixou *souvenirs*: dois belos cavalos, que o sultão guardou para si, e três touros, enviados ao Zoológico de Jacarta como alimárias exóticas.

Não sei se, em 1975, o Benni encontrou os touros genuínos de Manuel dos Santos no zoo, ou se foi mais uma das suas maquinações. Vamos supor que eram os mesmos. Em 1966, os animais teriam quatro anos, a idade de serem lidados. Em 1975, teriam a velhice ideal para serem abatidos. Tudo batia certo, pelo menos na cabeça do Benni, que também revelou

Precisamos de um campino e eu sei o Ribatejo onde você o vai buscar,

tão assim que

Tenho mais uma missão especial para si, *Pak*,

Mais estranha do que qualquer outra das que fizera para ele,

Preciso que vá às Flores e encontre um campino, um compatriota nosso apalhaçado por um barrete encarnado, que anda algures a montar cavalos no Padroado Português do Oriente.

Durante a *tournée* tauromáquica de Chibanga & Cia., as vedetas tiveram à sua disposição dois intérpretes e dois motoristas, além da escolta armada permanente. Por indicação expressa do Sultão, os dois *chauffeurs* eram católicos,

Para se poderem benzer à mesa com os matadores, diante das costeletas de porco,

segundo contou o Benni, que sabia de porcos e cristos.

Com o hábito alarve de serem família de toda a gente que encontram, os portugueses rapidamente batizaram os "seus" cristãos malaios. A um chamaram Alentejo. Caravela a outro. Foi a forma mais óbvia de apelidarem os dois polos unidos na *tournée* de Manuel dos Santos: a cudelaria de seu orgulho e o Oriente de seu fascínio.

"Caravela" era originário de Rea, no Noroeste das Flores, terra de grandes tradições de combate a cavalo, em justas semelhantes às que se praticam, com grande arte, na ilha de Sumba. Deve ter sido por isso, e não por ser um bufo dos serviços de informações, que escolheram Caravela para andar com os toureiros em 1966.

Nas justas de Rea, cada cavaleiro está armado com uma grande lança, mas a carga é circular, tangencial, e não frontal como na Europa medieval. Cada cavaleiro repete um círculo fixo. Ao encontrarem-se, os cavaleiros, paralelos por um momento, tentam desferir um golpe no adversário ou tombá-lo, de forma a acabar com ele no chão, com uma porrada da parte anterior da lança, quando as rotas circulares dos cavalos já se apartam de novo. O combate tradicional de Rea, como em Sumba, terminava com a eliminação — definitiva — de um dos cavaleiros.

Caravela não estava em Rea, mas não foi difícil chegar até ele, porque o homem continuava a fazer trabalhinhos de informação para o comando militar da província. Nessa época, Caravela estava ocupado em perceber os planos de um padre jesuíta que, no centro das Flores, desenvolvia uma nova escola de *silat* católico, treinando os seus seminaristas numa espécie de milícia, a Irmandade do Imaculado Coração de Emanuel.

Murdani fez chegar os três velhos touros de Manuel dos Santos, por navio, a Cupão. O contentor-curral, preparado no Zoológico de Jacarta, foi colocado num camião do Exército. Integrados numa coluna militar, os touros viajaram sob escolta, guardados de perto por mim e por Caravela, através da *Timor Raia*, a estrada que une os timores que a colonização dividiu, de Cupão a Díli.

Ou antes, a estrada de Cupão a Batugadé, esterco de fronteira e capital das integrações.

Benni avisara que,

Está tudo tratado com os *timures*, através do liurai de Atsabe,

e era um sobrinho do régulo que nos esperava em Batugadé, com representantes das três fações da disputa em Timor Oriental.

Mesmo para mim, ainda hoje é difícil perceber o que foi pressão oportuna ou indução manipuladora entre o Sultão e os seus generais, naquele ano de 1975. Benni, quando me encomendou a missão tauromáquica, disse-me que

Para os *timures*, a soberania não pertence à esfera do político, mas ao território do religioso,

algo que talvez ele não tenha pensado de sua própria ciência mas ouvido do Sultão.

O plano decorria dessa constatação, acrescentou Benni,

A *Integrasi* vai resolver-se com as tripas de três bois, ou então, vai resolver-se com as tripas de três partidos,

e hoje sabemos que foi preciso recorrer à segunda estratégia, em dezembro de 1975.

Meses antes, porém, ainda tentámos a *Operasi* Sorte Suprema — era assim que Benni se referia ao seu plano —, com os touros de Manuel dos Santos. Benni (ou talvez o Sultão?) pôs-lhes nomes que as bestas não podiam ter, nos anos 60, quando foram ferradas lá em Porto Alto ou em Ferreira ou em Montemor, ou lá onde foram desmamadas. Os nomes que lhes deu, em 1975, eram nomes novos, tanto para Timor quão para os três touros portugueses,

Vão chamar-se, até morrerem, Fretilin, UDT e Apodeti,

comunicou-me Murdani, por ordem de serviço do Quartel-General da *Operasi* Sorte Suprema, datada de Cupão.

De Batugadé, na companhia de Caravela, segui com os touros num camião civil. Na grelha do camião foi pendurado um par de chifres de búfalo, com uma envergadura que quase ultrapassava a largura do veículo. Era a nossa senha totémica para passar possíveis postos de controlo dos partidos, antes e depois de Díli, e na travessia da capital. O gabinete do Governador, através de um dos majores, teve conhecimento do suficiente para poder manter-se na ignorância do essencial: soube que três búfalos de Timor Barat iam ser levados a Manatuto para uma noite de estilos.

Fizemos a viagem de noite: da fronteira até Díli, de Díli a Manatuto, ao longo da costa — na única estrada transversal que os portugueses construíram — e, infletindo para o interior, de Manatuto até às montanhas onde fica incrustado o suco de Soibada.

Foi nessas cumeadas de vales profundos, na aldeia de Samoro, que, em setembro de 1703, os reinos de Timor celebraram a aliança com a Coroa Portuguesa, segundo as informações que me foram confirmadas (muito depois da *Integrasi*) por um tal António Vicente. Ao que apurei, o acordo de 1703 foi celebrado entre o então governador, António Coelho Guerreiro, em representação da Coroa Portuguesa, e o rei de Samora, D. António Hornay, em representação de todos os reinos de Timor.

António Coelho Guerreiro foi o primeiro governador nomeado para Solor e Timor. Os timores recordam esse tratado fundador da aliança com Portugal como o Tratado Bandeira Ahuc-Samoro.

A nossa chegada com os touros a Soibada, em 1975, aconteceu poucos meses depois de uma delegação de régulos do Timor Português ser recebida em audiência por um membro do Governo de Lisboa, em visita à colónia. A comissão que se encontrou com o ministro português era constituída por D. António Moniz, régulo de Laclubar, D. Guilherme Gonçalves, régulo de Atsabe, D. Gaspar Nunes, régulo de Maubara, e Francisco de Oliveira Amaral, major de 2.ª linha e chefe de posto.

Presumo que o Benni colheu inspiração para a *Operasi* Sorte Suprema na realização desse encontro de 1974 e na decorrente frustração dos súbditos timorenses com os suseranos portugueses. O governante de Lisboa,

Senador Liquidatário do Império,

na designação de um major do MFA que conheci nessa época em Díli, maravilhou-se imenso com a receção calorosa que teve em Timor,

Onde vi, pela primeira vez, a religião do amor pela Bandeira Nacional,

cito de recorte de imprensa da época, mas a comoção nacionalista do Liquidatário rapidamente se esfumou em Lisboa, na dinâmica revolucionária — Em Curso. A "religião do amor" foi profanada pela senilidade de um império que, qual ancião avaro que não faz testamento a tempo, inviabilizou o controlo, mínimo que fosse, do seu próprio desmoronamento.

O que os régulos tinham pedido ao Senador Liquidatário era que Portugal respeitasse o tratado de 1703,

Uma aliança celebrada com juramento de sangue, constituindo, por isso, um pacto sagrado,

conforme ouvi ainda do mesmo António Vicente, que citou o narrador Manuel da Silva. Em Timor, os episódios históricos são contados por um narrador-guardião e assim se mantêm e se transmitem de geração em geração.

Benni Murdani, ou alguém no centro de informações que tínhamos montado em Cupão desde 1974, conhecia o encontro dos régulos com o Senador Liquidatário — e o valor da

frustração dos liurais. O Benni, que era um estratego veterano, fez uma leitura simples sobre a posição dos *timures*,
   Numa aliança sagrada, pior do que trair traindo é trair acobardando,
   e leitura diferente não posso ainda hoje liquidatar. O Benni queria, por isso,
   Consultar o sangue dos touros antes de perscrutar o sangue dos régulos,
   (ele ou o Sultão terá dito isto, e também:)
   Os *timures* são cristianizados, entendem que uma aliança nova substitui uma aliança velha, apenas é preciso dar um Novo Testamento à antiga integração,
   (conclusão dele ou do Sultão:)
   A *Integrasi* de 1703 vai dar lugar, pacificamente, à *Integrasi* de 1975.
   O alicerce do Tratado Bandeira Ahuc-Samoro era um juramento,
   Está acima dos homens e não pode ser traído, porque é sagrado,
   segundo recolhi junto do mesmo António Vicente. Decerto, Benni (ou o Sultão? e quem lhe teria dito?) conhecia o imperativo ritual de contornar o juramento, "desfazendo-o", respeitando uma ordem cósmica e antropológica timorense, tão ritualizada que fornece a hipótese de uma correção de caminho e de posição, pela inversão mágica dos passos, ou, no resumo de um oficial como Murdani,
   O cosmos deles é um protocolo mágico que vassala homem e mundo,
   de onde decorre que
   O ritual, na perpetuação do seu jugo, é criador e substante,
   (o Sultão poderia ter dito isto).
   Fretilin, UDT e Apodeti — os touros — foram recebidos

em alvoroço em Soibada, onde chegámos ao amanhecer. Creio que, meses depois, o Governador terá comentado, a propósito das corridas de Soibada, que
Afinal, também Timor teve direito à sua precoce Tourada do Alvor.

Os animais foram levados, em procissão, até uma cumeada. Aí se erguia a *uma lulic* e um poste totémico, cravado no centro de um altar de pedras, formando o terraço mais alto do local. Foram metidos num casebre com telhado de colmo, reforçado no exterior por quatro troncos levantados na horizontal, a meia altura da parede. Os troncos aguentavam-se firmes por um sistema simples de entalhe e do seu próprio peso, em quatro postes espetados em cada um dos cantos do curral.

Durante o dia, eu e Caravela descansámos da longa derrota a partir de Cupão e preparámo-nos para mais uma noite em claro. Quando anoiteceu, uma pequena multidão de anciãos estava congregada em torno do altar totémico. Datós-*lulic* dos vários reinos do Timor Português acorreram à cerimónia de Soibada, um conclave sagrado que era já o resultado de semanas de concílio nas cortes tradicionais timorenses. Na ausência de resposta ao pedido apresentado ao senador liquidatário, um grupo de régulos obteve um consenso mínimo para avançar, da melhor forma, na rota incerta do futuro. O futuro decidia-se auscultando-o. No emudecimento de Portugal, o passo prévio desse processo era revogar a aliança de 1703.

Reunidos em torno do totem, os anciãos rezaram durante horas em diferentes línguas, junto de fogueiras que ardiam contra as suas caras magras, velhas, rugosas, de olhos lampejando misturas de ervas que tornavam o corpo rijo ao sono, ao frio, ao cansaço e à idade. Murmuravam uma babilónia de ladainhas, preces e repetições que pareciam durar horas, em elipse, e que atravessavam o fumo acre da lenha com um sobressalto, quando um dos homens levantava a voz num berro gutural. Uma nota quebrada, mas possante, expandia-se na noite a partir de uma boca escorrendo o sangue-saliva de cal, areca e bétel.

O compasso das preces-canto era marcado por sacrifícios de galinhas e porcos. Os bichos eram trazidos ao altar para serem chacinados, com frieza, diante dos velhos. Os datós, de imediato, debruçavam-se sobre as entranhas ainda quentes e, mexendo o emaranhado de órgãos com pauzinhos e até com cachimbos, que depois levavam de novo à boca, extraíam de lá indicações e vigor para a continuação das suas loas.

Neste paroxismo de orações e narrativas desencontradas, simultâneas, para mim impercetíveis, um dató-*lulic* emergiu no altar totémico e, erguendo os braços, gritou, rouco, cansado, possesso, furioso,

Portugal!

figura mínima embrulhada em tais e turbante, chamou de novo

Portugal!

descalço na pedra ensanguentada do altar, berrando ao eco das montanhas com uma força que parecia poder desmontá-lo em cada um de seus frágeis ossos,

Portuga-a-a-a-a-a-al!!!

O dató-*lulic* continuou gritando, encadeando versos,

Estender sair vir, dar sair vir,

enquanto quatro anciãos subiram ao altar, obedecendo ao dató,

Levar até vir, trazer até vir,

que, no limite das forças, da idade, do delírio,

Agora mesmo receber tomar, ora ter na mão,

recebeu dos outros quatro uma velha bandeira branca

Depois que tudo correu bem,

Fazer como, fazer de que modo?,

uma bandeira com uma coroa e o escudo e as quinas,
Cão estrangeiro, galo estrangeiro,
Cantar o Kolo-kolo e o Bui-muk,
Levar até vir, trazer até vir,
a bandeira setecentista da Coroa Portuguesa.
De repente, silêncio. A um gesto irado do dató-*lulic*, que falava com raiva, cuspindo bétel como se a vida lhe fugisse em cada palavra, como se o sagrado o matasse dizendo-o, a um gesto do velho, a multidão calou-se num pasmo silencioso, vítreo, e as suas orações, os seus poemas, o seu passado e o futuro do grupo, o tempo das eternidades corridas e por fluir, subiram no fumo das fogueiras, um formigueiro de faúlhas fundindo-se no frio das estrelas.

Um velho avançou para o dató-*lulic*, que dele recebeu uma espada dita macáçar. Desembainhando-a, a voz rouca falou em nome dos reinos de Timor, gritando, numa réstia de palavras que se esvaíam em cada verso,

> *Ina-Ama Portuga*
> *Nodi letra no matenec*
> *Fo mai oan ami Timor*
> *Ami hodi ami Lulic*
> *Ami fatuc ami fohon*
> *Hamutuc ho Portugal*
> *Mate ho Portugal*
> *Moris ho Portugal*
> *Viva Portugal!*,

e o dató-*lulic*, fulminado pelo cansaço, ou apenas pelo peso da História, sucumbiu à récita,

A boca emudece, a voz apaga-se, disse ainda o velho, ao tombar do altar totémico. Alguém traduziu para mim: o dató dos datós acabara de repetir o juramento de 1703,

"Mãe-Pátria Portugal
Que traz a letra e a ciência
Para nós os filhos de Timor
Nós com os nossos Deuses
Unimos o nosso solo com Portugal
Viver com Portugal
Morrer com Portugal
Viva Portugal."

Indiferentes à agonia da voz que emudecia, os quatro anciãos no altar dobraram a bandeira monárquica como manda o protocolo da bandeira republicana: seguraram a bandeira pelas bordas da tralha e do batente, dobraram o terço superior para trás, depois o terço inferior, em seguida o lado do batente e finalizaram dobrando o lado da tralha.

Um escudo em tons gastos de vermelho, antigo, decapado nos castelos e nas quinas, um escudo de sangue seco há séculos, desbotado,

O trapo dos trinta dinheiros de Judas,

como resumiu, noutra ocasião, o major do MFA, em volta de uma cerveja, no bar do Hotel Turismo, em Díli, ao definir essa mesma bandeira, que foi mostrada, à sua frente, na audiência dos liurais com o Senador Liquidatário.

A bandeira monárquica portuguesa foi levada do altar, carregada com o pudor de quem pega num feto morto. Um frémito tomou conta dos datós e dos *lia-nain*. Chegava o momento culminante da noite: a consulta dos touros de Manuel dos Santos. Os touros, apesar de virem da Indonésia, eram portugueses e, cúmulo conveniente, alentejanos: no seu sangue corria a mesma força telúrica e algo bovídea da dinastia de Vila Viçosa. Uma continuidade simbólica com a bandeira real, que não tinha escapado a Benni Murdani nas suas negociações indiretas com os liurais timorenses.

Um mínimo de regras protocolares foi estabelecido em semanas de negociações e mensagens trocadas entre liurais. Os touros seriam consultados um de cada vez, pela ordem em que saíssem do curral. Na ausência de acordo sobre a sua ordem de saída, deixou-se esse detalhe ao acaso: a porta do improvisado curro seria aberta e, logo que saísse o primeiro touro, fechar--se-ia, até a consulta desse animal estar concluída. O mesmo se faria para o segundo. Para evitar a fuga no exterior ou uma investida indesejável contra os sacerdotes, cada animal tinha cordas compridas atadas aos cornos: assim que saísse, não era difícil aos homens agarrarem nelas e subjugarem o bicho.

Do altar de pedras, um dató-*lulic* ergueu os braços e gritou algo na direção do curral. A porta foi aberta. A multidão exaltada calou-se por momentos. Da cabana emergiu um touro: UDT,

Saiu cedo demais, vai morrer mal,

comentou Caravela, que reclamava ter aprendido com os portugueses, em 1966,

A ler o equilíbrio entre fúria e vigor, entre instinto e porte.

A fúria de UDT foi efémera e o seu vigor foi escanchado num espetáculo horrível,

Vai ser comido pela fome do primeiro sangue,

comentou Caravela, indicando a algazarra selvagem que logo rodeou o animal. Neutralizado em poucos minutos, UDT caiu sob uma chuva inclemente — festiva! — de catanadas, desferidas em autêntico êxtase por um grupo de timores, entre gritos tribais em fataluco, macassai e português, se a minha aprendizagem posterior destas línguas — e a minha memória — não me engana. Caravela tinha razão: o açougue esperava há horas e horas. O apetite e a tensão foram cozendo a fogo lento nas fogueiras rituais e no embrutecimento do bétel e do tabaco, misturados às aguardentes que sobravam de cada sacrifício de galinha ou porco e que eram passadas de mão em mão. É justo dizer que a carnificina teria acontecido com igual vigor se o primeiro a sair fosse Fretilin.

Este infeliz foi o segundo.

Antes, porém, UDT foi esquartejado num holocausto de lâminas, sangue e gritos de regozijo, como se a brutalidade fosse erótica para aquela gente, os açougueiros pareciam abutres de volta do touro, já exangue quando ainda tonto, os timores comendo da carne crua e saciando-se no sangue taurino que agora os excitava tanto como a baba de bétel com que tinham afiado os dentes. Incitava-os um coro infame de mulheres que empurravam seus machos, requebrando-se em loroçás obscenos, arranhando suas pernas e seus tais, em sugestivos movimentos. Canalizavam o sangue do boi, o sangue do macho e o sangue do cio numa corrente dirigida a um único e inevitável clímax.

Nunca vi nada tão brutal e repugnante como esse holocausto. Nem mesmo quando se tratou de massacres de gente.

Certas entranhas de UDT foram retiradas, ainda o coração do animal batia!, e levadas aos sacerdotes, para inspeção, leitura e ratificação. Os velhos analisaram o monte de vísceras, remexeram os órgãos, e chegaram a um consenso, anunciado por um dató,

Os sinais não são propícios.

Novo burburinho no povo. A discussão foi atalhada pela ordem de abrir o curro, pela segunda vez.

O segundo touro surgiu na arena aberta de Soibada quando a carcaça do antecessor era devorada pela primeira matilha. Em algumas partes do lombo de UDT, podia ver-se já o branco dos ossos. Pedaços de carne e vísceras abundavam pelo chão, sujos de terra. Os chifres tinham sido arrancados e colocados no poste totémico, untado com o sangue do primeiro touro. O último sinal intacto de UDT eram os dois olhos na cabeça desfigurada, duas esferas negras, ausentes na sonolência de uma morte imortalizando o seu derradeiro horror.

Fretilin, à vista da carcaça de UDT, estancou a corrida, trespassado pelo espelho que lhe lia o futuro. Deu meia-volta, atordoado, fazendo a modos que procurando o curro, mas já a assembleia de deus puxava as cordas, fazendo Fretilin afundar de focinho na terra. O seu fim foi tão inglório como o de UDT, às mãos de um arraial de timores, que caíram sobre o animal berrando e celebrando em mambai, bunak, tétum e outras línguas gentias, que não identifiquei na altura.

As vísceras de Fretilin, fumegando um resto de vida bestial no frio da madrugada, foram levadas em mão aos anciãos. A inspeção atenta não revelou caminho novo. Os datós anunciaram que as tripas de UDT foram ratificadas pelas entranhas de Fretilin, isto é,

Os sinais não são propícios.

Restava um touro por consultar. O nervosismo era evidente entre os sacerdotes, de repente envolvidos em negociações, em grupos de dois e três. Caravela chamou-me a atenção para uma escaramuça que, entretanto, irrompera no terreiro de açougue, aparentemente pela posse dos chifres de Fretilin. Um timor que esquartejava UDT mudou para a carcaça do Fretilin. Foi, de imediato, rechaçado por alguém que lhe gritou, de catana em riste,

Vai matar no vosso!,

estranho e mesquinho ciúme de reclamar o direito de chacinar numa chacina jazente.

Os datós e os *lia-nain*, berrando nas suas vozes fracas, conseguiram acalmar os ânimos, ou desviá-los momentaneamente dos dois animais mortos, para o terceiro que restava no curral. Um sacerdote ordenou a abertura da cabana. A multidão concentrou a sua avidez na saída da última vítima.

Nada aconteceu. Nenhum touro saiu pela porta do curro. Após alguns instantes de incredulidade, os moços que abriam a porta entraram, muito a medo, na boca escura da cabana. Saíram logo em seguida, esbaforidos,

O touro fugiu!,

pobres moços, assustados com a notícia, ou com o pressentimento de que seriam os primeiros inocentes a pagar pelo caso, como foram, porque os mesmos selvagens que tinham caído sobre UDT e Fretilin desabaram sobre eles uma carga de insultos e porrada, ouvi distintamente

Cão estrangeiro!,

porque o mensageiro é o culpado do desaparecimento da notícia.

O rastilho da discórdia ardeu logo depois entre os datós e *lia-nains*, contaminados pelas discordâncias dos clãs. No nó-cego de versões e processos-de-intenção, percebi um dos liurais berrando para outro

O UDT era o Apodeti!, vocês trocaram os touros!,

e, mesmo ao lado, um dató berrava, para ninguém que o ouvia,

O Fretilin era o UDT!,

confirmando um triste provérbio português: em casa onde não há razão, todos ralham e ninguém tem pão.

O dia vinha amanhecendo atrás da montanha. Lorosa'e, surgido do berço nascente ainda gelado, estendeu o seu domínio pelas encostas, com um manto tão límpido de luz crua, que era possível acompanhar as sombras retrocedendo, fugindo desse primeiro sol, até ficarem confinadas a recantos e reentrâncias, camufladas no fumo das fogueiras sagradas, da mesma forma que o brilho alucinado dos olhos dos datós se embaciava na fuligem deixada por uma longa noite de recitação.

Via-se agora, em todo o esplendor da sua decadência e desordem, o resultado da cerimónia sagrada para escolher um novo rumo para Timor: uma cumeada em carne viva, disputada por um povo invejoso do sangue por derramar e sedento do sangue já derramado, guiada por datós de voz fraca que outro poder não tinham senão o do protocolo, e Murdani (ou o Sultão?) tinha razão, só o protocolo assegura o governo de tal gente, e, finalmente, nem isso detém a brutalidade neolítica que lhes ferve dentro.

No repúdio desta contemplação, percebi Caravela chamando-me por gestos na direção da aldeia. Saímos de Soibada, deixando atrás um altar totémico em guerra civil. Do camião onde leváramos os touros lá acima, não vi mais sinal. O regresso foi numa viatura do exército português, pois, nas palavras de Caravela,

O MFA dá-nos táxi até Batugadé.

Mais tarde, em Cupão, quis saber de Caravela como é que tinha conseguido uma boleia tão providencial para nós.

É simples,

disse o campino de Rea,

Usei o meu barrete mágico, tirando-o,

nunca vi Caravela rir tanto,

Era um barrete que o Simão Comenda usou em Jacarta em 1966 e me deixou de recordação. Ofereci-o ao major do MFA. Ontem de manhã estávamos em Soibada, em território inimigo. Agora estamos em Cupão. O *Pak* Dalboekerk ainda duvida de que o barrete do Comenda é mágico?

Não duvidei, obviamente. O que faltava explicar, e sem passes mágicos de forcado, era o que acontecera ao touro Apodeti. Caravela encolheu os ombros,

Não sei,

não sabia, o que deixava por responder uma questão mais importante: se Apodeti foi retirado do curral pelos timores, de que forma pensava Murdani garantir o resultado desejável para a Indonésia na consulta das entranhas dos animais? Isso não era assunto para Caravela, nem eu poderia perguntar ao Benni, por uma questão de etiqueta, mas ele respondeu, já a *Operasi*

Comodo estava em marcha sobre a inconsequência da *Operasi* Sorte Suprema. Apodeti, explicou Murdani,

Foi desaparecido por ordem de um liurai *timur*, usando uma porta na parte de trás da cabana, enquanto as atenções estavam viradas para as cerimónias do altar pagão. Não sei qual dos liurais fez isso, mas diria que foi um dos chefes que, como qualquer vidente da chuva, sabe que o destino nos conta as mentiras que lhe ensinámos, e a quem nós instruímos para ler, sem erros nem desvios, as biliosas propícias do touro Apodeti,

Murdani pensava sempre em tudo,

Em verdade lhe digo, *Pak* Dalboekerk, um touro morto muge com voz de boi vivo; é apenas uma questão de oferecer ao dono o número suficiente de bois...

À distância de vinte e quatro anos, podemos dizer que a *Operasi* Sorte Suprema foi um sucesso estratégico, apesar de ter sido um falhanço operacional. Apodeti não foi consultado — porque não foi morto —, mas o resultado era o que nós queríamos: dar arena à natural inclinação dos timores para montarem a sua própria faena. No fundo, foi o inverso da Interfet australiana, o mês passado, que terminou salvando o touro que os australianos queriam estocar desde o início.

O desentendimento semeado em Soibada em 1975 foi duradouro. A não comparência do touro Apodeti criou, pelo menos, duas correntes entre os liurais sobre o valor da aliança com o Reino de Portugal. Para alguns liurais, a aliança foi desfeita com a repetição do juramento. Outros insistem que a cerimónia de rescisão ficou a meio, porque nenhuma aliança nova substituiu a antiga, e, sendo assim, a antiga continua em vigor.

O desacordo sobre este assunto reemergiu este ano, no bastidor das negociações entre Gamaleão e Aligator: Portugal deveria, ou não, descolonizar Timor, se Timor abandonara o pacto sagrado de 1703 ainda antes da *Operasi* Comodo? Como sabe Vossa Eminência, esta questão não ficou resolvida, porque Portugal, prisioneiro de suas fidelidades, repetiu a História e decidiu pelos Timores, sobre quem reinou, até ao fim, como sempre foi sua especialidade: por abdicação do trono. É um pouco como se Lisboa tivesse convidado Nova Iorque a repetir o Tratado Bandeira Ahuc-Samoro — com um pavilhão das Nações Unidas e Kofi Anão com um caibau na testa, dividido no papel hermafrodita de Coelho Guerreiro e de Hornay.

E tudo isto me agasta, de tão irrelevante: a verdade irremediável é que o chão sagrado onde foi feito o juramento de 1703, em Samoro, foi destruído em 1997, por ordem do governador Abílio Osório Soares, durante as obras de construção de uma estrada entre Soibada e Laclubar.

O próprio Abílio, conhecendo o meu interesse por arqueologia de mundos primitivos, providenciou para que as pedras do altar totémico fossem carregadas para Díli e embarcadas para Bali. São estas pedras que formam este mirante da Villa Topace onde agora estamos conversando. E de onde, concordará Vossa Eminência, se alcança um inigualável panorama sobre *Jaua Timur*.

3
Que-Deus-Tem

"Nasci na semana da revolta de Viqueque, em junho de 1959. Mesmo naquela altura. A minha mãe contava-nos esta revolta muitas vezes porque Loré e a parte de Lospalos também foram vítimas desta revolta. Não dos portugueses mas dos próprios de Viqueque, porque acusavam os de Loré de apoiar os portugueses. Havia alguns conflitos entre nós, entre fatalucos de Lospalos e alguma gente de Iliomar com ligações familiares aos de Viqueque. Eram eles os guias para atacar Loré. O meu pai participou nessa revolta, do lado dos portugueses contra os revoltosos. A maioria da população de Lospalos esteve do lado dos portugueses na repressão da revolta.

Em 1977 e 1978, quando começámos a evacuar para a última base de apoio do Matebian, ainda ouvíamos por vezes, de outros timorenses, que tínhamos alguns problemas para reajustar. Não sei se era a brincar ou a sério. Mas ouvíamos. Nos cruzamentos, com toda a gente a marchar, alguém de repente nos atirava à cara

Ainda têm carne nos cestos,

quer dizer, ainda têm contas a resolver com os de Viqueque. Era como se fosse um problema pendente. Para muitos velhos entre a população de Uatocarbau, de Viqueque, de Baguia, nós éramos os que tinham tomado a iniciativa de reprimir o levantamento de 1959. Mesmo assim, nunca houve uma reação frontal contra nós nos meses do Matebian.

O que já era um problema e continua a ser é o conflito entre os Naueti e os Macassai. Terras que mudaram de mãos, animais mortos, vinganças de vinganças que pedem outras vinganças.

Conceito:

Um clã é um grupo de pessoas que descende do mesmo antepassado e respeita regras que são comuns a uma linhagem. Em Loré, e em quase toda a área de Lospalos, há milhares de clãs. Cada um tem vinte, trinta, quarenta pessoas. Os clãs têm nomes como Latuloho, Pairo, Kutuline, Tchailoro...

O clã Pairo não existe só em Loré mas em vários sítios de Lospalos. Os nomes identificam-nos. Os nomes que damos aos filhos. Cada clã tem uma lista própria de nomes que é permitido usar e que nenhum outro clã tem autorização para nomear. E, se o fizerem, é crime. Há vários conflitos com origem no roubo de nomes entre clãs.

No nosso clã, são as mulheres que detêm as listas dos nomes. Elas levam essas listas quando saem do clã pelo casamento. Da nossa parte, têm sempre nomes como Teiresi, Paharesi, Laharesi, Paharai, Laurai, Pokorai, para as raparigas. Agora, para os rapazes, é Upuresi, Zeheresi, tudo é 'resi', 'resi', 'resi'. Nós, os homens, nós mesmos não sabemos a lista de cor. As raparigas, sim, têm obrigação. Quando vão casar fora, chegam lá, nasce um filho, põem os nossos nomes.

Se falhar, têm que pedir uma explicação: porque é que puseram este ou aquele nome, que não é vosso? Em Lospalos, um caso destes tem que ser resolvido com uma indemnização, como se fosse para limpar a imagem por causa do engano no nome. Limpa-se o nome com algum animal, um cavalo, um búfalo. E essa pessoa tem que mudar de nome, se ainda for criança. Já aconteceram vários conflitos em Lospalos por causa dos nomes enganados. No tempo dos portugueses, essas regras eram mais rigorosas. Se é uma pessoa crescida, já não dá para mudar o nome. Mas em criança sim.

O batismo tradicional é feito pelos velhos do clã, depois de três ou quatro meses do nascimento. Começam a pôr um nome à criança apresentando uma lista de nomes:
Este é nosso
Este pode ser
Este não.
Se usarem um nome que pertence a outro clã, é preciso explicar porque o fizeram. E os velhos então explicam
Porque é da nossa descendência
Porque os antepassados do nome da criança são os nossos antepassados
Porque houve uma mulher que veio desse clã e deixou esse nome aqui, connosco, e temos direito a usá-lo.

É um património deles, não lhes pertence mas eles podem usufruí-lo porque uma mulher o trouxe para ali. A sua utilização tem o propósito de estabelecer uma ligação entre os dois clãs, mas sempre com uma explicação,
Usámos o nome que veio com a minha avó, veio de lá mas é também nosso,
e a situação fica resolvida. Faz-se o ritual, que é sobretudo de encontro das raparigas, porque, na nossa tradição, um clã que dá mulher tem a obrigação de dar sempre, não pode tomar. E um clã tomador de mulher não pode dar. Por regra. Nem sempre. O meu clã dá e recebe. Tive um problema com um comandante de Lospalos porque o clã dele tem que dar as mulheres para nós casarmos lá. Somos obrigados a casar no clã dele. Eles não podem tomar as nossas mulheres, porque são primas. Foi um compromisso entre os antepassados dos dois clãs. Com as nossas raparigas casam outros clãs.

Por isso faziam tantas negociações antigamente. Mesmo que não houvesse um caminho entre dois clãs para um determinado casamento, os velhos tinham que abrir um. Para anunciar, no final, que tinham descoberto um caminho através das proibições e dos tabus. O caminho que já existia não é afetado. Mantém-se. O caminho abre-se descobrindo um avô que veio do clã que estava vedado, por exemplo. Por isso é importante conhecermos todos os nossos antepassados.

Esta é a nossa tradição. Já corri todo o Timor durante a Luta. Lospalos é completamente diferente do resto, sempre o disse com franqueza. Até aos *loromonu* digo

Vocês qualquer dia já nem sequer conhecem a vossa própria origem."

4
MATARUFA

Se havia um plano desde o início? Não sei se compreendo a sua questão. Onde? Em Díli? Em Jacarta? No início de quando? Deste ano? Da viagem de Alor a *Tim-Tim*? Da nossa viagem ao Matebian? Um plano para quê? Para matar Alor? Um estagiário indonésio, bem-educado, ainda com as fraldas da faculdade de arquitetura? Com que interesse? Ele faria mal a quem? A despesa de o mandar vir até cá chegaria bem para pagar o serviço em Jacarta. Conheço até vários timorenses que garantiam esses trabalhos para peixes indonésios graúdos, generais, ministros e outra gente que o Sultão recebia pela porta da cozinha.

  Note que nem sequer sabemos se Alor foi morto. Há quem jure pela mãezinha tê-lo visto "ainda há dias" num campo de refugiados em Atambua. Em Cupão. Em Kuta. Ou em Darwin. Ou em Jacarta. Até em Surabaia. Não duvido de que, um dia destes, aparecerá em carne e osso no Rossio. Suponhamos que queriam Alor morto, e morto aqui. Minha dúvida, porquê mandá-lo para a montanha — comigo? Para matá-lo *eu*? É fraco enredo, se me permite a advocacia em defesa própria. Eu nunca matei uma mosca. Nem sequer um indonésio. Estiveram *eles* mais perto de me *limpar* a mim o sebo. A minha vida tomou outro rumo, acho que felizmente. É verdade que andei pela guerrilha, mas isso foi no início, ainda nas bases de apoio. Eu era assistente político da Fretilin. Tinha direito a arma. Nunca tive que a usar, a não ser para caçar e ameaçar. O meu combate era a doutrina, a alfabetização, era pôr as minhas leituras ao serviço da libertação maubere, de alguma maneira. Explicar à massa rural analfabeta o que era Virgílio, por exemplo, que era o que eu conhecia melhor porque, é redundante explicar, era a paixão literária do meu pai. É claro, Virgílio e os clássicos interessam pouco a agricultores que, de epopeias e da sua própria gesta, querem apenas o canto do oráculo sobre a próxima colheita — algo que nós, maoístas de véspera, não levámos em conta.

O adjunto Jó, na altura, viu logo aquilo que eu era, aquilo que eu poderia ser e, sobretudo, aquilo que eu nunca seria, ainda que muito tentasse. Parte do seu carisma era detetar antes de tempo as limitações dos outros. Ou teria sido engolido, como foram outros. Durante a retirada para o Matebian, uma tarde, pôs-me a mão no ombro,

És igual a mim, Eneias, mas não tentes ser como eu. Vamos lutar juntos, firmes, mas tu combates virado para o passado e eu combato virado para o futuro. Costas com costas ninguém nos tomba,

disse ele, falando para mim mas falando para toda a audiência de quadros,

é preciso alguém que olhe pela herança da nação enquanto a primeira linha olha o inimigo nos olhos. Eu quero as minhas costas coladas a um espelho, que és tu, e tu terás sempre o teu espelho contigo, que serei eu,

o adjunto Jó falava com poesia, impressionava, outros comandantes tinham melhor estratégia mas falavam mal português e nem sequer falavam tétum. A ideia dos guerreiros simétricos ficou-me. Ainda hoje, diante de um espelho, o meu primeiro reflexo é olhar por cima do ombro, à procura do guerrilheiro do futuro. Depois olho de novo em frente. Ali estou, um veterano do presente, faço a barba, aparo a pera, conto as rugas, dormi mais uma noite, vivi mais um dia. Sonho e memória, origem e destino. O adjunto sempre teve essas imagens convincentes, redondas, alusões circulares onde, vendo bem, ele era o alfa e ómega sem precisar de o referir. Até o nome de código que ele me pôs no mato foi bem escolhido. Tem tanta persistência que ganhou pertinência. Ficou até agora e será o que terei na minha lápide,

Vais chamar-te Matarufa,

um reino imaginário de Timor, algures no Leste. Nunca encontrei ninguém que soubesse identificar onde se situava esse reino, um dos três que existiriam em Lautém na divisão do território feita pelo governador Affonso de Castro. A divisão foi assinada pelo governador a 2 de agosto de 1860 e publicada em 4 de abril de 1863. O quarto distrito, Lautém, tinha três reinos: "Faturó, Saráu e Matarufa". A lista de 1863 é recuperada em 1950 por Luna de Oliveira, no volume II de *Timor na História de Portugal*. Luna de Oliveira anexa uma carta de vinte e quatro reis timorenses a D. Pedro II de Portugal, de 2 de agosto de 1703, e entre os "humildes vassalos de V. Majestade" estão os reis de "Faturo", "Sarão" e "Matarrufa" (*sic*). Faturó e Saráu continuavam vivos em 1956, na lista de reinos de Felgas. Matarufa, porém, desapareceu algures das listas de reinos, postos e povoações. Os velhos, de Lautém a Viqueque, não sabem dizer onde ficava esse "reino". Pensando bem, creio que o adjunto Jó queria um nome autêntico e antigo — existia em 1703 — que correspondesse a uma citação mítica, tão recuada no tempo que poderia inspirar um objetivo comum, uma quimera como era, sejamos honestos, a independência de Timor. Os povos precisam destas mentiras operativas,

Excaliburs, valquírias e nibelungos, ou crocodilos brancos de seis metros, porque sem romantismo as causas têm razão mas não têm mística, disse-me o adjunto Jó numa outra conversa,

Não estamos a combater a Indonésia, camarada Matarufa,

nem sequer o regime de Suharto, estamos combatendo por um lugar no tempo, eu, tu, o nosso povo, algo nosso que venha na História. São as duas frentes de combate, passado e futuro, e temos que avançar em ambas. A nossa luta é uma inscrição coletiva. Eu sou um guerrilheiro do sonho, tu és um guerrilheiro da memória,
     disse o adjunto Jó. Até hoje, o meu nome é Matarufa. Se perguntar pelo Eneias em Díli, poucos saberão que sou eu, se é que alguém. Os que sabiam, meus colegas de luta, morreram nas nossas guerras de Troia. Eneias, filho do senhor professor Virgílio do Liceu António Machado, desapareceu na montanha. Matou-o, se quiser, o adjunto Jó, num sonho das Falintil para olhos acordados, ao nomear Matarufa.

    O meu combate de guerrilheiro "costas com costas" com a História não durou muito. Ou fez-se noutra arena. Depois da derrota no Matebian, fui denunciado, preso e julgado. Estive mais de um ano na Comarca, com interrogatórios e torturas. Teria apodrecido em Balide se a minha mãe não tivesse comprado a minha libertação com dez peças de ouro. Fez chegar o tesouro ao juiz, que decidiu o meu caso em recurso. Um indonésio tem sempre um preço — e nós também, se pudermos pagar. Não sei se dez moedas é o meu valor real mas foi, à época, o valor facial da minha liberdade. Dez dobrões "mexicanos", como lhes chamavam, chegaram até Timor através do Pacífico, anteriores à ocupação americana das Filipinas. Eram colecionadas em Timor como tesouros de família, dotes de casamento, reserva para épocas más.

    No Museu Provincial de *Tim-Tim* — foi lá que arranjei trabalho, afinal, apesar dos meus antecedentes e do cadastro — reuni muitas moedas antigas. Eram belas cunhagens de reinos que já não existem ou que perderam colónias e importância. Acontecia--me ficar a olhar para essas peças, com um dobrão antigo, macio e brilhante na minha mão, e pensar que Timor é a sua própria *Flor de la Mar*, um eldorado ofuscante e pesado, quimera desconfiada maior que o seu calado, afundado em parte incerta.

Desconheço, portanto, se havia um plano para Alor. Eu não sou, garanto-lhe, nem o assassino nem a chave nem o comanditário.

5
Que-Deus-Tem

"Os três irmãos, estivemos juntos pela última vez em Loré, em 1975, meses antes do Golpe e do Contragolpe.

O João já antes tinha mandado de Baucau para nossa casa umas revistas indonésias. Muitas fotografias: grandes cidades, edifícios modernos, fábricas de máquinas, arrozais. Desenvolvimento.

Propaganda.

Eu folheava enquanto a mãe preparava ceia. Grandes cidades na Indonésia, a mãe já viu? *Eles* precisam das cidades para meter tanta gente que têm por lá.

Se não as tivessem, já não teriam arrozais, disse o Carlos, com admiração, Se espalhassem os indonésios pelas aldeias não haveria espaço para camponeses. As cidades foram uma boa ideia para as aldeias.

Eu disse, É ao contrário, Carlos, é ao contrário. Se não houvesse arrozais não haveria cidades. São os camponeses que alimentam as cidades. Sem as massas camponesas, as cidades morreriam à fome. O futuro das cidades é trabalhar o campo.

O futuro dos camponeses é ir jantar à cidade, que é a gamela que eles cobiçam, cortou o João, pegando numa das suas revistas com um gesto brusco. No campo cava-se pão e colhe-se côdea. Só a indústria garante sustento a uma sociedade moderna. Qualquer aprendiz de maoista sabe isso.

Na origem da ASDT, além do Velho, esteve o grupo de estudantes timorenses que voltaram de Lisboa após o 25 de abril. Em Portugal, um alambique de manifestações e greves, esses companheiros abocanharam de sede no que o Tejo levava na altura: marxistas, leninistas, socialistas, maoistas, trotskistas, comunistas. Não era fácil em Díli perceber a diferença entre uns e outros. Talvez nem mesmo em Lisboa. A política portuguesa corria tingida a vermelho. Em Timor, acusavam a Fretilin de estar encharcada nessas ideias. De ser um partido "vermelho". De querer um Estado comunista. A farpa de João, vinda de cernelha, era para mim.

De Mao, eu sabia pouco e foi esse pouco que deitei à mesa, que a China é um grande país porque a massa camponesa, enquadrada pela ideologia certa, se tornou o motor da transformação da sociedade feudal numa sociedade democrática.

O motor da revolução, queres dizer, acrescentou o Carlos, jocoso.

Eu queria dizer a vanguarda, que era uma palavra de que eu gostava, os quadros usavam-na com frequência e eu empreguei-a ali, Os camponeses são a vanguarda da China, como são no Vietname e no Camboja.

Os camponeses só são precisos enquanto não houver adubos, tratores, descascadoras, debulhadoras. E desfolhantes, como na Indochina, disse eu, devolvendo alfinetes por boca, mas o João fingiu não ter ouvido a interrupção.

Depois de chegarem as máquinas, os camponeses são mais úteis nas fábricas. Nas cidades podem ter uma vida melhor. Já não têm que andar curvados com lama até aos joelhos. É isso o progresso: trabalhar de pés secos e costas levantadas.

Mas continuar vergado, em vénia ao capital, cortei eu. O vosso progresso é endireitar as costas ao camponês e chamar-lhe operário. Deve ser esse o plano que *vocês* têm para Timor.

Vocês, quem?

Como quem? Notei no João uma chama de satisfação, quase um sorriso, talvez lhe desse satisfação empurrar-me para eu, irmão pequeno, verbalizar a acusação que ele já tinha ouvido, e eu também, porque a carregávamos todos, na família, como se tivéssemos ombros de pedra. Quem como? *Vocês*, os indonésios! Eu sou tão timorense como tu, José, que sou teu irmão, e tu és tão indonésio como eles, que são teus primos! A mãe virou-se, como se alheia à conversa, e colocou três facas na mesa.

O progresso em Timor será quando houver operários, escravos ou não, atirou o Carlos, abafando a discussão como quem apaga a fogueira com as mãos, aflito mas obrigado. Talvez criando operários cá as máquinas apareçam por arrasto.

Por arrasto como, queres dizer por milagre? Máquinas dessas só o Velho é que tem!, lançou o João olhando para mim. O Velho é que trouxe a máquina de fazer dinheiro. É isso que se conta em Díli — está aqui o José que não me deixa mentir. Mas o dinheiro feito pelo Velho é capaz de não chegar para toda a gente. A máquina é só dele e do Comité Central e o dinheiro é para quem eles quiserem comprar... Há de guardá-lo numa gruta em Turiscai. É melhor pensar em trazer outras máquinas que livrem o povo da miséria. O progresso só vai chegar com muito trabalho. Mesmo assim, não chega. É preciso uma ajuda de fora.

O João era fundador da Apodeti. O Carlos tinha pegado em armas pela UDT. Eu disse, A Apodeti abriu a porta aos indonésios. A UDT já tem saudades de Portugal,

Mais devagar, a UDT só acha que Portugal oferece mais garantias.

Só a Fretilin, como dizia, é que não quer nenhuma ajuda de fora. Nós somos o único baluarte da independência, concluí, sublinhando o *nós*.

Vocês não precisam de ajuda de fora, respondeu o João, sentando-se à mesa como se fosse dar uma aula, O tempo é o vosso exército e é por isso que vocês não têm qualquer noção dele. Não sabem que Saigão vai cair, não sabem como Suharto chegou ao poder, não sabem que até um japonês, entre a China e a Bomba Atómica, prefere os americanos! Vocês não querem a independência, querem uma independência "vermelha", e o tempo dá-vos razão, mas em Timor não é a razão que tem tropas. Quem pegou em armas? Eu?!?, e o João pegou numa faca, Eu!?! *Nós* não temos armas! Temos situações. Temos geografia! Temos vizinhos! *Eles* virão na mesma. Chamados por nós, virão como providência. Chamados por vós, virão como praga. A vossa independência é chamar a guerra.

Eu atirei uma revista ao chão e ia responder mas a mãe queimou-me, a frio, do fundo dos seus olhos pequenos. E pôs um tacho na mesa. Saiu sem destapar o arroz,

Ninguém de fora precisa de vos trazer a guerra. Entre irmãos, vocês garantem-se. A guerra já é o vosso jantar. Que vos faça bom proveito."

6
Que-Deus-Tem

"Entrei na Resistência por vingança.
Terminei a quarta classe nos finais de 1973. Um dos meus objetivos era ir a Díli. Frequentava o Colégio de Fuiloro, em Lospalos. O meu irmão João era funcionário do Serviço de Educação e estava a preparar as condições para eu continuar estudos em Díli. A minha mãe, que não:
Vai ficar em casa mais um ano
e já havia conflito entre o meu irmão João e a mãe
Então vão todos para Díli e depois? Vai ficar em casa a ajudar-me.
Fiquei quase dois anos em Loré. Os meus colegas de Fuiloro seguiram para o liceu em Díli.
Depois, começámos a política, mas indiretamente. Pouco sabia eu. O João mandava-me propaganda indonésia e eu já via bem o que era aquilo: fazer a oposição entre Timor e Portugal. O meu irmão fazia parte da direção da Apodeti e era fundador do partido. Eu nem acreditava como aconteceu isso. Foi muito por causa do José Osório, o irmão do Abílio. Eram muito amigos. Só o Osório tinha capacidade de convencer o João a entrar na Apodeti. O meu irmão era um homem de muitos conhecimentos, da qualidade de qualquer dos líderes da nossa Luta. Era uma pessoa desenvolvida.
Acho que foi o José Osório.
Veio para Díli outro irmão meu, o Carlos. Juntou-se primeiro

à UDT. Depois da invasão juntou-se às Falintil. Morreu em 1978. Não tivemos o corpo.

Lá em Loré, em 1974, sabíamos pouco o que era a política dos partidos em Díli. Mesmo assim, o que se via muito no Leste era Fretilin. Por uma questão ideológica. O Povo começou a perceber que era explorado e oprimido.

Exploração
Opressão
Libertação

Estas palavras começaram a mudar a mentalidade de muita gente em Loré. Organizavam manifestações e rebeliões contra liurais e contra os chefes. Um tio meu, que era chefe de aldeia, teve problemas contra ele. Chamaram-lhe fascista e outros nomes. Os que tinham apenas acabado a quarta classe...

Houve porradas e insultos em Lospalos mas em Loré ninguém matou ninguém por motivo dos partidos. Mas era um conflito político sério.

A Fretilin dominava aquilo. Só as suas músicas tradicionais dominavam. Eu próprio sentia que as músicas tocavam na ferida de alguém oprimido. Identifiquei-me com a Fretilin a partir da confusão do Golpe e do Contragolpe, mesmo sem perceber bem. Havia coisas que me atraíam na Fretilin. Até quando comecei a perceber alguma coisa de tétum, as canções revolucionárias emocionavam-me. Naquela altura ainda falava só fataluco e português. Lospalos era um meio muito fechado. Só os que saíam do distrito para estudar em Díli é que começavam a aprender tétum. Eu comecei a ouvir um pouco de tétum em Loré ainda em criança por causa da serração do Godinho. O Godinho contratava *loromono* e os filhos dele, na escola, falavam tétum. Para nós, em Lospalos, quem sabia falar tétum era alguém superior. Quem falasse tétum já não precisava do português. Era o tétum, para nós, que fazia uma pessoa diferente.

Não sei porquê.
Em vez de considerar uma pessoa diferente quem falava português.
Gostei do tétum. Comecei a falar um bocadinho. Um primo meu casou com uma rapariga de Dare e antes da guerra já viviam em Loré. Falava-se tétum mesmo nas casas vizinhas. Não percebia nada, só algumas palavras. Brincávamos como crianças, dizíamos asneiras, linguagens. Não para entender coisas. Mas a nossa comunicação, nós, os fatalucos mesmo, os de Lospalos, os de Loré, os de Luro e os de Iliomar, era em português que falávamos. Porque temos dialetos diferentes.

Eu comecei na guerrilha em finais de 1976, já nestas montanhas. Viemos receber treinamento porque os militares indonésios ocuparam Lospalos em fevereiro de 1976. Começámos a receber treinamento em setembro. Antes da ocupação de Lospalos, acompanhava os adultos da Fretilin na guarda da costa. Estávamos fora das aldeias desde a invasão indonésia de Díli e de Baucau, para evitar os bombardeamentos aéreos.

Após o Contragolpe, apareceram vários grupos armados para controlar a situação e fazer esclarecimentos. Nessa época, começaram a caçar pessoas. O meu tio foi preso. Havia apenas duas ou três pessoas da Apodeti e da UDT em Loré. Eu nem tinha cartão, nem fazia parte. Não estava preocupado e apareci na concentração. Aí comecei a ouvir os nomes dos dirigentes da Fretilin. Cada viva que eles davam era um nome, desde o Velho ao Comité Central. Loré estava quase a cem por cento com a Fretilin. A nossa família era a única da Apodeti. Quando fui à concentração, percebi que começavam a comentar. A atirar ofensas

Estão aqui alguns da Apodeti
porque éramos só mesmo nós,
Porque não trouxemos algumas cordas de amarrar cavalos para apanhar esses cabrões e pendurá-los em público?

e eu fui-me embora dali, nem esperei pelo fim do esclarecimento.

Depois do Contragolpe, começaram a escolher rapazes que tinham a quarta classe para ir fazer a alfabetização organizada pela Fretilin, porque as escolas estavam fechadas. Eu aproveitei e comecei a trabalhar na alfabetização.

Até que um dia.

Recebemos ordem de comparecer ao treinamento na montanha. Éramos três da nossa aldeia. Três putos. Putos mesmo. Éramos três porque éramos pequeninos, ou teria ido apenas um. Tínhamos a mesma idade, andámos na escola juntos. A recruta era em Tchai, lá pelas áreas de Muapitine. Os instrutores já eram futuros comandantes. Havia alguns antigos militares do exército português de segunda linha.

Formação:

Desmanchar armas, cavar abrigos, lançar ataque, montar emboscadas, fazer contra-ataque.

Acho que já era com o *Manual da Guerrilha Vietnamita*. Ensinavam-nos abrigos subterrâneos à maneira vietnamita, com armadilhas de bambu afiado espetado num buraco.

As armadilhas da guerra do Vietname."

7
Que-Deus-Tem

"Hoje sonhei mal. Na solidão da montanha, vêm ter comigo. Não são antepassados porque os conheço como contemporâneos. São atuais. Morreram, apenas. Estão cá. Vi-os, em sonhos, emboscarem-me para me obrigar a ouvi-los. Enquanto escrever sobre eles, não sonho. Não durmo. O problema é que, enquanto escrevo sobre eles, ouço-os.

Falam-me de desaparecidos.

Muitas pessoas e muitos grupos desapareceram sem deixar registo. Não há nenhuma preocupação nossa, de momento, com eles. Continuam desaparecendo. Eles morreram para nós sobrevivermos. Estas coisas estão quase no conhecimento. Mas continuam pouco faladas porque a atualidade é a da Luta. O massacre de Maurates, por exemplo, não é falado. E outros massacres que foram importantes para a luta ter chegado até aqui. Importantes para a história da resistência.

O João Branco, por exemplo. Ele e o seu grupo desapareceram em 1980. Sem rasto. No entanto, o João Branco fez grandes trabalhos para a Resistência. Apresentou várias estratégias para serem executadas, nos primeiros anos. Desenvolveu muitas ações naquele período e, de repente, nada dele e dos seus homens.

Há várias hipóteses para o destino do grupo do João Branco mas nenhuma é certa. Uns disseram que ele e os seus soldados foram mortos em Díli pelos indonésios, em Tasi Tolu. Outros contam que o grupo foi dizimado aqui mais perto, em Quelicai, numa cratera natural; que foram mortos lá, todos os corpos deitados pela cratera, no sopé do Matebian; naqueles buracos. Muita gente fala nisso mas nenhum com interesse de confirmar, até agora.

O João Branco e o Embote tiveram vários encontros. Naquela altura em que quase não havia comando da Luta, o Branco apresentou várias propostas ao Embote. O Branco era traidor de ambos os lados. Traiu as Falintil para poder tirar aos indonésios. Mas essa é a política das táticas militares, das estratégias da guerrilha que estão no *Manual da Guerrilha Vietnamita*. O Comando mandou-me traduzi-lo da edição portuguesa para tétum e fazer cópias. Só há uma máquina datilógrafa connosco. Carrego-a eu. Ocupei-me bastante disso, no tempo livre dos comunicados do Comando. Cada guerrilheiro quer ter a sua própria cópia. Ainda me ocupo disso, quando há papel e calma. O que o João Branco fazia corresponde aos ensinamentos do manual. Ele, como os comandantes das Forças, iam aprendendo, fazendo. Querem pôr em prática em Timor-Leste a luta dos outros povos.

Eu conhecia o Branco desde que andava na escola. No início, ele era professor. Depois foi estudar no seminário. Chegou à tropa pouco antes do 25 de Abril em Portugal. Era furriel miliciano. Estava ainda na tropa portuguesa quando aconteceu a guerra civil. Foi um dos arquitetos das Falintil, com o camarada Rogério e os outros. Eram mesmo da confiança um do outro. O camarada Rogério confiava nos fatalucos através do João Branco. Foram também esses os organizadores do Contragolpe, em agosto de 1975, de Viqueque a Lospalos. Na altura, isso teve grande importância. A confiança do primeiro comando das Falintil no João Branco foi crucial no Contragolpe: só dispondo de uma base de confiança é que o camarada Rogério e os outros do Comité Central organizaram o Contragolpe contra a UDT.

Passo a contar como as coisas aconteceram, olhadas de baixo, ou do leste, e não de fora, não digo que Díli estava de fora, mas estava de cima, passo a explicar:

Os firacos, os *lorosa'e*, foram determinantes no Contragolpe. Foi a partir de Baucau, Viqueque e Lospalos que a UDT perdeu a guerra civil. Não foi mais nada. Esses firacos são fiéis. Quando decidem fazer alguma coisa, fazem até à morte. Quando o camarada Rogério apanhou uma grande parte dos letrados e dos evoluídos da Ponta Leste, eles foram um grande trunfo para o Contragolpe.

Escrevo:

Os firacos foram o maior suporte do Contragolpe da Fretilin.

Os mestiços, como o camarada Rogério, ganharam o apoio da Ponta Leste muito antes do Contragolpe. Quase todos os militares da Ponta Leste que faziam parte do exército português eram da Fretilin. Os próprios políticos, dirigentes da Fretilin, já tinham feito alguns trabalhos políticos junto do Exército, principalmente na Ponta Leste.

Já conheciam.

Muitos militares iam, por isso, participar nessas reuniões do Comité Central. Tal o João Branco. O Branco era fataluco, natural de Lospalos mesmo.

Escrevo:

O que distingue os fatalucos e outros firacos?

O João Branco, já no período da resistência armada, tinha propostas que iam contra as orientações da nossa Luta. Parece que o Embote recusou a proposta do João Branco, que era a de passar o comando da Frente Armada para Díli. O Branco queria ser ele o responsável máximo da nossa resistência, organizando a luta, secretamente, a partir de Díli. É uma das propostas que estavam fora do contexto político e militar do momento. Não houve confiança para passar o comando para Díli. Não era um comando sólido e era um insulto para nós, os sobreviventes que resistimos ainda na guerrilha. Até agora e até à Vitória.

O Branco achava que o Embote e outros comandantes da luta armada que estavam ainda vivos não tinham capacidade para conduzir a resistência no mato, nas montanhas. Esta foi uma das coisas que ele não teve em conta. Isso foi um pouco grave. Foi a partir dessas opiniões que começou a desconfiança de que o próprio João Branco não tinha boas intenções, nem para um lado nem para o outro. Porém, o Branco apresentou várias propostas depois dessa, pois pensava que aquilo tudo seria fácil para ele. O Branco era um comandante político quase desmedido porque pensava que, quase sozinho, podia controlar todos os militares indonésios em Lospalos e fazer um golpe de estado.

Teve que ser recusado por nós porque era um aventureiro. Um aventureiro sem objetivos. O plano do Branco teria consequências para Lospalos: eles podiam sair e depois? Quem sofreria seriam as populações. Mas ele queria organizar, era teimoso. Criou condições para fazer um golpe e controlar a vila, a nível de material e tanques de guerra. Tudo estava organizado.

Já no início de 1980, que foi.

Um pouco antes de eles terem sido capturados, já também.

Os homens do Branco aquartelavam lá mesmo na antiga administração dos portugueses. Nem sequer tinham quartel fixo. Cada um ficava em sua casa e, nas reuniões, iam todos para casa do João Branco. Cada um dos militares armados tinha a sua arma em casa. Não havia quartel que guardasse o material. Cometiam muitas asneiras contra militares indonésios. Na altura, não havia violações das nossas raparigas em Lospalos. Os militares indonésios tinham medo porque, quando algum deles ameaçava uma menina, o João Branco e os seus homens apareciam todos à procura do acusado.

O grupo do Branco, ao mesmo tempo, não tinha força para impedir os massacres dos nossos quadros. Depois da retirada do Matebian, foi uma confusão. Muitos dirigentes, grandes cabeças, não sabiam simplesmente para onde ir. Para onde fugir. A partir de 1979, os militares indonésios começaram a fazer operações de limpeza desses quadros que estavam escondidos e perdidos pelas florestas e montanhas em redor de Lospalos. Os bons elementos da resistência de Lospalos foram mortos em 1979: membros do Comissariado, do Comando de Setor da Ponta Leste. Foram todos mortos.

O João Branco e o grupo todo desapareceram, na sua vez, em 1980. Só sobreviveu um homem. Não sei onde está. Sobreviveu porque abandonou o grupo em finais de 1979 ou princípios de 1980, apesar de ser um homem de grande confiança do Branco. Era guarda-costas dele — aparecia muito nos panfletos com fotografias do João Branco. Conheço-o por ser de Loré.

Outros sobreviveram, mas na vila. Foram os que tiveram que denunciar os seus próprios colegas para ajudar os indonésios. Um trabalho de colaboração que acabou com a aventura do João Branco.

Lá vivos continuarão.

Até agora, ninguém fala disso. Seria bom alguém arquivar estes passados, bons ou maus, e contribuí-los para a Caixa da Resistência.

Sonharíamos melhor."

8
Gloria Suprema

Tenho uma memória pequenina do meu pai. Ir aos ombros dele quando, ao descermos do Matebian, um soldado indonésio nos fez parar e ordenou

Dá a criança à tua mulher porque tu ficas aqui,

é essa recordação que tenho, um soldado de boina vermelha, arrancando-me aos braços de meu pai, falando em indonésio, e dando ordens através de um intérprete timorense,

Larga o rapaz, tu és preciso aqui para ajudar as milícias.

Eu nasci em 1974, tinha três ou quatro anos na altura, não entendia nada do que estava a acontecer. O meu pai não queria dar-me. O soldado indonésio arrancou-me e deu-me a minha mãe. Vieram separá-la de meu pai também. Lembro-me dos gritos nossos e deles misturados. Uma bulha. Depois, mais nada. A minha mãe, os meus irmãos e eu continuámos descendo a encosta. Meu pai ficou para trás. Parámos mais abaixo para dormir e esperar se viria ter connosco. Pelas doze da noite ouvimos uns disparos e a minha mãe disse

O vosso pai já morreu. Vamos embora.

Tenho orgulho de ser fataluco, tenho orgulho de ser pobre e tenho orgulho nos meus pais. Adoro-os, mesmo que não tenha conhecido meu pai muito bem. Eram professores de escola no tempo português. Depois de 1974, ele envolveu-se nas políticas da Fretilin e chamavam-no muitas vezes para trabalhos do partido. Não tinha tempo para mim.

Em 1975, depois da invasão, fugimos para a montanha. Mesmo lá, meu pai nunca ficou connosco. Requisitavam-no. Fizemos o *lulic* dele este ano porque os velhos do clã diziam que os nossos mais novos, netos de meu pai, andavam doentes e iriam morrer por causa da instabilidade do defunto, por causa de meu pai ainda não ter campa ao fim de vinte anos. A essa insistência organizámos-lhe uma campa. É verdade, reconheço, que não voltámos a ter doenças nas nossas crianças desde o *lulic* de meu pai. Seguimos o que mandaram os velhos. Arranjámos um caixão. Mas tudo foi simbólico. Calça, camisa, sapato, o que havia lá dentro, tudo simbólico. Um perfume italiano também, que eu guardava, trazido da Residência Diocesana. Tudo simbólico, porque era uma morte sem morto. Tapámos o caixão com um pano preto e o pano preto que por sua vez foi tapado por um tais de Lospalos.

E o símbolo de meu pai entrou no buraco.

Ficámos a chorar muito, presos não ao pai mas ao símbolo, à tristeza. Sofrendo. Nunca encontrámos corpo. Nunca encontrámos ossos. Chorámos não por causa do símbolo mas por causa de uma espera de tantos anos por meu pai, uma espera que acabou ali, ao reconhecermos que, afinal, ele já morreu mesmo. Reconhecer que ele morreu foi uma obrigação cultural. Se não fossem os velhos, ele continuaria de certa forma vivo, é ou não é? Estaria vivo na esperança, minha ou de quem continuasse a esperar.

Matou-o o luto, para seu apaziguamento, é ou não é? O símbolo de meu pai exigiu a sua morte. Talvez os velhos tenham razão na sua tradição. A esperança apodrece, cria peçonha. A esperança de *Marômak* em nós é esta última coragem: sermos capazes de matar os contemporâneos para que eles, num caixão vazio, baixem à terra. Às vezes sonho comigo e com meu pai, ele sentado no caixão aberto, como se fosse numa canoa, de fato preto e camisa azul, e eu nos ombros dele, afastando-nos ambos para o mundo dos antepassados, montanha abaixo, cada vez mais rápido, até o nosso caminho bater num rochedo que me acorda e nos separa,

O vosso pai já morreu. Vamos embora,

e, acordado, eu a pé e ele de canoa, perco-o num buraco, a minha memória parece um buraco velho, uma boca sem dentes cavada num cemitério qualquer. Não sei. É pouco para um homem digno: uma vida apenas de esperança e uma morte apenas de símbolo. Foi essa humilhação que me fez chorar no *lulic* de meu pai, diante do buraco, diante de um fato encaixotado em platex barato. Chorei por aquilo não fazer sentido. Como tantas outras coisas nesta vida.

A campa de meu pai está no cemitério de Lospalos. Se tivesse corpo teria ido a enterrar de fato preto e camisa azul. Foi esse traje que comprámos na loja para o *lulic*. Experimentou a roupa o meu irmão maior. Não sei se o meu irmão maior é do tamanho de meu pai. Nem sei se não é. A substituição por morte não é uma questão de tamanho mas de hierarquia. Nunca discuti este direito sucessório. Está bem de ver que a grandeza não é para aqui chamada.

9
Que-Deus-Tem

"A população não reagiu bem à nossa retirada do Matebian. Vieram cá para cima empurrados por nós e ficaram cá em cima abandonados por nós. Durante algum tempo, circularam por todo o lado acusações de que éramos cobardes. De que tínhamos traído a confiança do Povo nos seus guerreiros. De que deixámos o Povo entregue ao seu extermínio.

Não foi nossa intenção. Mas, na verdade do terreno, foi a situação.

Análise das emoções negativas do Povo em relação às suas forças de libertação:
Em matéria de estratégia, o Povo ficou entregue ao inimigo.
Em matéria de procedimento, a retirada foi feita nas suas costas.

É preciso reconhecer esta análise.

A nossa retirada no dia 22 de novembro de 1978 não foi do conhecimento público. A população não sabia. A maior parte da população civil de Baucau, de Viqueque, de Lospalos, de Manatuto e de outros setores do centro-leste tiveram que refugiar-se na nossa base de apoio e não gostaram de ficar para trás na retirada estratégica, depois de terem sido a vanguarda do nosso recuo para o Matebian.

Perceberam que, na fuga montanha acima, foram o escudo e, na fuga montanha abaixo, foram o salvo-conduto.

Análise das emoções negativas:

Essa população sentiu-se o que era: abandonada pelas Forças cuja razão de existência era proteger o Povo ou morrer por ele. Ficaram muito chateados por algum tempo. O que tivemos de ouvir lá em baixo, nos campos onde os indonésios juntaram toda a gente depois de novembro, era que as Forças tinham traído os sacrifícios da população, o apoio dos timorenses durante três anos em que aguentaram connosco as bases de apoio — até cair a última e eles acordarem sozinhos.

Se tentarmos perceber este sentimento, veremos a origem — não digo a razão, mas a origem — da acusação que nos incomoda mas que não foi respondida. O povo olhava para as suas Forças como o seu exército, o braço armado do Povo para defendê-lo do Inimigo. De repente, porém, abandonámos o Matebian sem aviso. É natural que, nos primeiros dias, a população reagisse de imediato.

Essa reação seria violenta se pudesse sê-lo. O Comando e a Comissão Política sabiam disso. Não era possível prevenir o Povo da retirada das Forças porque, nesse caso, as Forças não sairiam do Matebian vivas: seriam elas o alvo da ira do Povo.

Por isso o procedimento: naquele dia 22 de novembro, não houve nenhuma palavra, ninguém do Comando a anunciar que já não podíamos defender-nos a nós e ao Povo, ninguém a explicar que as Forças tinham que sair, e já agora a pedir desculpa, ninguém a declarar que era uma situação complicada em que as Forças tinham que garantir a sua sobrevivência física — debandando.

Alguém devia ter dito isso à população. Ninguém.

O silêncio foi uma estratégia. Se a retirada fosse uma coisa pública, o alvo seríamos nós. Muitos dirigentes iriam ser mortos no Matebian — pelo Povo mesmo, não pelo Inimigo.

E a retirada aconteceu. Era complicado: o tempo era premente. Em novembro chegámos a uma situação que empurrava a população cada vez mais para uma reação contra nós. Não por um sentimento indonésio, que não havia no Matebian, mas porque todos tinham sido trazidos para cá, tinham sido os seus próprios filhos e familiares a pegar em armas contra os invasores.

Individualmente, a nossa retirada foi uma surpresa. Nem aos nossos familiares soubemos dizer umas palavras de antecipação.

À meia-noite de 21 para 22 de novembro, chegaram os nossos dirigentes. Estávamos todos a dormir. Já tinham sido formados grupos para todas as companhias das Forças evacuarem. Foi uma surpresa. Todos estavam preparados para retirar. À meia-noite, quando chegaram à base, acordaram-nos. Esclareceram, falando em tétum, que

A nossa grande casa está a arder. Não podemos sair pela porta nem pelas janelas. Mas temos que sair,

continuaram a dizer,

Temos que sair! Temos que encontrar outra maneira. Não podemos ficar aqui todos queimados,

insistiam nessa ideia

Mesmo as portas e janelas da nossa casa estão em chamas, todos os acessos ardem, temos que sair — e é já!,

e foi.

Começaram a distribuir munições. Cada dirigente já estava organizado, cada um com a sua mochila, o Embote e os outros todos, escolhidos para sair do Matebian por caminhos diferentes a partir de um ponto acima de Burira, a primeira nascente para quem sobe as pedras de Rufaguia,

E é já!

E fomos."

10
Gloria Suprema

O fuzilamento de meu pai não foi a primeira vez que ouvi tiros. A nossa família fugiu para a montanha um ano após o início da guerra. Lá em cima, quando o povo se acumulou, durante o cerco, não se podia ir tomar banho ao meio-dia. Os militares indonésios abriam fogo sobre as nascentes de água. Íamos ao banho pelo escuro. Uma vez, a minha avó levou-me com ela às quatro da madrugada. Fomos a uma ribeira que formava uma pequena lagoa. A minha avó não queria que eu estivesse sujo. Chamava-se Lúcia. Era muito velhinha e tomava banho muito lentinho. Quando acabou de lavar-se, já o Sol começava a nascer. Já o avião indonésio, a que chamávamos jato, começava a circular. Quando saímos da lagoa, o avião ia passar sobre nós. A avó Lúcia atirou-me para o chão e atirou-se sobre mim para me acoitar. O avião lançou aquelas coisas, rajadas, e tudo ficou salpicado de terra. Não acertou em nós. Só isso, ficarmos sujos outra vez, mas só isso assustou muito.

De outra vez, a avó levou-me à água com uma irmã minha e quando voltámos não encontrámos a família. Os indonésios tinham queimado a nossa barraquinha e continuavam a destruir tudo. O povo tinha fugido. Triste porque nessa altura pensei que tinha perdido minha mãe e meu pai. Mas finalmente a minha avó conseguiu encontrá-los. Descemos do Matebian depois da queda da base de apoio, em novembro de 1978. O meu pai ficou para trás primeiro, como disse. Para nós, morreu. O intérprete timorense disse-lhe,

Tu ficas aqui. A tua mulher cuida dos teus filhos. Nós cuidamos de ti,
ou algo assim, não sei se me lembro ou se me contaram ou se aconteceu a alguém que não a nós. As histórias cruzam-se e a memória mente-nos. O intérprete era um fataluco também. A minha mãe conhecia-o.

Vivíamos uma época de grande confusão e fome. À beira dos caminhos havia gente que já tinha morrido e outros que imploravam salvamento. Às vezes não se distinguia os vivos dos mortos. Todos morríamos, entende? Os vivos juntavam as mãos para nós, no limite das forças, pedindo caridade. Prometiam-se até em escravos para toda a vida em troca de milho, água, uma mão para continuar a fuga. Estávamos baratos. Era um povo de moribundos e de aflitos, lá em cima. Os que já tinham morrido nem sempre tombavam. Alguns ficavam em estátua, rijos e direitos. A minha mãe aproximou-se de um deles, uma noite, para fechar-lhe os olhos, que continuavam abertos. Um morto mete mais medo quando olha para nós. Eu empurrei-o, com jeitinho, só com um dedo. A ver se ele me respondia. O morto tombou, devagar, e partiu-se no chão. Partiu-se, assim mesmo. Uma porcelana só de ossos.

Andávamos de noite, cozinhávamos de noite, banhávamo-nos de noite. Fugíamos de noite. Eu tinha pavor destes caminhos que não iam dar a lado nenhum. O dia era de muitos perigos. À noite passávamos por estas procissões de mortos-vivos. Estas privações duraram meses e agravaram-se com o apertar do cerco. Penso que o povo se habituou àquela vida, pois não havia mais nenhuma. Ninguém reparava em ninguém e era cada um pelos seus — ou nem isso, tanta gente era abandonada pelos seus familiares porque eles já não tinham forças para os carregar ou porque as feridas não os deixavam andar. Passávamos uns pelos outros, vivos tropeçando em vivos e vivos fugindo à morte, de

relance, no momento em que as lanternas iluminavam rostos angustiados, esfomeados, desvairados. Um pavor. Eu agarrava-me à avó ou à mãe. Lembro-me de gente desesperada colocando as mãos em prece,
    Leva-me contigo,
    prometiam-se, que mais nada tinham,
    Leva-me contigo, serei escravo em tua casa,
    imploravam comida e havia alguns que, com os pés em chaga, ou gangrena nas feridas, trocavam grãos de arroz ou de milho pela fortuna de lhes pegarem ao colo durante algumas horas. Imaginavam que, saindo do sítio onde os tinham deixado, sairiam do suplício, e, coitados, não percebiam que alguns grãos de arroz ou de milho não pagavam muita estrada, chegavam apenas para que o tormento mudasse de encosta e encalhasse mais à frente — agora de gamela vazia porque a gamela tinha sido comida pela alma caridosa que carregara com eles umas centenas de metros... Havia este povo, misturado pela noite como se fosse, como chama?, uma alcateia, e cada pessoa tratava da sua vida. Continuar vivo era uma luta individual. Não havia coitadinhos porque todos éramos lobos. E um lobo pequeno também tem fome e, se for preciso, mata para comer.

    Na nossa alcateia, perdemos primeiro meu pai. Não sei se é justo dizer que perdemos o meu irmão pequenino. Não o perdemos. O meu irmão não foi perdido. Foi deixado, simplesmente, deixado lá em cima, ainda, por alturas de Haekoni. Não foi ninguém que o arrancou à força de nós. Não foi nenhum soldado indonésio nem nenhuma milícia timorense que "precisou" dele. Foi a família toda que precisou de se aliviar de um elemento. Todos, digo, não no sentido em que todos tomaram a decisão. Eu e os meus irmãos não tínhamos idade para compreender sequer, muito menos para decidir. Todos, digo, no sentido dos que passavam fome e tinham que comer para continuar vivos. Não todos os que decidiram mas todos os que beneficiaram. Não todas as cabeças mas todas as bocas.

Todos os lobos, incluindo as crias como eu.

Aconteceu-nos, também a nós, o dia em que a comida na trouxa já não chegava para alimentar a família. Éramos cinco irmãos, mais a minha mãe e os dois avós. A minha mãe, sem o meu pai, ferida numa perna e nas costas por estilhaços de uma bomba, não podia continuar com todos os filhos. Eu não ouvi isto diretamente, isto é, posso ter ouvido, mas não posso lembrar-me. Mais tarde recebi histórias sobre o que aconteceu... O meu avô foi quem primeiro favoreceu que alguém tinha que ficar para trás,

Os mais novos primeiro,

ao que se opôs a minha mãe porque, precisamente, na sua ideia,

Os mais novos são os que menos comem. Hoje nada, se for preciso, amanhã só um pouquinho, um facto elementar da vida com que o meu avô concordou, ou nem por isso,

Digo que tens razão e que os mais pequenos são também os que menos recordam. Hoje um pouquinho, se for preciso, amanhã só nada...

As tais histórias colocam este debate num sítio do suco Haekoni onde se cruzam dois caminhos, junto a uma árvore que se ergue numa pequena clareira. O local tinha sido bombardeado por um jato indonésio com duas bombas, das maiores, parece daquelas de quinhentos quilos. Cada bomba fez uma cratera com vários metros de diâmetro e, dizem as histórias, "um homem" de fundura. Dois buracos gémeos, como dois olhos bem abertos ao céu, e, por isso, algumas gentes de Baguia passaram a conhecer esse entroncamento por Matan Ruak, "Dois Olhos" em tétum. Foi lá, em Matan Ruak, que a minha mãe, não vergando meu avô, deixou os dois filhos mais novos, cada um com uma pequena malga de papa de mandioca. O meu irmão pequenino numa das covas. Eu, na outra. Um podia ouvir o outro, mas nem eu nem ele nos conseguíamos avistar.

Alguns passam, alguns ficam. O meu pai ficou. Para nós, morreu. Ficou o meu irmão pequenino. Mas, para mim, não morreu. E os velhos ainda não exigiram o seu *lulic*. Talvez considerem que a esperança nele ainda não tenha apodrecido e, portanto, a tradição não exige, por enquanto, matar o seu símbolo. E não serei eu a matar um irmão desaparecido.

A minha mãe, nessa mesma noite, voltou atrás, à árvore e às crateras de Matan Ruak. Voltou por nós, arrependida e mortificada, às escondidas do seu pai. Tinha decidido continuar caminho com todos os filhos e, como ela me disse um dia,

A repartir o pão e a fome com os da minha carne.

Eu lembro muito bem, lembrarei sempre, de nenhuma história, o calor do peito da minha mãe, nessa noite, levando-me resgatado de Matan Ruak, ela coxeando por entre os moribundos e os escravos, eu muito apertado nos braços dela contra o peito, ou talvez, agora tenho ideia, esmagado pelo aperto que ela, aos soluços, levava no colo.

O meu irmão já não estava na cratera onde a minha mãe o tinha deixado.

A misericórdia de alguém, pensemos assim, chegou primeiro do que o arrependimento de minha mãe. Fizeram o que o abandono pedia: levaram-no, raptaram-no, salvaram-no. O que me aconteceu a mim e o que possa ter sido dele — se viveu — interessa pouco. O facto é que ele foi escolhido para ser levado e eu fui escolhido para ser deixado em Matan Ruak. O que minha mãe fez foi culpa. O destino aconteceu antes. Eu, certamente vergado pelo frio ou pela fome, nada vi. E, se vi, não lembro, confirmando a razão de meu avô,

Hoje um pouquinho, amanhã nada,

e tudo teria sido tão mais fácil para mim e para ela se minha mãe, repetindo a coragem de quando aceitou a viuvez, tivesse dito, nessa noite,

O teu irmão pequenino já morreu. Vamos embora.

II
Que-Deus-Tem

"Agora já não tenho que resgatar-me do meu irmão para estar nesta luta. A Indonésia deu-me um motivo. Prescindo do meu irmão para ter motivo de lutar. A guerra civil tirou-mo mas a Indonésia devolveu-me uma causa. Às vezes, no entanto, confunde-me a morte dele.

O João escreveu-me do Museu uma carta. Já estava preso pela Fretilin. Tinha na data 'Museu, setembro de 1975'. Era uma carta para todos na família mas eu sei que era uma carta escrita de propósito para mim. A carta dava notícias à família. Tranquilizava a mãe, mandando dizer que em breve estaria connosco em Loré. Que a situação estava sendo resolvida. O João anunciava a sua libertação 'em breve'. Sabia que era mentira.

A carta demorou mais de um ano a chegar-nos às mãos. O João deu-a a um membro da Comissão Política, que conhecia bem, porque era também das áreas de Loré. Esse homem guardou a carta mas não conseguiu entregá-la logo. A Indonésia começou a invadir as zonas de fronteira nas semanas a seguir a esse papel ter sido escrito. De forma que o primeiro caminho da carta do João foi ir na direção contrária à do destinatário: oeste. A carta do João, prisioneiro da Fretilin, deve ter andado a combater num bolso das Falintil por toda a frente de Batugadé, Balibó e Maliana.

O conflito foi o carteiro persistente do João. Foi também o seu carrasco.

'Em breve sairei da prisão. Já está tudo tratado entre as direções dos partidos.' Quando recebi o papel, em Lospalos, no final de 1976, já a minha vida dava uma volta. A do João deveria ter acabado há muito quando eu cheguei a ler a sua letra. Estava numa situação complicada quando escreveu a última carta. Não tinha nenhuma hipótese de sair da prisão. O dirigente que nos entregou a mensagem disse-nos que, cumprindo com a família, ainda tentou convencer o João a desistir da política e a voltar com ele a Lospalos, pois, se fosse sozinho, poderiam fazer-lhe mal, porque dele apenas sabiam que era um fundador da Apodeti. Mas ele recusou, dizia-lhe

Tu foste para Portugal e não aprendeste nada, mas voltaste para Timor a querer ensinar-me o que fazer, vens aqui ao Museu apenas para me convencer a mudar de partido, quando eu é que tenho educação para fazer isso contigo.

Lá ficou.

Não preciso já dela, mas confunde-me, a sua morte. Soubemos, só em 1976, que ele tinha sido preso no Museu em Díli, a seguir aos sucessos da Fretilin em Díli, e que tinha sido levado para o interior, como os outros. O filho do Godinho, o Godinho era um deportado que teve a oportunidade de criar uma serração em Loré, o filho era da UDT e foi preso também. Safou-se e saiu dos prisioneiros por saber de mecânica. Naquela altura da invasão indonésia, quando terminou a guerra civil, muitas viaturas iam a caminho de Aileu e de Same, na fuga. Era preciso alguém que mantivesse os carros em andamento. O filho do Godinho começou a trabalhar para a Fretilin nesse aspeto. Se não fosse ele, e outros sem importância, ponho-me a conjeturar se os prisioneiros teriam chegado à sua última morada. Ou se teriam acabado da mesma maneira, mais cedo na estrada.

Não importa conjeturar.

O filho do Godinho não teve problemas com a Fretilin. Além disso, também era conhecido dos firacos. Alguns comandantes de Viqueque começaram a controlá-lo, pra não lhe baterem e não o insultarem. Em 1976, foi para Viqueque porque tinha mulher e filhos lá. E foi então que nos pôde encontrar. Começou a contar

O teu irmão morreu porque nunca mais o vi. Estávamos todos juntos no Museu antes de eu sair, eu saí porque precisavam de mim para arranjar os carros, mas depois nunca mais o vi. Não tenho a certeza se o mataram em Aileu ou em Same,

disse o filho do Godinho,

Com o tempo, pode ter sido morto a caminho de Same ou de Aileu,

e foi a partir de então que nós na família começámos a saber que o João já tinha sido morto.

Até agora, ninguém conta a certeza. Mas ainda, outra pessoa veio contar-me

Eu estive lá e acompanhei tudo. O João deve ter sido morto em Same, porque eu ainda o vi naquelas marchas, amarrado. Era um grupo de prisioneiros todos amarrados para não fugirem e eu ainda vi o teu irmão,

esta informação é a que tenho,

O teu irmão morreu nas zonas de Same,

mas esta área é quase uma vala comum. Naquela ribanceira é que muita gente, muitos prisioneiros, foram atirados lá para baixo.

E confunde-me a morte do João e também estar a escrever sobre isto. Não vou apagar mas não vou continuar.

Não tenho borracha, não tenho papel, não tenho coragem. Aqui em cima, a maior parte do tempo, a memória não é viável."

12
Dalboekerk

Memória não é passado. No entanto, se a memória não me trai, Alor entrou no debate político — o de vencer o seu lugar no mundo — tão precoce quanto Mozart entrou nos salões de Viena. Mostrou génio desde o início. E tocou com graça. Um homem deve aprender a seduzir em criança, ou não terá jeito em adulto. No caso de Alor foi quase um instinto. Debutou em Bali, no mesmo chá-das-cinco em que foi inventado o nome da Villa Topace, meu sanatório e refúgio da intriga cortesã de Jacarta.

A campanha de pacificação de *Tim-Tim*, no final da década de 70, coincidiu com temporadas prolongadas em Bali, onde eu e Alor pudemos cumprir a proximidade entre pai e filho recomendada pela velha educação javanesa. Pela nossa Villa, em Soka, na face índica de Bali, passavam amigos, amigos de amigos e amigos de inimigos. Um dia, sabendo Adam Malik em missão em Dempasar, enderecei-lhe convite para um *cocktail* na Villa Topace com o ex-embaixador da Jugoslávia em Jacarta, por quem Malik ganhara apreço entre 1974 e 1978. Paun Šerbanović voltou à Indonésia em 1980, em férias de família. Estava em Bali depois de uma viagem de carro no circuito das maravilhas imperiais de Java: Jacarta, Bogor, Borobudur, Jogjacarta.

Paun deixou a Senhora de Šerbanović no hotel, em Sanur, e chegou ao *cocktail* apenas acompanhado do filho mais novo, Slobodan, principiante de engenharia, porque

Livre-nos Deus-e-o-seu-cão de um representante da Jugoslávia ofender o não-alinhamento da Indonésia, onde os chás são apenas para homens e os homens são apenas para os chás.

Šerbanović tinha o corpo da sua biografia: era um montanheiro volumoso que combatera nazis na Segunda Guerra Mundial, à frente dos guerrilheiros *partisan* de Tito no Leste da Sérvia. Era também, ainda antes disso, o herdeiro de um terratenente da região, que lhe proporcionou a educação suficiente para o filho rebelde descobrir, estudando, que era comunista com as propriedades do pai. As duas coisas resultaram numa truculência galante. Mesmo em viagem, Paun não apareceu na Villa Topace de mãos vazias. Não apenas lembrou a minha paixão por mapas como, algures, conseguiu arranjar uma magnífica prenda: um mapa dos Balcãs no virar do século XIX, com o título "Turquia na Europa".

Nessa tarde, como noutras, o *cocktail* foi acompanhado pelos Melay Toegoe, um velho grupo de *keroncong*, trasladado de Jacarta para Bali após os acontecimentos de 1965.

A prenda de Šerbanović não estava encaixilhada. Alor desenrolou o mapa sobre um grande canapé de Madura, enquanto os adultos falavam, fumavam e sorviam o caramelo das cordas dos *keroncong*. O menino passou os dedos pequenos sobre as muitas cores da carta, um arco-íris de territórios, de províncias, de reinos e de fronteiras. Na parte superior da grande folha, indicando o limite da "Turquia na Europa", uma estreita serpente azul dividia a carta entre zona de cor — o Império Otomano — e zona branca — o Império Austro-Húngaro, que não era o tema do mapa. De longe, reparei que Alor fixou alguma coisa no mapa, pegou nele e, de braço levantado, porque a folha lhe chegava aos pés, foi direito a Šerbanović. Tinha uma dúvida e apontou a linha azul,

Wallace?
Não. Danúbio. Da-nú-bio
respondeu o embaixador. Šerbanović, compondo um ar muito grave para Alor, apagou o charuto e, chegando-se aos homens do Melay Toegoe, tirou a um deles o chapéu tradicional javanês, colocando-o na sua grande cabeça — vários tamanhos acima das dos pequenos malaios de Toegoe, que pararam de tocar. Alor, feliz, começou a bater palmas mas o diplomata não desmanchou a sisudez. Sentou Alor num joelho e, pegando no mapa, leu para ele em voz alta,
"Turquia na Europa",
levando o dedo indicador ao chapéu que tinha na cabeça e ao título do mapa. Depois enrolou a folha num canudo muito fino, espreitou por ele na direção do mar, como se procurasse algo no horizonte,
"Turquia na Europa",
sem encontrar, até que, mimando um encolher de ombros,
"Turquia na Europa",
concluiu para Alor,
No more!
Alor riu um pouco da pantomima do grande homem. Notei que Malik olhava para mim, divertido, mas a curiosidade de Alor, num inglês infantil e telegráfico, tinha mais perguntas para Šerbanović:
Tua terra *No More*?
Não. A minha terra é *No Where*,
respondeu Šerbanović, rindo,
Vou mostrar-te. É aqui: Valáquia,
ensinou o jugoslavo, apontando uma mancha entre outras duas manchas chamadas Sérvia e Moldávia. Alor deve ter ficado tão confuso ou tão satisfeito que desceu do colo de Šerbanović e foi brincar com os cães. Deixou o mapa connosco. Nem eu

nem Malik tínhamos alguma vez ouvido falar da Valáquia. Paun, pondo o chapéu javanês em cima do joelho como se fosse seu, explicou que

A Valáquia está situada algures entre o Leste da Sérvia, o Oeste da Moldávia, o Sudeste da Hungria e o Sudoeste da Bulgária. Na verdade, não existe. É sítio nenhum. Uma imaginação romântica. Os alemães são bons a inventar nações — ou não teriam nenhuma. Basicamente, o problema do mundo no século XX tem sido esse,

e riu de novo, reacendendo o charuto com várias baforadas sôfregas. Tranquilizado pelo tabaco, fez notar que o mapa que trouxe de prenda

É um mapa alemão. Românticos, como disse. Existe uma expressão em alemão para dizer que alguém veio ou partiu para nenhures, para o desterro: *Wie in der Wallachei...* A Valáquia é a pampa dos Balcãs. É de lá que eu venho. A Jugoslávia é um grande país por causa disso: muitos nenhures dão uma grande pátria. Como a Indonésia.

Malik, sem comentar, foi dar instruções ao Melay Toegoe. Slobodan, o filho de Paun, levantara-se da mesa e observava Alor e os cães. A criança descobriu mais uma vítima e veio ter com ele,

Como te chamas?

Eu chamo-me Liberdade

Eu chamo-me Alor. Alor ilha *kecil*, como rapaz Alor. O pai disse, não fomos porque não cabemos, pessoas grandes não cabem, Alor. A tua ilha? Grande? Ilha de Liberdade onde?

Liberdade não é uma ilha. É... é uma conquista

Como conquista da Lua?

Mais ou menos, sim,

concordou Slobodan, olhando para o pai, que não parava de olhar para eles.

Dessa vez fui eu a pegar no meu mapa. Desenrolei-o apenas para mim e os meus olhos procuraram, sozinhos, uma ilha do Adriático que não era chamada para a conquista de Paun, que, como combatente do lado vitorioso, pôde dar a Lua aos seus filhos.

Lá estava: Goli Otok. *Otok*, croata para ilha. *Goli*, nua. O marechal Tito mandava os dissidentes da Jugoslávia para esta ilha deserta. Goli Otok era, apenas, uma pedreira. Os condenados do regime comunista iam para lá partir pedra e atirar os blocos ao mar. Imagino que, ao fim de alguns anos e muitas condenações, Goli Otok tenha aumentado de tamanho graças às pedras cortadas pelos prisioneiros.

A liberdade é uma conquista que expande a sua própria prisão. Algo que eu teria de ensinar a Alor.

Enrolei a "Turquia na Europa". Os Melay Toegoe ensaiavam agora uma melodia especialmente doce. Šerbanović comentou, com razão, que

Se apenas houvesse mulheres entre nós, podíamos estar em África.

13
Que-Deus-Tem

"Voltei a sonhar mal.
    O João Branco emboscou-me enquanto eu dormia. Não vinha por mal, nem por vingança. Vinha ao que sempre veio: por confiar em mim. Veio dizer-me que não tinha a certeza de ter pensado bem naquelas épocas de 1979. Mas veio dizer-me também, a mim, por eu pensar nas coisas pela minha cabeça, que ele não era mais maluco do que nós,
    Os *durrutis* da extrema-direita timorense,
    chamava-nos.
    O Branco perguntou-me:
    Quantos *durrutis* sois agora? Quantos anos esperais ficar no mato até a vitória vos cair em cima?
    O Branco não morreu bem. Não está em sossego. O Branco não quer deixar-me sonhar no sentido em que o Comando disse que devíamos sonhar,
    Pátria ou Morte!
    Depois desapareceu e deixou-me acordado.
    Escrevo:
    A nossa companhia mudou para Iliomar já nos finais de 1977. Ficámos lá muito tempo. O Comando estava longe, muito longe, e fazíamos rotação naquelas áreas. A companhia começou a organizar-se em setores, já com uma hierarquia. A partir daí, começámos a fazer trabalhos de clandestina. Eu nem fazia tanto, mas um dia fomos encontrar-nos com os elementos de

ligação da companhia do João Branco, timorenses que estavam em Lospalos com o Inimigo. Vinham entregar-nos munições e material didático porque, na guerrilha, não havia canetas nem cadernos.

Confesso: subtraí alguns para estas memórias da guerrilha. Estávamos, nisto, em 1978. Começámos a ter contacto com o Branco quando já toda a gente lhe chamava traidor, mas ele fazia de agente duplo para a Resistência.

O Branco tinha várias ideias sobre um exército formado no seio do Exército Indonésio para apoiar a guerrilha e criar condições para, um dia, lançar a revolta por dentro. Era a quinta coluna. O João Branco era do princípio de aniquilar as forças vivas do Inimigo, o que supõe redes mesmo fortes no seio desse mesmo Inimigo. Ele defendia tal ideia. Quando foi capturado por nós, o Branco queria até ser levado ao Generalíssimo e ao Embote para apresentar as suas estratégias. No entanto, sei que nunca conseguiu obter esse encontro com o Comité Central da Fretilin. No sítio onde o Branco estava preso por nós, apareceu um dos comandantes da região, com instruções do Comité Central. Não tenho um conhecimento direto disto. Eu não pertencia à Direção. Sei os factos: o fulano comandante apareceu e, nessa mesma noite, o sicrano Branco "fugiu". Suspeitámos todos de que a fuga aconteceu por orientações do Comité Central. Se isso é correto, será certo também que as instruções só puderam empurrar Branco para juntar-se aos indonésios.

Talvez fosse uma maneira de resolver um problema. Ou até de sugerir aos indonésios que resolvessem a revolta antes de ela germinar.

Escrevo, mas recuo:

Andávamos nós com a companhia movimentando-se mais para os interiores de Loré quando, no final de 1977, surgiu a reação interna contra o Velho. Houve, por todo o lado, desmantelamento das estruturas acusadas de alinharem com o Velho.

As acusações eram traição, contrarrevolução, desvio ideológico.

Até os nossos principais comandantes, na companhia Kuda Fuik, foram presos, apesar de ninguém saber os motivos. Se realmente eram o que os acusavam de ser: infiltrados, agentes dos indonésios nas Falintil, nós não sabíamos. Nós: que andávamos a lutar todos os dias.

Os que ficámos de boca aberta.

Os que ninguém *estávamos* seguros.

Os que, de um dia para o outro, podíamos ser presos também, sem saber a nossa própria culpa.

Vieram por nós também. Chegaram as Forças de Intervenção com o objetivo de desmantelar todas as Falintil. As acusações eram de todo o lado muito graves. Do Velho para baixo, a árvore toda era abanada até à base.

Que o Velho ia entregar-se aos indonésios.

Escrevo:

Penso que eram boatos e que tudo resultou de uma diferença de ideias sobre estratégia. Uns diziam que o Velho queria diálogo com o Inimigo. Outros diziam que isso não podia ser e que a única opção era a de contar com as nossas próprias forças e derrotá-los militarmente.

Até agora ninguém fala estas coisas. Vão desaparecer com o tempo.

Análise:

A vitória militar é impossível só com as Falintil. Sinto isso mesmo como militar. Não esmorece a minha entrega à Luta. Mas não é pelas armas que venceremos, a não ser se pudermos receber uma ajuda direta do exterior em material. De um país amigo. Não vai ser fácil.

Contra-análise:

A Indonésia é uma grande potência. O seu problema era que desconheciam o terreno quando invadiram a nossa Pátria. Um segundo problema foi a sua fraca preparação militar profissional. A utilização do seu material bélico foi arbitrária. O material não foi usado como devia para derrotar as raízes da Resistência. Se tivesse sido bem usado, poderia ter uma estratégia para destruir e aniquilar a guerrilha, mas o plano tático, operacional, foi fraco. As táticas indonésias não eram bem adequadas à guerrilha timorense. Levaram muitos anos até aprenderem. Por isso, não conseguiram o objetivo de exterminar a guerrilha a cem por cento. Acho que já não vão conseguir.

Análise:

Depois da reestruturação da nossa companhia em setores, começámos a combater o Inimigo com uma tática de defesa e ataque. Fizemos uma guerra convencional. Não usámos de início uma tática de guerrilha contra as zonas controladas pelos indonésios. Houvéssemos atacado a retaguarda do Inimigo, teríamos criado vários obstáculos aos indonésios logo nos primeiros anos. Mas esta estratégia militar nunca foi praticada.

Parece que os comandantes superiores pensaram nessa tática. Parece.

Havia bolsas resistentes a partir de 1978, mas era uma resistência por resistir, só para matar ou capturar indonésios. Não havia ninguém para liderar o grupo, para ter uma visão estratégica, para reorganizar os guerrilheiros com uma visão atual.

Não foram apenas os traidores a pensar, alguma vez, que as escolhas da Direção política não eram as melhores no plano militar. Já em 1978, no alto do Matebian, numa zona onde fizemos um aniquilamento aos indonésios, a nossa companhia apresentou uma opção diferente da oficial, através de alguns colaboradores do Comando Operacional da Ponta Leste, em nosso nome, que já éramos chamados Forças de Intervenção. A proposta era para que as Forças de Intervenção retirassem clandestinamente do Matebian para atacar na retaguarda do Inimigo, que já cercava a montanha. O objetivo, explicaram os nossos colaboradores, era criar instabilidade nas zonas controladas pelos indonésios, em Lospalos ou noutros setores, de forma a dividir ou distrair a atenção que o Exército Indonésio concentrava sobre o Matebian.

Memória:

Esta ideia foi rejeitada pela Direção, não com razões de ordem operacional ou tática, mas com razões de (des)confiança: aceitar a nossa proposta seria concordar com a rendição da nossa companhia, verdadeiro objetivo do nosso plano.

Escrevo:

A desconfiança timorense a trabalhar. Parte da capacidade operacional das Falintil foi empatada com a necessidade de controlo interno entre comandantes e unidades e dirigentes que nunca confiaram uns nos outros.

Levantou-se uma grande suspeita à nossa companhia. Diziam que estávamos em negócio com o João Branco. Outros comandantes eram suspeitos do mesmo. Tínhamos ligação ao Branco, sim, mas no quadro da Rede Clandestina. Era uma ligação através da qual recebíamos apoio,

— cadernos como este e —

munições e material diverso, mas, que pensássemos entregar-nos todos aos indonésios, ninguém defendia isso. Não fora a traição de dois gumes do João Branco e teria havido períodos em que as balas de alguns dos nossos homens não seriam suficientes.

Desânimo:

Sem a nossa companhia, não haveria Resistência hoje.

Quando retirámos de Lospalos, deixámos com o João Branco a indicação de toda a nossa rota até ao Matebian. Se houvesse alguma instrução, o Branco saberia onde nos encontrar. Um dia, o Branco mandou um estafeta ao ponto de contacto, à nossa procura. Não estávamos lá nós porque o Comando tinha mudado a nossa direção. O estafeta deu com a KC. Foi morto, mas apanharam o bilhete que ele trazia para nós.

Contraprova:

Ninguém sabia, na altura, mas o Branco acompanhou o avanço do Exército Indonésio sobre o Matebian. O que ele dizia no bilhete era que, à medida que ia avançando, ia matando soldados indonésios quando tinha condições para isso. Era o seu compromisso com a Luta. Matava indonésios quando havia troca de tiros com as Falintil. Era um teatro complicado, de timorenses colaboracionistas mas que eram agentes duplos. Uns fingiam atacar. Outros fingiam ripostar. Ninguém morria entre timorenses mas nenhum dos lados podia ser detetado pelos indonésios nessa tática.

Tinham êxito. O grupo do Branco andou a matar indonésios e a capturar-lhes armas sem nós sabermos. O João Branco nunca se submeteu ao comando militar indonésio. Os seus oitenta homens formavam um grupo independente. Vestiram, até ao fim, fardas do exército português, como repúdio do invasor, e continuaram armados com *Mauser* e *G3*. As fardas gastaram-se naqueles cinco anos, abriram buracos, romperam, mas eles arranjavam-nas, mandavam-nas coser. Eram um fantasma do exército português com boinas e bivaques mas com barba e cabelo de resistentes timorenses. Vi muitas fotografias do exército do Branco, muito bem fardados. Distribuíram esses panfletos nas nossas áreas como propaganda, para dizer, vejam como os vossos companheiros que se renderam ao Exército Indonésio estão bem tratados.

O Branco foi morto com a farda de Portugal. Vou chamar--lhe *durruti* da extrema-direita portuguesa, se ele vier outra vez emboscar-me."

III
SAPUJAGAT

Jayengresmi retirou-se, os seus olhos turvando-se de lágrimas. Tentara o impossível: inverter o curso da história. Mas, no fundo de si mesmo, ele sabia: o que está escrito é devido.

in *Les chants de l'île à dormir debout*
Élizabeth D. Inandiak

I
Dalboekerk

A independência timorense era um parto interrompido desde 7 de dezembro de 1975 — dando de barato que a declaração unilateral de 28 de novembro desse ano foi um nascimento de pleno direito e não uma impugnação desesperada de paternidade. A consulta popular de agosto de 1999 abria caminho à consumação do lenocínio ou à conclusão desse parto frouxo, por cesariana ou a ferros. Antes, porém, teriam de rebentar as águas da mátria timorense, debilitada por vinte e quatro anos de hemorragia. As águas rebentaram a 9 e a 17 de abril, em Liquiçá e depois em Lecidere. Neste segundo trabalho de parto, é irónico que o sangue da linhagem tenha sido empapado em café — o grão da escravatura introduzido nesta ilha pelos portugueses, agora irmãos de "luta" pela liberdade.

Assim eu meditava quando, da janela de um gabinete, vi um grupo de jornalistas estrangeiros chegar ao portão principal do Kapolda, em Comoro. O comandante tinha autorizado que visitassem os "reféns": trinta e nove timorenses subtraídos aos muitos perigos de Díli na sequência do 17 de abril, incluindo O Pai e a sua filha Wallacea. O canalha que menos presta é o que tem palpitações no meio do crime: provando a sua fraqueza, o comandante da Polícia decidiu proteger os "reféns" de Lecidere da única maneira que o seu posto, a patente e a lealdade à bandeira lhe permitiam. Prendeu-os no ginásio do Kapolda.

Entre os jornalistas, ao portão do Kapolda, estava o português Paulo San Payo. Ao lado de San Payo vi, sem surpresa,

Alor. Olhei meu filho, minúsculo à distância, falando com um polícia. San Payo falava por telemóvel com alguém, disseram-me que disse

Pai, saia, venha cá fora,

mas não sei quem devia sair, porque eles acabavam de entrar, sei que me lembrei de Jim Morrison, cujos discos tantas vezes ouvi com Alor em Bali, e de um álbum em que uma voz com eco de poço começa por anunciar a separação dos mundos entre o de cá e o de lá, para acrescentar

"*In between, there are The Doors*",

e ali estava, a um portão da Indonésia na principal avenida de *Tim-Tim*, terra de passagens rituais e de rituais de passagem, de portas sagradas e profanas, de portas que são apenas para entrar e portas que são apenas para sair, enganos ou infrações desencadeando a ira dos antepassados, pequeno Timor das portas *lulic,* sempre tão anãs que os segredos terão que fugir de rastos quando escapam das câmaras escuras dos *lia-nain*, como os lagartos e as serpentes talhados por lâmina tosca em madeira fumada, Alor agora ali, discutindo em nome de estrangeiros com um polícia do nosso país — indonésio, timorense?, a farda normaliza todos na cor coletiva da República —, tentando chegar a "reféns" que lhe eram estranhos até há semanas atrás mas a que ele se sentia agora ligado, a mente astuta mas infantil engrenando a sua saída, ou a sua entrada, decerto a sua passagem por um postigo tão pequeno quanto esconde o maior tabu, que ideia a dele!, ligar-se a alguém não pelo sangue que os une mas pelo sangue que os divide, julgava, o sangue de "eles" derramado por "nós", como se Alor-eles e Alor-nós viessem da mesma raça, do mesmo massacre, da mesma plantação, da mesma cereja, do mesmo café, da mesma papa, do mesmo parto — 1999?, 1975?, 1959?, 1942?, 1912? —, e alguém de uniforme, a meu lado, acordou-me deste pesadelo diacrónico, que era já estupor,

Notámos que seu filho está no portão principal, *Pak*. Quer que o mandemos chamar aqui?
Makasi, não é preciso
para quê chamá-lo?, San Payo continuava ao telemóvel como se não estivesse ali ninguém com quem ele quisesse falar, insidiosa manha lusíada, "Venha cá fora, Pai, tem aqui gente", e O Pai, sentado no exterior do ginásio, escrevendo num bloco de apontamentos por mão segura. O meu filho não é para aqui chamado, repeti,
Como queira, *Pak*,
Makasi
e o Pai escrevendo mais uma folha, a segunda, e a terceira, para quê chamar Alor se ele viria mais tarde, como infalível veio, ter comigo ao hotel, alterado, perguntando-me, no limite da insolência,
Sabias?
Sabia o quê
Sabias que os massacres fomos nós?
Quem disse
Disse-me Wallacea que lhe disse O Pai,
O Pai está protegido com a filha no Kapolda
Ele veio cá fora e escreveu ao Mundo!
Talvez tenha vindo, talvez tenha escrito e talvez O Pai, a filha dele ou o meu filho não saibam o que dizem
Eu nada disse. Digo-te apenas o que escreveu O Pai,
e leu para mim, de memória, sem pestanejar numa sílaba, dirigindo-se a mim e ao Mundo,

[1]

— Não acreditem nas farsas que estão a fazer durante todo este tempo.
— Eu considero tudo como sendo um programa de extermínio do povo timorense que não apoia a integração na Indonésia.

— Sugiro às nações de todo o Mundo livre para não acreditarem nas promessas do Governo e Forças Armadas da Indonésia.
— É preciso estudar e analisar bem tudo porque eles são muito traiçoeiros.
— Se os próprios irmãos deles eles matam aos milhares quanto mais nós que não queremos aceitar a soberania tirânica deles.
— Apelamos para todos os governantes dos países livres para em nosso nome iniciarem já o processo para julgar e condenar [—>]

[2]

os assassinos como:
1 - Abílio Osório Soares (gov.)
2 - Tono Suratma (com. militar)
3 - João Tavares (chefe das milícias)
4 - Domingos das Dores Soares (admi.di.Díli)
5 - Eurico Guterres (publicamente anunciou a matança)
6 - Basílio de Araújo (grande instigador para as matanças)
7 - Leoneto Martins (adm.di.Liquiçá e chefe dos BESI MERA PUTIH que juntamente com as tropas indonésias massacraram centenas de timorenses em Maubara Liquiçá e Díli e continua a programar novos massacres para o futuro)
8 - Exigir o desmantelar de todos os postos de vigilância dos milícias que em todo o lado aterrorizam o Povo obrigando-os a inscreverem-se como apoiantes da Autonomia com a Indonésia [—>]

[3]

— Pedimos com urgência às forças internacionais para salvarem o povo timorense dos contínuos massacres que se deram em Timor e prevê-se que vão continuar.
— O desarmamento imediato dos milícias

(*sic*)

rematou Alor. Tendo repetido o bilhete d'O Pai, três páginas, meu filho quis saber se
Isto é verdade?
Depende em que pai queres acreditar: no teu ou no de todos
É verdade ou não?
Pergunta ao "assassino" número 8
Pai, o número 8 é uma exigência.
Com efeito, é, e aí tens, meu filho, onde acaba uma acusação: numa prece, num protesto, num pedido, num ultimato. Não acaba na verdade que tu queres. Viste, então, as folhas que O Pai terá escrito
Não vi...
Então as folhas podem não existir ou ser forjadas
concluí. Alor saiu do meu quarto no Mah'kota insatisfeito, mas esclarecido sobre a inexistência da mensagem d'O Pai ao Mundo, três folhas, não há nada à frente do espaço impresso no topo de cada página para "data" e "local", três folhas cheias de nomes mas sem assinatura, estas três folhas que aqui vê nas minhas mãos. Tanto lhe ensinei, mas não que indagar a verdade de uma acusação é denunciar a vítima, ou ele desaprendeu. Nada de novo havia para mim no bilhete escrito pel'O Pai. Dir-me-á que menti a meu filho. Não exatamente. As profecias são portas por onde se pode sair e entrar. O seu problema foi estar no umbral quando a porta ruiu.

Estas folhas caligrafadas pel'O Pai: cheiram a fumo porque já passaram pelo fogo uma vez. Como disse a Alor, podem bem não existir porque, quando o fogo da matança se mistura com o fogo da festa, é chegado o momento de queimar arquivo e provas. Provas de que, em Timor, setembro foi denunciado ao Mundo em abril, como num filme diabólico em que o apocalipse amanhece com o génesis,

"*This is the end*"
está lá o tempo todo,
"*My only friend, the end*"
fiel e medonho, falando das trevas com voz de Jim Morrison, porque o apocalipse não é o fim nem o início, apenas uma porta que Alor não podia atravessar porque, se entrasse, ficaria de fora, onde irremediavelmente se encontrava, e a quem está fora, por aí sempre ter vivido, já não é permitido sair, exceto pela porta de entrada.

E agora pego fogo a estas três folhinhas, diante de si, para que um pedacinho doloroso de História desapareça com uma brisa açucarada de *crème brûlée*. Adoro o cheiro do papel queimado pela manhã. Cheira a... *defeat!*

2
Gloria Suprema

Não me arrependo de nada na minha vida, mesmo do que nunca devia ter acontecido comigo.

O que eu e a minha família passámos no Matebian e depois de descer da montanha ensinou-me muito. A minha ferida de infância, se o é, sangra em piedade. Quando alguém bate à minha porta, pedindo, para mim é porque tem fome. Mesmo que bata para pedir dinheiro para cigarros, eu sei que é alguém que tem fome. Foi isso que pensei na primeira vez que vi Alor lá em casa, estaríamos em janeiro deste ano, talvez fevereiro, foi de qualquer forma antes do Carnaval. Eu deito-me tarde e ele deve ter visto luz por baixo da porta do meu quarto,

Lamento incomodar, é muito tarde,

muito educado, colocava a voz para falar e, confirmei depois em muitas ocasiões, não era por embaraço mas por hábito e deferência,

Lamento, cheguei agora da montanha e não tenho cigarros. Tens alguns de empréstimo?,

cabelos longos pelos ombros, bem tratados, pretos e lisos, caindo para os dois lados do risco ao meio, penteados de modo a que formassem uma espécie de capelos na testa alta, enquadrando os dois olhos escuros, intensos,

Amanhã de manhã vou ao quiosque e trago-te um maço,

e ombros direitos, sem serem largos, braços longos, pouco cheios mas sem aparentar fragilidade. Alor falava com poucos gestos mas com gestos coreografados, gestos que estavam lá, no movimento, antes de se mexerem para deixar um desenho atrás de si depois de passarem, como os bailarinos escrevem com seu corpo uma história dançando, e notei que, mesmo para quem chegava da montanha, as unhas e a pele das mãos pareciam bem cuidadas,

Desculpa, nem me apresentei, chamo-me Alor e sou o novo hóspede, aluguei o quarto Craras, lá ao fundo,

Eu chamo-me Gloria Suprema, o meu quarto é este, isto é, evidentemente que é este, não está à vista?, que idiotice a minha, "o meu quarto é este", hoje a minha cabeça não está boa, desculpa não ter cigarros, amanhã comprarei eu próprio para os dois, faço questão, e bem-vindo à Pensão Mundo Perdido, sempre que precisares não hesites, Gloria Suprema, quarto Santa Cruz, *that's me!*, e, por hoje, sonos de anjo, até amanhã, com cigarros!,

que ridículo, eu tinha dois nomes para me apresentar mas não tinha tabaco naquele momento. Alor agradeceu na mesma e desapareceu no escuro da pensão.

Quando as pessoas pedem ajuda é porque estão aflitas, é ou não é? Se não posso ajudá-las, fico com pena. Acontece chorar. Nós, eu e os meus irmãos, passámos fome. Não esqueço isso. O estômago esqueceu, graças a Deus, mas o espírito não. Imagina o que é, saber que a nossa casa não tem uma maçaroca de milho, um grão de arroz, e ouvirmos os vizinhos batendo panelas, virem para a rua comer à nossa frente? Sofri imenso. Desde cedo que tracei o meu objetivo: ganhar dinheiro. Não é ganhar para meter inveja aos outros e retribuir-lhes a provocação da sua pobreza. Não. Não é ganhar e ser igual na cobiça. Senti isso mas não pratiquei. Adquiri

o instinto de piedade, que é bastante forte em mim. Não posso deixar de ajudar. É, como dizer, uma generosidade em angústia. Uma angústia constante, incurável. Um dó pelo mundo que me obriga a pôr de joelhos por quem precisa de assistência. Quem pede cigarros, eu penso sempre, não almoçou nem vai jantar. Esconder o que se é e fingir o que não somos é uma mania dos timorenses. É pobre mas precisa de fingir que é rico. É ignorante mas precisa de falar sobre tudo. É arrogante mas é estúpido. Deviam mudar isso nos timorenses, nesta geração nova. O timorense finge muito ser o que não é, entende? Por orgulho. Por exibicionismo. Pode nem ter casa mas aparece à nossa frente e parece o filho do governador, apesar de os pais não terem comida no prato nem trabalho que os sustente.

Os indonésios proibiram o uso do português. Eu e os meus irmãos só começámos a aprender a falar fataluco com três, quatro, cinco anos, em casa. E desenvolvemos com as outras crianças, aos poucos. Acho que uma das primeiras palavras que aprendi em fataluco foi *tchitchirai*, "brincar".

Foi uma fase muito complicada. Nem sequer tínhamos brinquedos e éramos chacota dos vizinhos por isso. Só brincávamos a atirar o pião e construindo carrinhos de pau. Não tínhamos nada comprado. Tudo era feito à mão. Brincávamos à caça e à guerra. Até imaginávamos na brincadeira quando tivemos que fugir para o Matebian. Sofremos imenso. Nós amanhávamos horta, ajudávamos em casa. Íamos à lenha para grelhar pão. Passámos fome no início, houve aquele tempo em que não tínhamos cama nem prato, mas depois passou. Até chegar aí, no entanto, lembro-me de ir com a minha irmã à procura de latas vazias, as latarias das milícias. Apanhávamos as latas, trazíamos para casa, lavávamos e aí tínhamos um prato novo. Lembro-me disso quando vejo uma lata vazia no chão, ainda hoje. Há uns tempos levei uma lata para casa, vazia, atirei-a para a mesa e disse aos meus irmãos, agora façam disto um prato! Rimos todos. Foi uma provocação.

Eu, principalmente, precisava de um homem que substituísse o meu pai. De um homem que olhasse por mim, na minha mentalidade de criança. Que me cuidasse. Tinha saudades disso. Acordava a chorar e perguntava pelo pai. A minha família ofendia-se muito comigo porque não sabia responder. Depois passava.

Éramos uma família muito simples mas com fé, uma família crente, católica. Uma família que acreditava no que a Igreja dizia, em tudo o que a Bíblia diz, que rezava o terço, a ponto de termos que decorar orações diferentes para cada dia da semana. Tivemos uma educação não apenas para encher a cabeça de conhecimentos mas uma educação espiritual. Rezar antes de comer, antes de tomar banho, antes de deitar, antes de sair de casa e depois de voltar. Tínhamos uma fé muito especial.

Eu comecei a jogar basquetebol, a crescer, a cantar nos coros, a fazer leituras na igreja, por obrigação e por gosto. Aos 12 anos aceitei o sacramento do crisma e para isso frequentei durante meses a doutrina no colégio de Fuiloro. O crisma tem que ser feito pelo bispo. Veio Monsenhor para fazer o sinal da cruz. Nesse dia houve um jogo de basquetebol no colégio Dom Bosco e Monsenhor assistiu. Eu joguei. No final, fui para casa, mas o motorista de Monsenhor e um outro aluno do colégio vieram a minha casa de carro. Fiquei muito admirado. O quê? O bispo quer encontrar-se comigo? Não mintam!

Não mentimos
mas eu não quis ir, tinha medo,
Medo de quê? É o Monsenhor que te chama
É um santo,
acrescentou a minha tia
É um santo, vais rezar o terço com um santo,

mas eu tinha medo na mesma, nunca tinha encontrado um bispo e achava que não ia ser capaz de rezar com Monsenhor. Foi minha tia que acabou a discussão,

Gabriel, sou eu que mando, vai tomar banho e vais lá rezar o terço com o bispo.

Eu vou explicar tudo. Estou muito nervoso, não lhe parece? Desculpe.

3
DALBOEKERK

E guardo também o rascunho de uma carta, enviada por Alor à Direção Provincial de Cultura. Alor agrafou ao rascunho uma folha arrancada de um caderno, com o título
"Glossário de Arquitetura Timorense",
certamente um projeto de síntese, porque não sei se o meu filho escreveu mais do que os quatro versos que me enviou, e que terminam exatamente onde começou a obra da casa do líder separatista: no envasamento. Talvez a obra concreta, e a incompetência dos *maçons* timores, tenha absorvido todo o seu tempo, ou secado a inspiração, embora o entusiasmo fosse perene, permita-me que leia,
"Sonho *(s.m. pl.)*: quatro pilares de madeira num envasamento de pedra."
O envasamento é uma plataforma que alicerça, levanta e protege a casa tradicional timorense. É mais imponente e gracioso nas casas dagadá do planalto de Lospalos e do maciço do Matebian (quando ainda havia casas no maciço do Matebian). Alor terá visto algumas, restam esboços, pelos quais tenho algum carinho artístico, e certamente viu esses outros esboços de uma paisagem intacta, retrato de uma eternidade já em desaparecimento, a da *Arquitetura Timorense* de Cinatti, Leopoldo de Almeida e Sousa Mendes.
O envasamento é uma espécie de fundação levantada acima do terreno, passe a contradição. Chove muito em Timor. A ca-

pilosidade natural da rocha obriga a isolar a estrutura da casa tradicional, que, de outro modo, seria penetrada e apodrecida pelas águas que correm ou impregnam o solo, mesmo que a construção estivesse acima do chão, como está — a estrutura produziria o efeito de um pavio, que suga a parafina até à chama, contrariando a gravidade.

É também comum, em Timor-Leste, o envasamento rodeando árvores sagradas ou marcando terreiro de postes votivos ou totémicos, criando um altar para os chifres e as queixadas dos búfalos sacrificados ao bem do clã, um canteiro nobre para o gondoeiro centenário, ou ainda um púlpito neolítico para as estatuetas *ai-toos* dos antepassados.

Alor inspirou-se nessa tradição arquitetónica timorense, introduzindo-lhe a exigência que levou de Jaua e da educação que lhe infligi, e que tanto escasseia nos povos timores. Leio agora, do rascunho de carta:

"O envasamento, parecendo simples, deve ir mais além da plataforma tosca e rude, comum na casa tradicional do território. Fundação e base correspondem a um muro que se dobra em quatro faces: é um grande réptil que, à terceira esquina sucessiva em ângulo reto, encontra a sua própria cauda. As quatro faces do envasamento, desdobradas, corresponderiam visualmente a um muro. O muro, enrolado no seu quadrado, deve aludir ao réptil ancestral da tradição timor: imperando de sua simples presença, base sólida e inamovível da vida dos homens, do grupo, do seu respeito, da sua confiança — o muro-réptil-mito deve inspirar força — e, claro, também do seu medo.

"O envasamento será um *lafaek-fatu*, um avô mineral quieto e possante. A este sáurio, que carrega a casa sobre seu lombo, convém uma pedra de cor densa, textura espessa e corte liso. Tal as escamas de um grande lagarto: uma filigrana de pequenas placas de xisto, se olhada de perto; mas, pelo contrário, uma barreira lustrosa de mármore negro polido, quando olhada à distância que os homens guardam dos bichos que os assombram e pasmam."

É Timor: o *lafaek-fatu* imaginado por Alor,

"monolito de românico mineral, sustento do gótico orgânico da madeira",

teria de enfrentar uma sequência penosa de problemas. *Primo*, a escolha da pedra exata, numa terra em que a pedra correta, como aconteceu, nem sempre é a pedra escolhida, mas apenas a pedra possível. Fala ele:

"Começámos um muro que vai utilizar pedras de duas maneiras. As que vão estar à vista, viradas para fora, correspondendo às quatro faces do envasamento, com dois metros de altura — para que estejam acima da estatura meã dos homens, sendo altaneiras sem sobranceria. E, do lado de dentro, o que não estará visível, as pedras de segunda categoria, que não têm características para ser usadas no revestimento. Será com este segundo tipo de pedras e uma argamassa de cimento que se fará o enchimento do interior do muro.

"O muro que nós queremos é um muro de junta seca, em que não se vê argamassa nenhuma à face. Isso torna muito importante as possibilidades da pedra em termos de corte. Interessa-nos uma pedra que, ao bater-se nela, crie uma nova face, e que essa nova face surja mais ou menos lisa. O que queremos, sobretudo, é evitar o aspeto rústico e mole da pedra redonda. Não queremos um muro roliço de restaurante típico.

"O mais importante é uma boa face exterior, em cada pedra partida. É essencial que o artífice, mesmo não o sendo porque não os há aqui, perceba quantas faces mais pode aproveitar dessa pedra. Quanto mais faces forem úteis ao miolo do muro, mais rentável foi a escolha da pedra. Haverá, naturalmente, sempre alguma face que terá que ser ligeiramente partida, para fazê-la encaixar. É um trabalho de montagem paciente de um *puzzle* e de seleção de peças. Algo que não estão habituados a fazer nesta terra.

"O resultado final do envasamento deve oferecer uma imagem muito limpa, de linhas muito retas, e, no conjunto das pedras, deve obter-se um plano por inteiro."

Este programa implicava que a pedra tinha de ser emparelhada à medida que o envasamento ia sendo construído. Cada pedra ia sendo picada a martelo, para cada pedra nova encaixar nas pedras já colocadas. A pedra tinha de ser desenhada, reduzindo ao mínimo o recurso a pedras mais pequenas para preencher os vazios, quando as juntas se afastavam mais do que um ou dois centímetros. A pedra para a superfície exterior do envasamento, além disso, não podia ser muito pequena, teria que ter profundidade, se não tivesse espessura não apanharia nenhuma argamassa e, mais tarde ou mais cedo, desprender-se-ia do muro. As pedras teriam que tocar a massa no miolo do muro, porque a massa era a cola da construção e não podia ser exposta à face. Por último, as juntas teriam que oferecer um aspeto uniforme e sóbrio.

"Em Timor, não há nenhum pedreiro, no sentido de alguém que olhe para uma pedra e veja onde ela pode ser cortada",

queixou-se Alor, por escrito, ao fim de alguns dias de trabalho na futura casa do Embote,

"São as condições que temos",

e, hoje, interrogo-me se fui um pedreiro à altura da obra que me propus fazer, ou se, mesmo tendo-o sido, a verdade da construção não está, afinal, na face, mas no enchimento.

Nesse caso, é melhor admitir para mim que eu, mestre canteiro, estive vinte e quatro anos a cinzelar pedra lascada.

4
Matarufa

De fevereiro a agosto, Alor amadureceu uma ideia muito límpida sobre a natureza do projeto encomendado pela Direção Provincial de Cultura,

Se bem percebi, *Pak* Eneias, em Timor, não é o homem que habita a casa mas é a casa que habita o homem e, sendo assim, a pergunta correta em arquitetura timorense é: Em quem a casa mora?, pois a mesma casa pode morar indivíduos diferentes, tratando-se da casa autêntica, a casa-*lulic*, casa-cosmos, por maioria de razão, quando o cosmos é um sonho e o sonho ascende a *lulic* — como agora, ao que parece, o sonho da independência, habitado pelos vossos povos, já que nos acusam de vos termos incendiado o mundo que vocês habitavam,

respondeu-me, certa vez que ganhei afoita para o questionar sobre

o que seria da casa para o líder independentista se a consulta popular em Timor Timur fosse, por fim, inviabilizada, ou produzisse um resultado favorável à autonomia. Constatei que tais dúvidas não afetavam Alor, sendo óbvio que ele as resolvera com reflexão, curiosidade e grande generosidade de espírito. Alor parecia ter uma absoluta tranquilidade sobre acontecimentos que me angustiavam, a mim e a muitos timorenses e observadores, pois, mostrando uma distância perante o processo político, que era de quase desprezo, ele acreditava que

O vosso sonho não morre quando muda de corpo, ou de inquilino, ou de... casa, julgo, aliás, que os nossos militares ainda não perceberam que, de cada vez que queimam uma casa sagrada, estão a sagrar, sangrando, a memória de um sonho e, por sublimação da perda, a elevar o templo à religião das suas cinzas, e suspeito que quanto mais o sonho se transforma em religião, mais cinzas justifica e mais dor lhe pode ser oferecida,

resumiu Alor, sem a minha discordância,

Porém, caro Eneias, se incendiar sonhos é um problema do nosso exército, e da nossa República, o vosso é encontrar a casa--corpo digna de morar a casa-sonho, não é problema meu, a vossa resistência é que tem de escolher que nome merece habitar o vosso supremo *lulic*, a casa-país, e qual é, pois, o caseiro digno de usufruir da vossa dignidade. Isso, porém, não é matéria de um referendo político organizado por nós, indonésios. Precisa de uma consulta popular moral, a organizar por vocês, timorenses — povo, pois nunca será a liderança a fazê-lo. O Embote é um nome, apenas, onde a nação decidiu instalar-se como inquilina. O mesmo sonho coletivo já habitou noutros homens — e melhores homens, segundo tenho ouvido. Alá seja louvado, eu sou apenas um arquiteto convidado a desenhar uma casa do povo chamada o Palácio dos Teimosos,

rematou Alor, desanuviando,

O dono da obra não sou eu, nem sou eu o empreiteiro, eu não sou soldado indonésio nem guerrilheiro timorense e, com toda a franqueza, adorava construir um zoológico para todos esses comandantes, talvez no ilhéu de Jaco, bem na Linha de Wallace, seria um programa mínimo para empreitada fácil: bebedouro no centro e vedação no perímetro, poderíamos escolher o nome por roleta, do género, Museu Vivo KKK, KayralaKostradKopassus.

Rimos, por um momento, de coisas sérias. Eu pedi um café. Quando olhei de novo para Alor, vi que o pensamento dele

estava noutro lado, pensei que estaria pensando em Wallacea, mas não, o rapaz abriu um caderno e escreveu umas linhas, que leu para mim. Eram os primeiros versos de uma nova memória descritiva,
 Uma memória futura,
 como ele disse, declamando um poema a que iria chamar "Glossário de Arquitetura Timorense"
 que abria com uma síntese, evidente para mim, uma vez articulada pela sensibilidade de Alor,
 Líder *(s.m. sing.)*: a casa nacional
 Nação *(s.f. pl.)*: o sonho liderando
 Casa *(s.f. pl.)*: o líder habitando
 Sonho *(s.m. pl.)*: quatro pilares de madeira num envasamento de pedra.

5
Dalboekerk

Respeitei um dogma desde a génese da "consulta popular", que eu situo no primeiro, e não no segundo, anúncio de *Pak* Messerschmitt: os timorenses, de seu livre arbítrio, jamais ficariam connosco. O ponto mais solitário da minha posição sobre *Tim-Tim*, desde o início da questão timorense, envolve uma análise de escala. A doutrina oficial de Jacarta, da qual eu não tergiversei qualquer das minhas ações, diz que Timor Oriental não tem tamanho para ser independente. O meu voto de vencido, desde 1975, vai no sentido contrário. Os povos de Timor não têm tamanho para integrar, de plena vontade que lhes assegure plenos direitos, a República Indonésia. Falta-lhes grandeza. Infelizmente, eu tinha razão.

Alor percebeu isso de forma ainda difusa, sem ter sequer consciência do que estava a presenciar, pouco depois de chegar a *Tim-Tim*. Isso sucedeu poucas semanas após o segundo anúncio de *Pak* Messerschmitt. A primeira carta que Alor me enviou daqui, iniciada em Viqueque e concluída em Díli, foi escrita num tom exaltado e alarmista. A exaltação era resultado de uma viagem inesperada e casual com uma delegação portuguesa, de Lospalos a Viqueque — pela estrada de Iliomar, que é quase uma experiência espiritual — e regresso a Baucau. O alarme justificava-se porque, avisava Alor,

Os timorenses não gostam de nós!

Claro que não, meu filho, respondi-lhe eu, dias depois, num telegrama que mandei entregar, por mão amiga, na Pensão

Mundo Perdido, e onde anunciava a Alor a minha chegada próxima a *Tim-Tim*, em missão oficial. Evidentemente que não gostam! Relendo-a hoje, a carta de Alor é... tremenda. Alor contou muito mais do que viu e viu muito mais do que percebeu. No regresso da Ponta Leste, Alor e Matarufa encontraram um inédito grupo de portugueses em Lospalos. Passo a citar:

"É a primeira missão oficial de Portugal pelo interior do 'Timor Português', disse-nos um jornalista que, aparentemente, já conhecia Matarufa e que eu tinha visto na cafetaria do Ma'hkota. O grupo viajava em dois jipes e era chefiado por alguém da Secção de Interesses de Portugal em Jacarta. O jornalista, aliás, depois da insolência inicial, falou com entusiasmo de Jacarta, onde vive há quase um ano. O grupo de portugueses andava a percorrer os distritos à procura de alojamento para os futuros observadores de Portugal na consulta popular. Havia pelo menos três oficiais portugueses do Exército, da Marinha e da Força Aérea e um indesmentível elemento da segurança. Os dois jipes eram escoltados pela nossa Polri, que acompanhava o trajeto em dois camiões militares. Nada, suponho, que você não saiba já."

Alor conta na carta que "foi o jornalista, chamado Paulo San Payo, que, para desconcerto de todos, propôs que nós acompanhássemos a comitiva portuguesa até Viqueque".

"O convite desencadeou uma pequena negociação entre os portugueses e entre o chefe da missão e o oficial das Polri que comandava a escolta indonésia", escreve Alor. "Por fim, o jornalista veio anunciar-nos a decisão em dupla instância: 'Podem vir connosco no vosso camião mas, quando pararmos, o rapaz não diz que é indonésio, para evitar apanharmos por tabela.'" Alor não entendeu o que queria dizer apanhar por tabela. O jornalista foi mais explícito: 'Não queremos que a missão seja mal vista pelos timorenses por trazermos um indonésio connosco. Teriam medo de falar.' Disto concluí, meu pai, que os indonésios são, para os portugueses, um mau-olhado." Alor viajou com o único disfarce verosímil: "San Payo disse-me, 'És um *lorosa'e* de Lospalos que fugiu do país muito pequeno, depois da invasão. Cresceste em Portugal num internato do Vale do Jamor. Percebeste? Vale do Jamor. Voltaste agora para conhecer a tua pátria."

O disfarce parece ter funcionado. Os timorenses falaram torrencialmente à delegação portuguesa. A parte inicial da carta de Alor, escrita ainda na estrada, reproduz, em caligrafia acidentada, o encontro casual com um homem que se identificou aos visitantes e a Alor (e cujo nome não vem ao caso) como militante da Fretilin. "Parámos numa localidade chamada Iliomar, onde a estrada alarga à passagem numa curva, formando um pequeno largo em meia-lua, com túmulos na parte exterior e um gondão centenário na parte interior. A curva é apertada, de forma que quem passa tem a sensação de quase contornar a enorme árvore. Sob o gondão (*Ficus religiosa*) podiam ver-se os restos erodidos de várias estatuetas antropomórficas, *ai toos*, polidas e assexuadas pelos elementos naturais, mas mantendo graciosas tranças circulares no alto da cabeça, como uma serpente — 'cabelo de homem nobre', disseram-nos. São semelhantes a algumas que vimos no Matebian e no planalto de Lospalos, representações de antepassados e sinalização de altares sacrificiais. Diante dos *ai toos*, no exterior da curva, erguia-se uma dezena de túmulos, de diferente volumetria, encimados por cruzes. O maior ostentava também uma estela erudita, que as monções tornaram ilegível. O homem da Fretilin, ex-prisioneiro de Cipinang — foi assim que ele se apresentou aos portugueses, que reagiram com satisfação — descreveu-nos os mortos: 'No centro, é o túmulo do meu pai. Ao lado, é o do meu avô. Este é o túmulo da minha mãe e dos meus netos. O outro, do meu tio, ao lado também do meu tio, dois túmulos aqui, à direita é o do tio irmão do meu pai. Este é o meu irmão primo. Os pequeninos são dos meus sobrinhos. Este é o meu neto.'

Junto de nós estava um jovem em tronco nu e cabelo volumoso, quase uma carapinha, sem estar despenteado. No peito nu tinha duas rosas tatuadas, que se cruzavam, como em escudo de armas, sobre os peitorais bem moldados. Calçava botas de borracha. Depois dos mortos, o homem da Fretilin falou de si próprio, acentuando algumas sílabas e falando uma gramática pobre contaminada pelo indonésio: 'Estive sete anos em Cipinang, Ja-kar-ta, cadeia central, *nomor* 170, Ja-kar-ta. Estive numa cela de quarenta e três pessoas. Em Cipinang, um quarto, cinco pessoas. Bloco CL com dez quartos. Em cada um, meteram cinco pessoas', repetiu o homem, perante a incredulidade dos portugueses. 'Uma senhora transferiu. Como ali tem colegas e mandaram condenar. Como a gente, quarenta e duas pessoas, são homens (*sic*). No nosso quarto estava Márito Reis, Américo Jerónimo, Fernando Costa (também natural daqui, de Aidabere), Abílio Tilman (natural de Same mas no tempo do avô mora em Díli), cinco João Macedo, natural e residência: Liquiçá.' (*sic*)"

Era um preso antigo — e, posso confirmar eu, falava verdade no que contou. Não era difícil recordar a cela "histórica" de Márito Reis em Cipinang. Continuava Alor:

"Algum desconforto tomou conta da delegação lusitana, à medida que o homem desabonava sobre os indonésios. Como se os portugueses, por eu estar ali, sentissem culpa da indelicadeza dos timorenses. Viria a habituar-me a este comportamento recorrente e deslocado", escreveu também Alor. "O funcionário da Secção de Interesses, relativamente jovem, que usava *jeans* vermelhos e sapatos de vela, procurou desviar a conversa para algo, digamos, mais cultural. 'Qual é o túmulo mais antigo?' 'O avô é este, o túmulo primeiro. Enterrar aqui primeiro. O meu avô Dom Paulo dos Reis Jerónimo. Morreu em 1957, 18 de abril. Foi mesmo o meu dia do nascimento. Mas eu com sete anos que o meu avô morreu (*sic*). Eu nasci em 1950. E horas também igual.

Onze horas, onze da manhã. Diferença só o ano: 1957. Por isso, eu estive com sete anos de paz, que o meu avô faleceu.' Era uma grande alegria para o homem falar português tão fluente ao fim de tantos anos de 'ocupação'. Era uma grande alegria para mim constatar que eu, indonésio inimigo de toda a gente boa, falava português um pouco melhor do que ele."

O veterano de Cipinang contou também aos visitantes que, após sete anos na cadeia em Jacarta, voltou a Timor num grupo de quinze prisioneiros, "chamados pelo senhor governador. Mas voltar não era para sair. Afinal, condenaram outra vez em nove meses na cadeia de Becora". O insurreto foi libertado a 17 de agosto de 1989. Numa passagem posterior da carta, cuja caligrafia indica que foi acrescentada em Díli, com mais reflexão, Alor volta ao homem de Iliomar. "Aquele militante afirma que a sua prisão nem teve a ver com a insurreição. Contou-nos: 'O nosso velhote, com 70 anos, morreu aqui, com o sentimento, não é? Morreu aqui mas a Indonésia desconfiou-me a mim e fui [chamado] à secretaria com o *kantor*, então ao primeiro dia convocou-me uma reunião. E quando fui lá apanhei uma bofetada, pronto, mandou-me ficar ali e até levou-me a mim até Díli, onde está Kotis. Onde está, mandou-me condenar aqui, à frente do tribunal em Mandarim.' Fiquei sem perceber se o homem da Fretilin esteve preso em Cipinang por crimes contra o Estado ou crimes de sangue", dizia Alor. Suponho que terá sido de crimes de sangue. Crimes contra o Estado são protegidos pela ordem jurídica indonésia com penas maiores.

"Os portugueses perguntaram ao homem quais eram os planos dele para o futuro. Ele respondeu (*sic*): 'É para respeitar o Embote, em sentido. Eu respeito, não tenho medo não. Eu respeito porque a educação é dever. E também é guiar uma meta: até à independência' — e aqui houve um hiato curto mas vincado e a última palavra foi falada em aspiração gutural — 'to-tal'.

'Isso quer dizer o quê?', perguntou San Payo. 'Não renegar o sacrifício do Embote.' Sublinho: a lealdade daquele ex-prisioneiro não é ao seu próprio 'sacrifício' mas ao do 'Embote'. Achei isto extraordinário e assustadoramente irracional."

Meu Alor, tão penetrante, sempre, mesmo na sua ingenuidade. Posteriormente, insisti com ele para não levar demasiado a sério a inimizade dos Timores em relação aos indonésios. Era, como tudo no amor e no ódio, um conflito circunstancial e codificado. Antes de mais, os timorenses não gostam de si próprios, no sentido profundo, diria quase psicanalítico, gostariam imenso de ser algo mais do que a sua exiguidade recalcada, por um processo idêntico ao de Portugal com Espanha, e por nenhuma má-vontade me ocorre agora este exemplo óbvio. Os timorenses não têm problemas com a Indonésia, mas com Java. Os portugueses perderam a fixação original com os castelhanos e estão a substituí-la por outra, um ciúme dos catalães, cujo lugar na Ibéria os lusos, para dormirem bem, apenas podem considerar como uma injustiça da Restauração.

Mais expliquei a meu filho: os timorenses, como eles próprios admitem, tão-pouco gostam uns dos outros, facto provado por séculos de tribalismo e *vendettas* de aldeia em torno de mulheres, búfalos e terras. Esse *continuum* de totemização da violência e da desconfiança foi a principal atividade produtiva do país, até o chicote lhes revelar as plantações de café, e permitia a troca de terrenos, títulos, esposas, escravos, gado, influência, prestígio. Esta é uma nação onde se ama canonicamente o ódio pelo próximo até à vigésima geração. Algumas boas almas, nas academias ocidentais, insistem, a todo o transe, em emprestar a estas guerras do fogo uma teleologia "protonacionalista". Ele há imaginação para tudo e qualquer História se pode inventar para rimar com qualquer resultado. É como escrever hinos nacionais para orquestra sinfónica, ainda que o coreto apenas tenha espaço e orçamento para uma filarmonia.

Não é fácil aceitar a tragédia, embora seja muito simples compreendê-la: uma boa causa nem sempre produz um bom efeito.

Mais nada.

Contra as evidências, *hélas!*, a razão moral vazou os seus próprios olhos — para que o inefável monstro nada possa contra a santidade da puta que o pariu.

Em 1975, em 1999 — e mais além —, a causa é tão boa que é imune à sua inanidade.

Creio que chamam Socialismo Científico a estes inimputáveis recreios com a História.

6
Dalboekerk

Gamaleão99 e Aligator99 encontraram-se em Bali, na Villa Topace. Foi a cimeira de Nova Iorque, inserida na série extraordinária a que Alor chamava Décadas da Ásia Futura. Esta série incluía cimeiras organizadas com relativo improviso, uma vez que assentavam numa plataforma de probabilidade e não de acontecimento. Decorriam, porém, sob grande disciplina dos elementos em jogo. A argumentação era fina e abundante de hipóteses mas refratária à inverosimilhança.

O objetivo destas Décadas não era lúdico. Alor aprendeu que a história maiúscula se escreve de antevéspera, profecia congeminada, pois o facto histórico, na medida do nosso poder e engenho, deve ser profecia fabricada. De contrário, a história será a erupção da surpresa e da aflição — isto é, a crónica da derrota, que já pertence ao domínio dos desastres naturais e, portanto, da ciência vulgata chamada geologia.

Lancei a cimeira de Nova Iorque atirando uma moeda ao ar. Alor, que estava sentado de pernas cruzadas na grande cama-de-dia, levantou-se de um salto e apanhou a moeda como um camaleão, antes mesmo de eu poder reagir,

Cara ou coroa, meu pai?!

Escolhi coroa. Alor deitou a moeda nas costas da sua mão esquerda e, surpreendido por se tratar de peça antiga, mostrou-me o que saíra: cara,

Isto é... focinho! Sou eu a escolher e escolho Aligator99.

Quem começa, meu velho amigo e excelentíssimo ministro Jaime?

Sugeri-lhe que começasse pela própria moeda. Alor, depois de uma hesitação, revirando o metal entre os dedos e analisando os desenhos, lançou a cimeira de Nova Iorque num tom conciliatório,

Hoje é um dia histórico para as nossas duas nações e queria vincar, em nome do presidente da Indonésia, a satisfação por estarmos próximo de um entendimento que, uma vez mais, garante a Timor-Leste a possibilidade de escolher o seu próprio futuro no seio da grande nação indonésia, como já o fez em 1975,

ao que eu, falando como Gamaleão99 com voz de tuba, embrulhei-me em *gravitas* para sublinhar que Portugal acompanha com grande preocupação a campanha de violência em Timor-Leste e os ataques generalizados e sistemáticos à população e aos líderes independentistas, algo que Alor, com um enfado condescendente, notou tratar-se de

Não mais que alguns incidentes lamentáveis, arruaça de jovens manipulados por políticos sem escrúpulos que arrastaram os timorenses, hoje como no passado, para a conflagração civil e a lógica de *vendetta*. Temos informações credíveis de que a "campanha" de que vossa excelência fala é localizada nos centros de militância separatista, verdadeiros valhacoutos de delinquência que chegam a ter a ousadia de atacar as forças de segurança indonésias.

A isto, Gamaleão99 contrapôs uma indignação tática, ou seria genuína?, será que um diplomata cai no amadorismo de fazer a política das emoções do seu povo?, falando com palavras proibidas, falando eu em ataques sistemáticos à população civil, toda a gente sabe, o ministro dos Negócios Estrangeiros irlandês sabe pelos seus próprios olhos, o secretário-geral da ONU Kofi Annan sabe, o embaixador australiano e o americano sabem, todos eles sabem como o Exército Indonésio tem promovido ativamente a violência em Timor-Leste, território sob administração portuguesa onde a Indonésia tem tropas de ocupação há vinte e quatro anos, como é reconhecido pelas próprias Nações Unidas.

Alor ouviu a tirada de Gamaleão99. Aligator99 enfrentou o tema com paciência. Até com generosidade, até com curiosidade, até com evidente maldade,

As generalizações e os lugares-comuns conseguem ter a sua piada. Permita-me que lhe dê um exemplo a que achei alguma graça. Imagine que, depois do nosso primeiro encontro com a Vossa digna delegação, o meu condutor arranjou ensejo de me contar, não sem alguma vergonha, que, "*Pak*, eu julgava que todos os portugueses eram pretos!", comentário extraordinário, senhor ministro, "O senhor sabe, sempre aprendemos em história sobre os topaces, os *Black Portuguese,* que se espalharam pelo Arquipélago e dominaram o comércio e a política durante séculos, e finalmente eu vi dois, vi em pessoa, no Estádio da Liberdade em Jacarta, num ano foi o Eusébio, com o Benfica, e, no outro a seguir, o Ricardo Chibanga, com touros e toureiros, e bem, *Pak,* está a ver, os dois eram... eram...", Topaces, evidentemente, tive que ser eu a dizer, achei imensa piada à atrapalhação do *chauffeur*, trinta anos até perceber o erro em que andava,

Gamaleão99 estava inchado de furibundo, mas nada disse, pelo que Aligator99 prosseguiu,

Como eu ia dizer, meu caro amigo e excelência, a Indonésia atribui o mais alto significado ao entendimento sobre a consulta popular em Timor-Leste, de tal forma assim é que Sua Excelência o presidente Messerschmitt envia à delegação portuguesa uma relíquia de grande valor material e simbólico,

Alor estendeu para mim a moeda que tinha feito as sortes da conversa,

Um objeto que o presidente Messerschmitt acredita possa ser recebido por Portugal como penhor da mútua estima que deve reger as relações entre duas nações que partilham um passado glorioso que mais vezes nos aproximou do que nos dividiu,
 eu recuperei a moeda e Alor continuou, com visível satisfação de Aligator99, explicando que
 É um pardau de ouro da Índia. Não restam muitos, prezado Jaime, saíram de circulação há séculos, talvez nunca tenha visto nenhum? Valia, ao tempo, e estamos a falar do venturoso século de Quinhentos, valia 360 rupias, o mesmo que valia o cruzado de ouro cunhado por Afonso de Albuquerque em Malaca, na mesma época,
 eu virei e revirei o pardau, como se para mim a novidade fosse a mesma que para o intrigado Gamaleão99, e sentia a erosão macia do metal entre os dedos, a moeda era realmente uma joia digna de museu, pensei, quantas coisas posso tirar do meu bolso, e quantas mais posso subtrair do Museu Nacional!, o ouro brilha quase tanto como a minha vaidade mal disfarçada, e Alor, ou Aligator99, agradado com o efeito produzido,
 O pardau de ouro foi cunhado por Afonso de Albuquerque à imagem da moeda áurea do reino de Vijayanagar, também chamado reino de Bisnaga, localmente conhecido por *varāha*, em resultado de ter, como pode ver ainda, uma imagem do *Varāha-avatar*, encarnação de Vixnu em javali. O pardau chamava-se também em português *pagode*, porque tem nos cunhos um ídolo. O presidente Messerschmitt aventou, a propósito, a hipótese de este termo derivar do sânscrito *pratāpa*, "majestade, esplendor", pelo neoárico *pardáp*, palavra que, dizem os numismatas, figurava na legenda de algumas moedas.
 Gamaleão99 ficou calado e eu de mãos cruzadas sobre os seus joelhos desanimados, saboreando em silêncio quanto Alor evoluíra na sua educação. Passado um momento que foi de

indecisão e de fervura, Gamaleão99 cometeu um erro de palmatória, o de falar com a voz de quem tem a certeza de estar correto, uma rouquidão de manifestação de rua, uma bílis de causa moral e humanitária, quando a minha voz fez saber a Aligator99 que a agenda da cimeira de Nova Iorque tinha ponto único e era a questão delicada da autodeterminação de Timor-Leste, uma questão a que a violação sistemática e grosseira dos direitos humanos no território pela Indonésia emprestava ainda maior urgência.

Alor ouviu Gamaleão99 com extrema atenção. Enveredou então por uma desconcertante exposição, invocando,

Os pesos, as medidas e as moedas usados pelos portugueses no Século de Ouro nesta parte do Oriente, traço de uma sabedoria de estar no mundo que, constato hoje de novo neste encontro de irmãos, ficou irremediavelmente pelo caminho, algures na vossa História de apoucamento e agonia. Repare, meu caro Jaime, permita-me tratá-lo com intimidade, que o Portugal de Quinhentos chegou ao Sudeste Asiático e fez suas as regras de um jogo que, de qualquer modo, já nessa altura não tinha poder para mudar. Pergunto-me porque não são hoje capazes de fazer o mesmo, e porque se tornou tão ruidosa e histérica esta incapacidade de sair de onde já não têm assunto. Recordo-lhe o que Lisboa desaprendeu: valores diferentes não exigem apenas câmbios diferentes mas também medidas diferentes. Em Malaca, que o grande Albuquerque conquistou em 1511, conviviam seis sistemas diferentes de pesagem, como sabe, e eu apenas faço a redundância de os enumerar: o peso de Lisboa, os três *dachins*, ou padrões de peso de Malaca, o *dachim* de Pacém e o sistema de Martabão. Não há conflito moral quando há rigor comercial, os vossos judeus foram teorizar isso para Amesterdão. Pelo *dachim* grande de Malaca pesava-se a pimenta, o cravo, a noz, a maça, o sândalo, o benjoim, o incenso, o enxofre, o salitre, o brasil, a mirra, o pucho, a galha, os mirabolanos, a pedra-ume e o ferro. Pelo sistema do *dachim* pequeno de Malaca pesava-se o estanho, a seda da China, o marfim, o anfião, a água rosada, a roçamalha, a cânfora da China e outras mercadorias. Pelo sistema de Malaca de cate de taéis pesava-se o ouro, a prata, o aljôfar, o coral, o calambuco e a cânfora de comer — a do Bornéu, extraída de umas dipterocarpáceas, como sabe, que não a cânfora de botica da China, obtida essa na família das lauráceas. Havia ainda o *dachim* de Pacém, que era o bar — um peso indiano vulgarizado pelos árabes no Índico — de duzentos cates, e o sistema de Martabão, de bares, viças e ticas (ou ticais). O vosso imprescindível Tomé Pires diz-nos que o bar de Pacém tinha menos cinco cates que o de Malaca, mas não é claro se o bar de Malaca se deve entender aqui pelo *dachim* pequeno ou se o *dachim* pequeno lhe era igual; dependendo das fontes, o bar de Pacém podia pesar 178, 183 ou 165 quilos, e, como sabe, não ajuda mas anima esta nossa discussão académica a inexistência dos pesos de Pacém no "Livro" de Antonio Nunez — escrito numa altura em que Pacém já tinha sido conquistada pelos meus protocompatriotas Achéns, samátrios ainda hoje irredutíveis, inimigos dos portugueses. Vejo que o fastidiei, excelentíssimo ministro, mas compreenda: eu tenho todo o tempo para discutir consigo sobre a verdadeira questão de substância, nunca esclarecida, de quanto pesava o *dachim* de Pacém. Não tenho disposição, pelo contrário, e não me convoque a Nova Iorque para tentar convencer-me de que a pimenta, a seda e o ouro podem ser pesados na mesma balança. Não podem! Não há negócio que assim se faça. Violência? Genocídio? Valas comuns? Senhor ministro, quantas covas é preciso abrir para sepultar a teimosia? O que a Indonésia quer de Portugal na questão timorense, senhor e amigo e excelência, é que nos diga afinal ao que vem: comprar, vender ou, como rezam as *Décadas*, apenas cabotar um velho junco tripulado por escravos?

Gamaleão99 contemplava, estarrecido e maravilhado, o formidável conhecimento de Alor, de forma que eu fiquei alguns instantes em silêncio na sua vez, olhando imaginariamente para a gravata do secretário-geral Kofianão99, antes de atirar que era espantoso perdermos tempo com numismática imperial quando estava em causa o destino de uma nação onde a Indonésia, a propósito, espezinhava grosseiramente os direitos dos timorenses e a lei internacional desde 1975. Alor manteve Aligator99 quieto, com uma rédea curta de contenção, dando palmadinhas na própria perna, como se dá no lombo arfante de um cão que sabemos estar pronto para ferrar o dente, e depois de assim domada uma fúria bestial, a fúria do desprezo entre desiguais, Alor deixou que Aligator99 explicasse que

O tempo não se perde, prezado colega, como aprenderá se continuar nesta profissão pelo menos tanto tempo como eu. O tempo aprende-se e folheia-se como um livro, saibamos nós lê-lo, da última página para a primeira, e nenhuma delas está nunca escrita. O livro aumenta para o fim e para o início em qualquer página que abra. O que será é o que foi, e nada mais deve ser, décadas e séculos atrás, e por isso a República da Indonésia acarinha cada encontro que teve, com a Holanda, com Portugal, com a China, com a Índia, com o Japão, com Alá, com Cristo, com Buda, com todos os javalis sagrados que chegaram até aqui vestindo cambraia e cunhando moeda para comprar pimenta para a trocar por lacre. Com todos eles convivemos e a nenhum pretendemos dar lições. A Indonésia não é uma pequena jangada de pedra, como é Timor, como é Portugal. Não temos uma cordilheira por espinha, lamento, e portanto não chamamos dignidade à incapacidade de mudar. Temos um fio de vulcões no sítio das vértebras. Dobramo-nos melhor às exigências da harmonia. Somos um arquipélago de rotas, construído em trocas de tudo o que interessava aos outros e do que dos outros nos podia interessar a nós. Aqui, é verdade, tudo pode ser negociado, até a honra, se servir algum interesse maior. Os senhores partilharam, outrora, esta ordem, num episódio de grandeza que hoje têm a tentação fácil de esquecer, pequeno povo condenado à pequena ambição da vitória moral. As regras de Quinhentos são as regras ainda em vigor e não sei em que ponto do percurso Portugal decidiu que o *dachim* grande de Tordesilhas era a sua leitura da História e media o monopólio da "razão". Para que serve um pardau de ouro, senhor ministro? Para comprar a amizade de Portugal e penhorar a harmonia das nações. E não diga que estes valores não estão à venda nesta grande Malaca da ONU, porque o Estreito foi ganho à espada mas a empresa foi paga com veniagas! Tudo tem um valor porque tudo tem um preço. A questão essencial de *Tim-Tim* é perguntarem aos separatistas se o sacrifício maior já está vencido ou se a letra ainda está por pagar,

  rematou Alor triunfal, para estupefação de Gamaleão99. Muito tinha sido dito, em excesso, o que, em cimeiras desta índole, significa improbabilidade de acordo. Decidi encerrar o choque epistemológico com polidez, informando Aligator99 que Portugal não estava ali para cobrar atrevimento da Indonésia e que a única intransigência de Lisboa era sobre a modalidade de preparação da consulta popular às Nações Unidas, idealmente com a presença de uma força internacional de interposição. Jacarta não queria, visivelmente, controlar as milícias timorenses e os seus militares e polícias no crescendo de agressões e, em resultado, Lisboa não queria passar um cheque em branco à potência ocupante, mesmo com promessas da Indonésia feitas diante de Kofianão99. E, para que Alor soubesse de onde lhe vinha a sabedoria e moderasse a imodéstia, Gamaleão99 referiu que, dada a erudição de Aligator99 sobre as Índias Orientais, permitia recordar-lhe o tratado dos portugueses com o reino de Pegu, em 1519, assinado em Martabão entre António Correia e dois emissários do rei, incluindo o capelão budista. Portugal, disse Gamaleão99, tem pelo seu lado a Carta das Nações Unidas e o direito internacional na questão timorense mas não é nisso que Lisboa vai ser irredutível, antes nas garantias de respeito pelo acordo. E lembrei-lhe que, em Martabão, António Correia não jurou sobre os Evangelhos mas sobre o *Cancioneiro Geral* de Garcia de Resende, por fazer mais vista e porque, segundo Castanheda, que vossa excelência conhece, "lhe não pareceu rezão jurar por eles a quem não cria neles, e mais porque sabia que aqueles não haviam de guardar o juramento senão enquanto lhes fosse necessário guardá-lo". Portanto, concluiu Gamaleão99, Portugal acredita na boa-fé da Indonésia mas quer a ONU em Timor, porque, como António Correia, "teve para si que era obrigado cumprir aquele simulado juramento; porque Deus não é testemunho de enganos, ainda que sejam os tais atos feitos entre pessoas diferentes em fé, quando ambas as partes contratam de paz e concórdia para o bem comum".

Alor recostou-se um pouco, e percebi que Aligator99 não ia resistir à tentação de dar uma última chicotada, a mais óbvia, porque Gamaleão99 deixara o flanco aberto para ela, e só se deu conta disso quando Alor, contendo o prazer enorme de uma estocada ligeira e fatal, notou que

O que eu estava a tentar dizer-lhe durante esta conversa toda, excelentíssimo Jaime, é que, precisamente, o *Cancioneiro* de Resende abriu por acaso num poema de Luís da Silveira sobre o Eclesiastes de Salomão, e o juramento de António Correia acabou por ser,

e eu repeti alto com Alor, com imensa vontade de rir,

"Vaidade das vaidades, e tudo é vaidade."

Assinalámos o final da cimeira e a falta de acordo combinando que, à imprensa, diríamos apenas, pela voz de Aligator99, que o encontro Correu dentro da normalidade e os dois Estados, tendo posições de princípio diferentes sobre a matéria, continuarão o diálogo, em data a agendar pelo senhor secretário-geral, pois se conhecem há tanto tempo,

mas, antes da despedida, Alor, aliás Aligator99, encerrou com uma jogada de mestre, de uma pasta trabalhada em couro tirou um alfarrábio de ar vetusto, era, ainda, mais uma prenda,

Passo a ler: "O Novo Testamento: isto he todos os sacro sanctos livros e escritos evangelicos e apostolicos do novo concerto de nosso fiel Senhor Salvador e Redemptor Iesu Christo, etc."

absolutamente surpreendente, Alor. Fechando o volume com ruído seco, Aligator99 passou, com cerimónia e desdém, para as mãos de Gamaleão99 um raro exemplar da primeira tradução do Novo Testamento em Português, feita em Batávia, no século XVII, pelo português João Ferreira de Almeida, convertido ao protestantismo após a queda de Malaca, Gamaleão99 quase rebentou de congestão de orgulho quando Aligator99 pôs fim definitivo à cimeira,

Este volume é a segunda edição, a de Batávia, de 1693. A primeira, de 1681, é, obviamente, de Amesterdão. Espero que aprecie. Talvez seja útil aos amigos de Portugal em Díli: tem aí mais fé e mais lusofonia do que o senhor conseguirá juntar em Timor-Leste.

7
Belteran

Dalboekerk procurou-me em julho. Ou fui eu a procurá-lo. Interessa pouco. A partir de certo ponto, talvez após os Acordos de Nova Iorque, era claro para ambos que caminhávamos para o mesmo objetivo, apenas em tempos diacrónicos: o fim da República Indonésia, tal como existe desde 1947. Dalboekerk seguia para o século XVI pela via elíptica de Timor-Leste. Eu seguia para o Terceiro Milénio pela grande estrada de Negara Timor Raya. Isto é,
Eu quero ir a Java por Sunda e o senhor quer ir a Roma por Solor,
resumiu Dalboekerk,
Temos ambos que dar feno às montadas na estalagem de Díli,
concluiu a víbora. Eu juntei uma terceira constatação,
Neste caso, *Pak* Dalboekerk, as montadas são só uma: o cavalo branco de D. Sebastião,
e Dalboekerk permaneceu impassível, ao ressalvar,
Aceito qualquer cortesia, incluindo a de chamarem cavalo ao meu filho, por muito garboso que seja um cavalo branco, será sempre filho da cor de seu pai,
o que, no protocolo rebuscado de Dalboekerk, significava que ele estava disposto a jogar a duas mãos, e porque não comigo?, a partida de xadrez mais importante da sua vida, partilhando a peça mais preciosa do seu exército: Alor,

O cavalo branco do rei preto,
rematou,
Ou também o cavalo preto do rei branco, se rodarmos o tabuleiro na devida altura, para ficar nas costas do rei inimigo.

Há muito sebastianismo em Timor, digo, uma condição prostrada, atávica, o lado contemplativo, inerte, de uma equação messiânica que tem fé porque precisa de ter um Altíssimo. É o paliativo existencial das nações que esperam uma salvação providencial, mágica, que as livre da passividade em que se cumpre o seu próprio fado. O fado da sua pequenez. Dalboekerk, poço de peçonha, era tão alérgico quanto eu a essa pequenez literal, irremissível, que puxa para baixo, que se devora de si, para ficar mais anã,

A pequenez de onde nada pode ser grande, nem deus, nem o homem, nem a obra, apenas, *et pour cause*, a inveja.

O *panca sila* de Dalboekerk condensava-se numa única linha, que ele citava da *Suma Oriental* de Tomé Pires,

"A língua de Sunda não é a mesma de Java", uma constatação, caro padre, que corresponde ao lugar exato dos sundaneses no arquipélago: estando em Java, somos mais excluídos de Java do que as outras ilhas. Um erro histórico que precisa de correção.

No século xiv, pela primeira vez desde a época de Tarumanagara, os nobres sundaneses das montanhas de Bogor federaram-se para constituir um novo reino: o Reino de Pajajaran. Uma pedra gravada em carateres sundaneses, datada de 1333, em memória do rei Ratu Purana, refere, pela primeira vez, a existência do reino de Pakuan Pajajaran.

O Pajajaran correspondia, em traços gerais, ao território do antigo reino de Tarumanagara, estendendo-se desde Cirebon até à margem oriental do estreito de Sunda. Desde cedo, o monarca de Pajajaran procurou estabelecer relações amistosas com o poderoso vizinho a leste na ilha de Java: Majapahit. E, desde cedo, as relações azedaram.

Os anais do "Pararaton" contam que, logo em 1357, os dois reinos de Java concordaram numa aliança matrimonial. A princesa de Pajajaran, Citra Rashmi, também chamada "Pitakola", filha do rei Sri Baduka Maharaja, casaria com Hayam Wuruk, o jovem monarca de Majapahit. Para a boda, inédita na história de Java Ocidental, o cortejo real de Pajajaran viajou para Trowulan, capital do império vizinho, com um séquito de milhares de súbditos. O cortejo ficou instalado em Bubat, o porto de Trowulan, a norte da cidade.

Antes do casamento, porém, o primeiro-ministro de Hayam Wuruk, Gajahmada, decidiu que "Pitakola" não seria a consorte real do Majapahit, mas apenas uma concubina. Em protocolo de Estado, isso significava que a princesa era oferecida ao Majapahit como um tributo de um reino vassalo. Para o reino de Pajajaran, era um insulto. A polémica estalou. Gajahmada montou cerco ao séquito de Sri Baduka Maharaja com tropas javanesas, enquanto um debate dramático se desenrolava entre os nobres de Pajajaran: entregar ou não a princesa. Finalmente, a corte de Pajajaran decidiu lutar. As crónicas, como o livro dos reis de Java, contam que o rei sundanês foi um dos primeiros a ser morto. Apesar de terem combatido, os nobres — e a princesa — foram massacrados pelas tropas javanesas.

Os dois reinos nunca mais reataram relações. Século e meio depois, Tomé Pires relata a grande reputação guerreira dos Sundaneses, que levam sempre a melhor aos javaneses. A "Suma" diz também que os Sundaneses

"Concorrem muito com os javaneses e os javaneses com eles" comerciando em terra mas combatendo-se sempre que se encontram no mar, e

"Diz-se que o povo de Sunda é mais valoroso que o povo de Java."

Do século XIV ao século XVI, Pajajaran prosperou graças ao comércio regional, desviado para os seus portos após a submissão do reino de Banten Girang — sobretudo para Sunda Kelapa, onde mais tarde se ergueram Batávia e Jacarta. Com a prosperidade, no entanto, veio também a perda de controlo do reino sobre os vários portos e os comerciantes que se estabeleceram na costa. Em 1487, Cirebon, com tropas de Demak, caiu nas mãos de comerciantes muçulmanos, rejeitando a vassalagem ao rei Suliwanji.

Receando o efeito de contágio da secessão de Cirebon, Suliwanji enviou duas embaixadas a Malaca, em 1512 e 1521, para obter o apoio dos portugueses na luta contra Demak. Os reinos de Portugal e de Pajajaran assinaram um tratado em 21 de agosto de 1522, feito em duas cópias, uma em português, outra em sundanês, pelo capitão Henrique Leme, enviado de Malaca como embaixador por Jorge de Albuquerque, e do príncipe Surawisesa, filho de Suliwanji, a quem Tomé Pires chamou o Rei Samião.

Pelo tratado, os portugueses concordaram em construir uma fortaleza em Sunda Kelapa, como contrapartida de vários privilégios. Mas foram adiando a obra e a ajuda ao Pajajaran, apesar de a aliança ser no interesse de Portugal. Os portugueses, com efeito, ganharam pelo tratado a vassalagem do único e último reino independente em Java, última potência "gentia" da região (não muçulmana), único aliado que El-rei D. Manuel poderia ter em Java contra mafomos como os achéns de Samatra e outros inimigos de Portugal e da Cristandade no Estreito.

Dalboekerk, enaltecendo cada passagem da glória dos seus antepassados, nomeava

Esse traço mesquinho, que deu náusea às potências potentes, que é o de os portugueses nem para Portugal serem bons,

explicou-me, com a primeira expressão de emoção que alguma vez vi na cara dele,

Vassalagem — e mil sacos de pimenta por ano, pois — não chegaram para os mexer da sua inércia. Tomé Pires foi o primeiro europeu em Bogor e de que lhes aproveitou?
e a emoção chamava-se desprezo,
Nada! Aproveitou-se a "Suma"! E é esta mesma gente, padre, estes que desbarataram o convite para serem os primeiros a pôr um canhão seu em Jacarta,
um desprezo violento, sanguíneo, irreprimível, espumoso,
Veja bem, em Jacarta!, são os mesmos que andam agora a empatar meio mundo, para manter uma última lança no miserável pontão de Díli, que, *hélas!*, é a única feitoria que lhes deixaram no arquipélago! Quem é que está louco nesta história?
Dalboekerk respirou fundo, recuperando a pouca compostura que se permitira perder. Olhou para mim, esperando uma reação. Vi uma veia muito fina latejar-lhe na têmpora, no pescoço, na mão. Nessa veia, que parecia a única que tinha, congestionava um desprezo que enche o sangue, o corpo e a memória. Como se a História fosse um veneno que azedasse na cabeça de Dalboekerk desde sempre, desde séculos, com certeza desde 1526, quando Portugal, finalmente livre de outras guerras, enviou uma armada em socorro do seu aliado em Java.
Tarde demais. A notícia do Tratado de Sunda Kelapa tinha provocado a reação do sultão de Demak, Trenggana, que fez tudo, como fez, nos anos seguintes, para impedir a fixação dos portugueses em Java. O atraso português permitiu a Trenggana manobrar tropas e intrigas para resgatar Banten Girang e Cirebon do controlo de Pajajaran, asfixiando o reino a oeste e a leste. Trenggana e o exército islâmico de Fadillah Khan,
Uma serpente moura, de linhagem gujarati,
sublinhou Dalboekerk, reuniram mais de dois mil homens armados contra o reino de Pajajaran. Quando as três naus de Duarte Coelho — separadas das outras por uma tempestade

— chegaram a Sunda Kelapa, os primeiros trinta portugueses a desembarcar foram chacinados na praia. Francisco de Sá, que chegou depois com o resto dos navios, concluiu, com Duarte Coelho, que a armada portuguesa não tinha condições para lutar. Volveram a Malaca e deixaram o reino do Pajajaran entregue ao inevitável: a conquista e a integração no império javanês,
Até hoje, *Integrasi*,
sublinhou de novo Dalboekerk com um sorriso nauseado,
Chamo a sua atenção, padre,
a pequena veia de Dalboekerk latejou de novo,
Chegaram tarde e poucos. Já em 1526, eram o que foram em 1975 e o que são em 1999, ouça o que lhe digo, Rosário: os portugueses são gente sem gente para serem gente
e eu temi que a veia fosse rebentar-lhe pela boca, ao cuspir o detalhe mais frustrante, ou revoltante, da história,
Depois de quatro anos sem cumprir uma obrigação de Estado, os portugueses chegaram atrasados alguns *dias* à queda do Pajajaran! Não sei, padre, se é possível ter gente mais infeliz e menos fiável.
Dalboekerk apostava na refundação de um Estado sundanês,
Nem precisamos de construir capital, temos duas em Jacarta ou Bogor,
Um projeto que, para ele, que voltou a inflamar-se, era
O da descolonização de Sunda contra o imperialismo javanês e em nome de uma entidade política viável.
Este projeto dependia, politicamente, do fim de um império: a República Indonésia,
Uma típica consequência e condição *sine qua non* de escola: as boas descolonizações fazem-se desmantelando impérios na altura certa.
e, para Dalboekerk, o desmantelamento da Indonésia teria que ser também viável e irreversível, pelo exemplo, por

contaminação, por dinâmica de massas. A frente da descolonização de Sunda situava-se, para Dalboekerk, em Timor-Timur,

Por ironia, caro Rosário, é o único povo do arquipélago, além do javanês, que vive a olhar o próprio umbigo, como se a Indonésia e o mundo girassem à volta deles. O problema todo, Belteran do Rosário: neste momento, têm razão! Mas é um jugo odioso. Os "timorenses" e os "javaneses" conseguiram o mesmo expansionismo semântico que o Eduardo Galeano constatou dos "americanos" nas suas *Veias Abertas da América Latina*: o Brasil ou o México não são América. Sunda não é Java. E Timor, hoje, é só a sua metade *lorosa'e*.

Fiz notar a Dalboekerk, eminência parda de uma eminência parda do regime de Suharto, oficial de patente incerta das TNI, que o seu projeto parecia inscrito no tempo da História, num arco de séculos, e não nas limitações objetivas, biológicas, dele próprio enquanto indivíduo e ser mortal. Dalboekerk estranhou a minha surpresa,

E qual é a admiração, padre? Logo de si, não compreender o milenarismo ateu? Eu posso morrer amanhã, mas trabalho para algo que é historicamente justo

Parece mais, *Pak*, que você trabalha para uma vingança... cinco séculos depois

Se vingança for, padre, diga-me pela sua Bíblia: que vingança há mais justa do que a ressurreição, que é a vingança intolerante de alguém, ou algo, que recusa ficar morto em paz?

Dalboekerk levantou-se, estava agora imparável, num acesso de raiva ou de iluminação,

Qual é a legitimidade de um projeto político coletivo se não tiver por horizonte um tempo largo, da História, um tempo que sonhe a sua permanência e perpetuação?

Para ele, precisamente, era nesse ponto que residia

O absurdo do "projeto" timorense: um sonho de soberania política que não tem condições objetivas de sobreviver sozinho à confrontação com o tempo histórico — tanto o tempo obscuro do passado como o tempo longínquo do futuro. A independência de Timor está prisioneira do tempo curto, do presente exíguo, que é o instante emocional das grandes causas, das massas populares e das vagas de fundo. O tempo da independência timorense, bem vê, padre, está confinado à vida biológica dos seus cabos de guerra — e às respetivas ambições individuais, exercidas num teatro de marionetas chamado bem comum. Depressa se verá que essas ambições, sendo as de cada um e não uma de todos, são tão urgentes quanto conflituantes. O resultado, tragicamente, é que a independência, suposta durar para sempre, terá, na prática, uma vida, até, talvez mais curta do que os anciãos que mamam nela a sua *raison d'être*.

Fiquei, por momentos, na dúvida sobre se iria jogar afinal o xadrez timorense do mesmo lado que Dalboekerk. A sua distância dos independentistas era radical, impiedosa, e correspondia à posição irredutível da ala dura dos militares indonésios. Ou não? Era espantoso, sim,

Pak Dalboekerk, uma tão visceral oposição à independência. Compreendo que fará tudo para impedir a realização do referendo

Decerto que não, padre, tudo pelo contrário! O referendo é um momento de sorte — para a Indonésia. Desde o cessar-fogo, em 1983, que não tínhamos uma oportunidade tão nobre para colocar a História nos carris por onde ela deve correr. Como javanês, dei e dou o meu contributo para que a solução seja outra. Agora que temos o referendo no colo, quero assegurar, como sundanês, que a consulta popular decorre com o maior sucesso para os timorenses. No que me toca, é o mesmo trabalho: quanto pior, melhor.

Dalboekerk recordou, com razão, que os torturadores mais temidos pelos timorenses não eram os de Java mas os de Sulawesi, de Samatra, do Bornéu, da Papua — de todas as partes da República que não estavam cómodas dentro da República. O exercício da violência gratuita e brutal sobre os timorenses prestava um serviço indireto, projetado num futuro próximo, a esses agentes difusos dos secessionismos da Indonésia. Bater, em *Tim-Tim*, não era apenas uma manifestação de abuso; era, com frequência, um investimento seguro no sentimento anti-indonésio dos timorenses. Dalboekerk, nas semanas que faltavam para o referendo, iria continuar a olear a máquina infernal da violência sobre a população civil,

Vou semear ventos, em nome da Indonésia, e colher a tempestade, no cabaz de Sunda. Deve sobrar alguma fruta para si também — oxalá,

concluiu o monstro.

Se Dalboekerk pretendia a vitória do referendo, eu não entendia o papel de um cavalo, digamos, indonésio,

E onde entra o cavalo branco do rei preto?

Refere-se ao cavalo preto do rei branco?

Refiro-me ao seu cav... Ao seu filho

Sim — esse-ele. O cavalo pode mudar de rei, mudando de cor. E pode mudar de cor se mudar de pai.

De pai ou de rei?

Os dois no mesmo passe, Belteran. O meu cavalo preto é sundanês. Imagine: e se ele correr como cavalo branco no tabuleiro timorense?

Pelo rei... preto?

Não, padre! Pelo rei seu pai! Por mim! O referendo precisa de vencer, mas a independência precisa de ser teleguiada, para que venha a servir algum propósito útil — fora de Timor. Os meus, os seus, talvez outros propósitos. Olhe para o CNRT e diga-me se a maioria dos jovens — a maioria de Timor — percebe algo do que foram as guerras de namoradas do politburo em 1975. Não percebe, padre! A revolução cubana de Timor precisa de um "Che" argentino. Pode ser um argentino de Sunda. Se for um "Che" cristão, um príncipe Sebastião...

Um "Enmanuel Jhesus"

Finalmente, Belteran, começa a perceber a raça do meu cavalo de raça...

Pois aí para a corrida: precisamos de um cavalo timorense, *Pak*...

Vestimos a Alor a pele que mais lhe convém. Em país de órfãos, é fácil escolher um berço.

À época, não alcancei, em toda a extensão, a maldade implícita neste último comentário. Dalboekerk, imparável, abriu um papelinho,

Que me diz a este bilhete de identidade? Nascido em Timor-Leste, na aldeia de Morai, Maubara, a oeste de Díli; o bisavô era Dom Rei Preto, rajá de Maubara, ligado à rebelião de Dom Boaventura, em 1912; os pais foram detidos pelo inimigo, no início da invasão do Timor português, e morreram pouco depois; com dois ou três anos, foi enviado para a ilha de Alor, diante de Maubara, para viver com o seu tio paterno; foi criado na aldeia de Baramusa, na ilha de Pulau Pantar, imediatamente a oeste da ilha principal de Alor; escolarização primária numa comunidade católica da ilha; escolarização secundária em Jacarta, com uma paragem de alguns meses em casa de membros do mesmo clã de Maubara, residentes na ilha das Flores, nas Pequenas Sundas. Apostaria neste cavalo, Belteran?

Talvez, *Pak*, mas há algo familiar nesse "berço"

Naturalmente que há, para si. É o *vitae* de Muhammad Saleh Akbar Balikk, supostamente nascido "Mao Klao" — em 1938. Serve perfeitamente a Alor, atualizado a 1976, defendeu Dalboekerk, satisfeito com o seu plano diabólico, e na testa dele vi escrito o que Tomé Pires, com grande rigor de boticário, colocou na "Suma" sobre os costumes dos sundaneses, cinco séculos antes de Alor, que

"Um pai é autorizado a vender o filho em uma precisão."

Apenas ressalvei uma questão prática, para irritação de Dalboekerk, sobre o líder da União República de Timor-Dilly (URT-D), proclamada em Jacarta nos anos 60,

Decerto sabe, *Pak*, que houve dois homens a vestir a pele de "Mao Klao" e a reclamar, cada um, ser o dono único e legítimo dessa cripto-independência timorense — malaia e muçulmana.

8
Dalboekerk

O gosto e o desgosto mútuo de grupos e sociedades, continuo a acreditar, não são categorias absolutas. Ensinei a Alor: em matéria de soberania, as preferências do momento resultam de um jogo amoroso de rivalidades, comparações, chantagens, arrufos, conquistas, ora disputas, ora bodas, com frequência discordâncias e uma profusão de enganos e fingimento. Independências, anexações, secessões, integrações, federações, são ipirangas de galanteio, conjugalidade e abuso, dependendo dos apetites e necessidades relativas das partes. A soberania, como tal, não tem mais substância do que um capricho coletivo. E a multiplicação, pelo número da população, de misticismos individuais — viva o vírus do Romantismo! — não chega para fundar povos.

Ninguém parece ter aprendido com 1975. As boas ideias são nefastas quando não têm condições objetivas de concretização. As boas ideias são a vaidade moral de quem as propõe.

"Ai, Timor!"

Agora o mundo chora a tragédia timorense. Até choro eu, que perdi um filho, mas ninguém teve a coragem de admitir, ou aceitar, que esta nação teria — sempre — como berço um forno crematório. E aí está: uma pira funerária de sândalo, que as Nações Unidas proclamaram um protetorado "viável" porque a pira está regada no santo óleo, da santa pedra, "e sobre esta pedra edificarei...".

"Ai, Timor!"

Abriram uma gasolineira e chamaram-lhe pátria. A ela imolaram.

Os amigos dos Timores fizeram estes povos gentios acreditar que uma pátria vale a sua própria imolação. Aí a têm. Se os povos timorenses pudessem reescrever este ano sangrento de 1999, fariam uma cópia igual ao texto que estava escrito — de outra maneira, ensandeciam, tanta a futilidade do calvário. Ninguém quis impedir o que aconteceu. O sacrifício foi conscientemente adivinhado, ou seja, conscientemente pedido, ou seja, conscientemente sancionado, pelos pais da pátria — não cederam nem às ameaças, nem às evidências, nem ao absoluto imperativo pessoal e coletivo de justificar, em cúmulo narcisista, o anterior passado de sofrimento. A responsabilidade é de quem? Só nossa? E porque não cederam? Porque setembro de 1999 é, para os povos timorenses, uma gota mais no cálice onde pingou sangue durante vinte e quatro anos. Ou até mais. Apesar de ser a gota que transbordou a dor.

A independência é o seu graal e o seu desígnio. Por ele bebem sangue e, matando-se, matam a sua sede de salvação.

Alor foi filho de indonésio. E que dizer de mim, pai de timorense? Indeciso-me sobre qual o maior dano.

Este país não é solúvel.

Acho que Alor escolheu o extermínio, não por concordar com ele, mas para se aproveitar dele. Escolheu o genocídio como derradeira salvação da vítima.

Se é possível *eles* viverem, também é possível matá-*los*.

9
WALLACEA

Alor é tão transparente como ter a derrota do seu engano inscrita no corpo.
Não é fácil dizer Alor completo, tão assim quanto esperar dele que o faça para nós.
Seria mergulhar o homem num escafandro de palavras,
Esperando decifrar, entre limos e monstros,
No baile ascendente das bolhas
O abismo em apneia confessando-se em braille.
Tentei, na mesma, dizer como fala
Alguém angustiando com falta de ar,
Lembro Alor acordando arfante,
Engolindo gritos às golfadas,
Devorista de seus bojadores,
Transpirando um frio de profundidades onde a luz não arde,
— eu beijava cada um dos treze anéis,
O zodíaco que ele tem tatuado no peito,
Guiada por esse roteiro náutico, conseguia declinar Alor
Até uma bonança de contemplação escampa —,
Agarrado aos ouvidos que lhe doíam na pressão formidável de memórias e profecias,
Memórias esmagando profecias na entrada exígua dos tímpanos,
Competindo pela fuga de seus gritos atrozes,
Siamesas órfãs inimigas guerreando nas têmporas

Latejando a bula para uma última cruzada,
No escuro que apedrejava suas almas contra seu crânio,
A jihad de mim, disse Alor uma vez dormindo,
Destilando o pavor de dormir em asfixia,
O alambique de um Lázaro sonhando sempre com sepulcros,
Como se o único ar disponível já tivesse sido respirado antes por outro alguém que morou na mesma cela,
Bafo de morto que não pode morrer sozinho em seu desengano,
Não vida anterior nem antepassada, mas corpo uno ressuscitado no Outro de Si,
Sodomizando-O,
Humilhando o Senhor por mor de negar-lhe o rosto de seu senhor,
Desapoderando-o da excomunhão que interromperia o bestial couto,
Alor,
Meu querido Emanuel,
Um ar podre irrespirava-lhe o sono,
brisa venosa insuflando chumbo no peito de um esquife à deriva,
Nas Filipinas adoram estas figuras de pau que naufragam,
Pasión,
cavacas recém-nascidas, resgatadas na praia pelos aldeões e pescadores, alimentadas pela oração e pelas oferendas, crescem em graça e em sabedoria, sangrando e dormindo em paramentos brancos,
Pasión,
até adquirirem o tamanho adulto dos santos que podem voltar a morrer e são devolvidos em fingimento de tronco aos mares do arquipélago,
Pasión.

Meu querido Emanuel.
Alor é uma ave-do-paraíso em Sábado de Aleluia,
Suspenso entre o Domingo da Glória e o Anteontem na Cruz,
Um tempo correndo imóvel sem saber para onde,
nem para trás nem para a frente, atrás é adiante, adiante é Poente,
Lorosa'e, eterno presente,
Alor, nau sem aparelhos, calafates, estopa nem breu,
Todo o corpo vento, enfim livre de veniaga e lucro,
Coral do seu casco e esqueleto de seu mastro,
Marinheiro nascido a bordo do seu naufrágio,
Tesouro em dissolução,
Todo presságio, órfão de destino,
Maldição errante,
Errância sem holandês, Batávia sem Belanda,
Martírio com maldade e santidade sem entrega,
"*A carta principal se perdeu em Frol de la mar*",
barca desintegrada pelo arcaboiço das joias que lhe puseram dentro,
Demasiado valiosas para entregar ao cuidado de alguém,
Pesadas em excesso para conseguir traçar um destino brando.
Na mesma tentei conjugar Alor, então, à maneira de uma descrição de ilhas, reinos e praças que podemos descobrir porque não nos pertenciam antes nem serão nossos depois. À maneira antiga de portulanos, enfeitiçados por um arquipélago de especiarias que ceamos na gamela vazia.
Falar de Alor é declinar as posições do Sol, esperando que ele nos conte com exatidão cada sítio onde nos perdemos juntos.
Saberemos com rigor a quantos graus estivemos inclinados debaixo dele,
Não é certo que consigamos repetir a derrota exata para esse momento fortuito.

Não é fácil perdoar à culpa culpada apenas de cumprir seu prometido encantamento:
Levantar âncora num junco aparelhado sem âncora.
Não é justo fazer justiça a Alor, abdicando-me de julgá-lo.
Se eu quiser honrar a memória de Alor,
Mantê-lo vivo sem desalfandegá-lo
De fazenda que não coube em seus porões vazios,
Se quiser amá-lo como aquilo que amei
— um homem tão meu que, não o sendo já, não deve ser —
Sem nascer outro macho no nome dele,
Suma,
Sem dar Alor à própria luz em um Redentor nascido seu rival e seu pai,
Segunda vida, segundo fôlego, segundo minha conveniência,
Suma,
Sem substituir Alor pela gravidez oca
De um eco bastardo
Com voz de quem ele não é,
Suma,
Sem insistir tornar-me sua matriz para continuar imaginando-me sua vulva,
Sem inventar que ele sai derretendo de aonde eu quero que venha fundindo,
Um parto fecundado por um homicídio,
Se quisesse amainar o despeito de não o ter em meu colo,
Se pudesse amar um homem sem aviltá-lo com o tesouro que merece meu escravo garanho,
Começaria por declarar que Alor,
Na verdade das coisas,
É o homem mais transparente que não encontrei outro,
O mapa jau que Albuquerque, escrevendo de Cochim, gabava a seu rei,

"*Parece-me, senhor, que foi a melhor cousa que eu nunca vi*",
lamentando a sua perda,
"*e vossa alteza houvera de folgar muito de a ver.*"
Cristal de poema,
"*A carta principal se perdeu em Frol de la mar.*"
O nome da rosa não é espinho
O perfume da pétala não se conjuga cortando
O nome da rosa é impresso no índex
Lacrado num caráter vermelho
Em língua chin, gor, sânscrita, jaua,
Em língua franca,
diz-se
Botão de Sangue.
Este mês desregrei.
Se não sangrei de mim meu sangue sujo
Porventura Alor sangra em mim um sangue puro
E novo
Adoeceu-me da sua vida,
Pois girino ou medusa mexe em mim em sonhos,
Acordo arranhada por uma pena que dói:
Alor desenha com suas duas mãos cortadas
Em mulher meu mar
O contorno do lagarto príncipe
Que terá Deus no torso,
No peito o focinho manuelino do pai,
Zangado só de nascer,
Lorosa'e,
Condestável d'el Rey
Enmanuel Jhesus,
Adamastor da Ignominiosa Esperança,
Pequeno embote do último pé de sândalo,
Santo lenho, assim ele medre

Em quilha, leme e mastro
Do pendão de Lorium,
"*Tende este pedaço de padrão por cousa muita certa e muito sabida, porque é a mesma navegação por onde eles vão e vêm.*"
Às tantas da tal,
Papoia, Ternate, Lifau, Alor, Solor, Sunda, Malaca, Cochim, Áden e Ormuz,
República Democrática do Cabo Ámen!

10
Dalboekerk

Um antigo sargento de segunda linha do exército colonial, mais tarde oficial do *Koramil* da ilha, conduziu o último governador português ao aeródromo de Ataúro, em setembro de 1975, no dia da despedida definitiva de Lemos Pires do território português de Timor.

Foi levado até à pista num pequeno todo-o-terreno militar, um Unimog do Exército, conduzido pelo ex-sargento. Anos mais tarde, o timorense relatou-me que o pequeno trajeto de Lemos Pires decorreu fúnebre, entre o acampamento dos militares portugueses e a pista, por onde passava nessa época a estrada de terra batida.

O ex-alferes, aproveitando a oportunidade de uma imprevista audiência com o senhor governador, perguntou-lhe

Desculpe, senhor brigadeiro, para onde o leva a sua próxima missão?,

ao que Lemos Pires, no rosto de velho menino triste, respondeu, após avaliar as palavras,

Para onde sempre fui, fazer o que sempre fiz, sargento Mouzinho: enfrentar os insurretos,

e, perante o silêncio do alferes, o governador, alheado e esmagado em tanta beleza de mar, de que ele já não era soberano, fechou a conversa, acrescentando,

Lisboa. Afinal, é lá que eles sempre estiveram.

O ex-sargento viu o governador embarcar no pequeno De Havilland dos Transportes Aéreos de Timor, o *Manatuto*, que o levou a Darwin, e voltou sozinho para o acampamento português.

Mais tarde, o ex-Tropaz ouviu da sua mulher as notícias do dia,

Olha, os portugueses vão embora,

ao que Mouzinho, ainda às voltas com o testamento cifrado do governador, encerrou o assunto com o desprendimento com que se deve encerrar a História,

Deixa-os ir,

e não há vez que recorde este episódio que não me lembre do padrão de 1522 no Museu Nacional de Jacarta e da inscrição no Lifau, "Aqui chegaram portugueses", e vejo o último governador, rijo mas quebrado, curvar-se para meter a estatura perdida das Índias no pequeno ataúde do *Manatuto*, o próprio governador cavado num padrão que fez a derrota de regresso, e que certamente não vi, mas certamente levava escrito na testa, com um cinzel de razão e vergonha, "Daqui fugiram os portugueses."

11
MATARUFA

Garuda não se chamava Garuda mas não recordo outro nome para ele. O pai de Garuda era cipaio no tempo português. Tinha farda e arma. Não foi difícil o jovem Garuda entrar para a Polícia indonésia após a *Integrasi*, em Viqueque. Era, em alguns aspetos, uma continuação natural de gerações, em método e patente: Garuda ficou ocupando funções de segunda linha do ocupante, como seu pai cipaio. É um privilégio histórico das castas nobres timorenses: galonas vindas de cima para chicotear os que estão em baixo. O cipaio-pai foi recrutado, aliás, pelos indonésios também. Garuda foi a seguir.

A recruta de Garuda foi feita em Kupang. Em menos de um ano, o filho de cipaio tinha funções delegadas de ocupante no suco Dilor, em Laclubar, nos lados de Viqueque. O seu trabalho era coadjuvar um agente indonésio na função de controlar os compatriotas timorenses. Missão fácil, missão odiada.

De qualquer forma, o Garuda deu mostras de alguma *Capitis deminutio*, não sei se em relação aos valores do seu pai, dele ou do que lhe pediam os indonésios. A primeira vez que teve problemas foi com o Batalhão 100: o Garuda foi desarmado e interrogado após ter informado o alferes indonésio que um cabo tinha violado uma menina timorense, em 1983.

A fratura na vida de Garuda aconteceu pouco depois, em Craras, na mesma área. Vivia-se o cessar-fogo. Todos os dias, os guerrilheiros desciam da montanha para jogar voleibol com a guarnição indonésia. No dia que as Falintil escolheram para o seu ataque, e que marcaria o regresso sangrento à guerra, os guerrilheiros desceram, como era hábito, à aldeia. Jogaram voleibol com os seus inimigos, que não suspeitavam dos planos. No fim, mataram toda a guarnição.

Os indonésios perderam treze pessoas. Um major, dois capitães e, o resto, soldados, todos de engenharia militar,

Bons colegas,

na escala de Garuda, que os conhecia por terem estado juntos na guarnição de Matolo. Contou-me também o Garuda, sobre o massacre lançado pelos guerrilheiros, que

Um, o Atem, é que sobrou, único, porque estava com malária e andava a correr fora da aldeia para suar. Tinha ido ao ribeiro banhar-se,

foi ele que deu o alarme junto do comando indonésio de Viqueque. Os Kopassos foram a Craras e dizimaram o povo todo. Apenas sobraram viúvas. Os corpos foram enterrados em Aidak Lekimeta, no cruzamento para Craras. Cavaram quatro valas grandes para os corpos. Encheram três. Garuda contou-me que

Uns dias depois do massacre passei por lá e viam-se cabelos de mulher fora da terra. Atrás das valas há um regato. Em cada ano, nas chuvas, o terreno cai, cai, cai. O regato vai abrindo as campas. Os ossos vão desaparecendo,

este era o tipo de coisas que Garuda não conseguia esquecer e continuava exorcizando, escrevendo, o que também é dizer, revivendo. Craras tornou-se a prisão perpétua de Garuda. Depois de agosto de 1983, adoeceu sem outro diagnóstico para além de uma tremura de mãos que nunca mais passou. E a sua patologia agorafóbica: desde 1983 Garuda não saiu mais de casa. Em 1984, abriu a Pensão Mundo Perdido, encorajado pelo governador, que o visitou uma vez, tentando convencê-lo a sujeitar-se a um tratamento na Indonésia. Garuda não apenas

recusou essa e outras propostas para sair — de casa, da cidade, do país — mas explicou ao governador, e ouvi dele também, que a sua doença de tremura foi causada por
    Um mouro paranormal javanês que o tenente-coronel Soediono (que era cristão) trouxe aqui. O paranormal disse de mim: "Tem a cara de Java" e bateu três vezes com a muleta no chão. Eu fiquei em estátua até ele me virar a cara de lado
    e Garuda acreditava também que
    Dias depois, tentaram matar-me. Forçaram-me a beber veneno. Senti uma comichão dentro da cabeça e por todo o corpo, com estrelas em mim, cá dentro,
    o Garuda falava estas coisas sem sentido,
    Estrelas abrindo e fechando na escuridão da minha cabeça doente. A cabeça começou a tremer dias depois. Foi então que comecei a ter terror de sair, em definitivo,
    até que lhe deram uma reforma por doença.
    Garuda amalucou com o que viu em Craras, é a minha opinião. A Pensão Mundo Perdido começou com um quarto apenas: o quarto número Craras-1. Garuda adaptou o conceito, comum no turismo indonésio, de dar nomes aos quartos e *bungalows*, em vez de números. É popular a nomeação com ilhas do arquipélago. Ou com animais. Massacres para identificar quartos, apenas em Díli. Apenas na Pensão Mundo Perdido.
    O esforço de Garuda foi, a partir de Craras-1, aumentar o negócio, alargando a sua prisão. Garuda não saía de casa mas a casa tornou-se numa construção permanente. Havia sempre obras, em qualquer altura que me lembre de passar lá. A avidez de Garuda corria na mesma cronologia da ocupação e do conflito. Ou vice-versa. Não faltaram quartos aos novos massacres, nem massacres importantes que não tivessem um quarto novo na Pensão Mundo Perdido. Assim, o hóspede podia alojar-se no quarto Santa Cruz-9, no Alas-3,

até no Balibó-5. Os números eram diacrónicos com a história da ocupação. Penso que a inauguração de cada quarto, com a imposição de um nome, era uma homenagem póstuma de Garuda ao quarto comum onde ele, e Timor, estão fechados há vinte e quatro anos.

Um quarto não tinha nome, apenas número.

Quando se fechou em casa, Garuda começou

Uma simples carta, em indonésio, para o meu irmão. Fui escrevendo. A carta, depois destes anos, chegou às duas mil páginas, em cadernos de escola. Pensei em vencer a tremura, escrevendo, mas a caligrafia nunca venceu a tremura. Agora, que estamos a falar, é mínima. Mas nunca passa. Sair de casa, nunca. Nem para o nosso quiosque, aqui atrás, no pátio. Abrimo-lo poucas vezes

contou-me Garuda da última vez que o visitei, já este ano, quando a cidade começou a enlouquecer. Ele não aguentou. Garuda enforcou-se no quarto sem nome, o que tinha apenas 99 escrito na porta. Havia uma cómoda cheia de cadernos escritos com letra nervosa, ondulada, frágil.

O quiosque de Garuda chamava-se *Aifonan Laran*, "Dentro das Flores".

As flores arderam em setembro, como tudo o resto.

O quarto 99, se recordo bem, não tinha propriamente mobília. Julgo que, além da cómoda, havia apenas, no chão, um dos cadernos de Garuda, o seu testamento. Era um cadernito imundo, mijado pelo enforcado, onde, na aguarela azul e amarela, de tinta e urina, a gerência do Mundo Perdido escreveu, com humildade, as suas educadas desculpas,

"Não consigo construir tão depressa. Sobram massacres mas faltam quartos"

e, na folha seguinte,

"Assusta-me o crime de lotação completa."

Garuda teria de acabar mal, num nó cego que é a hotelaria bafienta e mórbida desta nação: o estalajadeiro libertou seu prisioneiro ao alugar-lhe a cela onde eliminar seu carcereiro.

12
David Leviatão

A autodeterminação é um princípio louvável. Num mundo em que os povos têm cada vez menos poder sobre o seu futuro, permite, pelo menos, que cada nação seja dona da sua tragédia e proprietária legítima do seu fracasso. Os timorenses escolheram esse caminho e longe de mim questionar a validade dessa escolha. A independência é uma decisão soberana. Não estou certo de que seja uma boa escolha, porque não surgiu de uma esperança de futuro mas de uma rejeição do passado. Os positivistas já avisavam: salvar o mundo é um voluntarismo, escravizado pelo momento presente; o futuro é outra coisa, uma construção do homem feita do esforço humilde de cada dia.

Dá um trabalho enorme, esse troce.

Com autonomia ou com independência, os timorenses vão ter, cedo ou tarde, que confrontar-se com a questão verdadeira, que não é o grau de soberania em relação aos vizinhos, nem o grau de capacidade da sua população, como agora se diz, mas o grau de identidade das suas nações. Sem identidade, não vão conseguir fazer escolhas do que querem ser. E, sem decidirem quem querem ser, nunca serão o que pensam que já são.

Nós, judeus, já sabíamos quem éramos quando chegámos a 1948. Faltava apenas discutir o modelo do Estado e escolher as instituições. Os pais da Pátria fizeram esse debate e resolveram-no com pragmatismo: o que funcionava, ficou, fosse otomano, británico ou ibérico. Algo disso está acontecendo aqui, mas este país é o seu Oriente Médio: meia-ilha libanizada em clãs, unidos nas fronteiras do protetorado.

Sei-não, mas isso aí me parece ingrediente para deflagração civil.

A visão timorense é a de um universo mágico-fantástico. A transformação que têm de fazer aqui é tão grande, tão grande, que eu não consigo ter nada mais do que admiração por aqueles que estão realmente esforçando essa transição. Não vai ser uma passagem fácil. Estão dezenas de países africanos tentando fazer essa passagem e não conseguem.

Eu posso recordar, na minha memória genética de judeu, que o nosso povo operou essa passagem, essa mudança, porque ela nos foi imposta do exterior. A primeira vez foi quando tivemos de passar a lei oral em lei escrita, na Primeira Diáspora, quando os Judeus foram expulsos pelos assírios e sofremos o exílio da Babilónia. Os nossos sábios anteciparam que, sem Jerusalém ali, o Povo ia esquecer-se de todas as suas tradições! A solução? Compilar tudo o que sabíamos. E escreveram o Talmude. É o marco histórico da transformação dos Judeus no Povo do Livro.

Uma segunda passagem foi imposta pela construção dos Estados-nação europeus, na nossa Segunda Diáspora. Esses Estados não admitiam mais ter no seio da França um povo que não fosse francês, no seio da Rússia um povo que não fosse russo. Novamente, o povo judeu foi forçado a rever as suas perspetivas e a incorporar visões de mundo que não eram necessariamente as suas.

Já viu *Um Violino no Telhado*? Sabe em que sítio do mundo o filme fez mais sucesso? No Japão! Os timorenses estão sendo confrontados com o choque da tradição com o mundo exterior. A linha da frente é sempre uma linha de combate: depois do Exército Indonésio, a ideia de Timor enfrentará as suas diásporas. Agora mesmo já começou. A primeira batalha vai ser a língua, qualquer que venha a ser a língua oficial. É uma batalha que vai dizimar duas gerações: a que aprendeu a língua da integração e a que não vai integrar nenhuma língua da libertação.

Perder-se-ão vinte anos, com línguas disputando-se pela sua política, quando, afinal, o enguiço é a obrigação de uma conversão rápida da cultura oral à cultura escrita.

É claro: na fundação de Israel, também ninguém acreditava no hebraico. Foi uma teimosia de poucos, mas redundou numa conquista de todos.

Sabe o que eu gostaria mesmo de fazer aqui? Codificar o Talmude timorense, para que os timorenses sobrevivessem ao regresso à sua "Jerusalém", 'tá entendendo? É o meu sonho. Existe neste país um código não escrito, chamado Tarabando. Alguém devia um dia talmudizar o Tarabando. Falei com Mariano sobre isso em Caicassa, antes da tragédia de abril. Fui com ele a várias terras e observei diferentes sinais do Tarabando. Só sinais: não estão escritos. Acontece-me ir mergulhar a locais onde não há ninguém para perguntar o que tal e tal sinal significam: o que é permitido fazer e o que é interdito? Porque não bota por escrito? Às vezes penso que este povo tem *gigabytes* de informação e *kilobytes* de conhecimento. Não processam o que sabem.

Fui mergulhar um dia num sítio que tinha um tarabando: um pau com folhas de palmeira. O sinal estava ainda fresco, em vigor, ainda verde. Aí, procurei um timorense e vi um sujeito andando,

Vem cá, senhor, estou com um grupo de *malais* e vamos mergulhar, pode?

Vocês vão caçar peixe?

Não

Cortar galhos das árvores?

Não, só mergulhar mesmo

Pegar peixe, pode, só mais para dentro do mar, perto da praia não

e fomos. Está vendo: nunca se sabe, para um leigo, a vigência de um tarabando. Se é uma vez por ano ou se é sempre. Sei que a Lagoa de Lóis tem um tarabando que é suspenso uma vez a cada sete anos. Lá tem uma espécie de camarão que fica grande, camarão de água salobre. A minha explicação de biólogo é que, se eles deixassem pescar no local, quebrava a sustentação da lagoa. Uma vez a cada sete anos, levanta-se o tarabando e a comunidade tem um dia para ir lá e pescar o que quiser. Nesse dia, tiram todos os camarões. Depois volta a proibição.

A minha teoria é que a própria população de camarão morreria se não fosse pescada. Temos lagos fechados com esse ecossistema no Brasil. Acho que é o que acontece na Lagoa de Lóis. Levantam o tarabando antes do pico da população.

O levantamento da vigência serve o seu benefício.

13
Gloria Suprema

Eu vou explicar tudo.

A primeira vez que Monsenhor me tocou foi para fazer um sinal da cruz na minha testa e, com um gesto, atirar Satanás não sei para onde... Isso foi o crisma. Monsenhor, como era santo, roubou-me o Diabo.

Então pronto: essa foi a primeira vez que o vi. O segundo encontro foi para rezar com ele,

É um santo, vais rezar o terço com um santo,

no mesmo dia do crisma, por ordem de minha tia,

Gabriel, sou eu que mando, vai tomar banho e vais lá rezar o terço com o bispo.

De repente, o chofer de Monsenhor e um aluno protegido do bispo

Estás contente, Gabriel?,

voltaram a bater à nossa porta,

Quantos anos tens, Gabriel?,

e eu lá fui. Levei uns *jeans*, chinelos,

Quem é o teu pai, Gabriel?,

camisa lavada e um rosário na mão. Foi a minha tia que mo deu. Chegámos ao colégio

Onde está a tua mãe, Gabriel?,

e os crismados e os seminaristas

Lá em casa rezam todos os dias?,

estavam a ver um filme do Charlot,

Onde é a tua casa, Gabriel?,
era um filme a preto-e-branco, projetado na parede. Sentámo-nos ao lado de Monsenhor,
Gostaste do crisma, Gabriel?,
e ele foi perguntando
Gostas de basquetebol, Gabriel?,
quando o Charlot chegou ao fim, eu quis ir para casa mas Monsenhor disse não,
Quero falar contigo,
e ainda não tínhamos rezado o terço. Fomos. Levou-me para um quarto. O colégio de Fuiloro tem uma ala de quartos, no edifício do outro lado da igreja. Fomos lá. Não rezámos nada. Monsenhor disse
Vamos dormir aqui
E eu vou dormir onde
não podia, pensei, o quarto era *single*, só tinha uma cama encostada à parede, um divã individual, não era para duas pessoas, uma mesinha, um bacio, uma Bíblia, uma imagem de Dom Bosco na parede, o crucifixo por cima da cabeceira, não havia espaço para uma criança e um bispo, a menos quando
Cabemos os dois, Gabriel,
o terço não tinha ainda começado, mas rezaríamos muito pelos anos fora,
Gostaste do crisma, Gabriel?,
o crisma era Charlot a jogar basquetebol, um Charlot preto-e-branco, de pés abertos para o lado quando se alçava em mim,
Eu durmo assim porque está muito calor e tu ainda queres dormir de luz acesa?,
e a luz ficou acesa tanto tempo, tantos anos, tanta noite, que o filme de Charlot se projetava indistinto no teto de Fuiloro, os tetos são todos iguais, projetam sempre a mesma comédia,
Estás contente, Gabriel?,

a imagem escorre em suor e alguém ri enquanto Charlot engole sola mordendo a língua, são filmes solitários, os filmes cómicos, talvez apenas os adultos compreendam a ingenuidade infantil do riso,

Cabemos os dois, Gabriel,

o filme rezado durou mais do que um rosário, cresceu comigo e eu envelheci com ele, esmagado pelos pés afastados de Charlot, pago ao preço de palhaço rico desde a primeira vez, lá no colégio, em que o crismante me atirou com cinquenta mil rupias,

Quero pagar a tua escola e roupa também vou comprar para ti, bastante dinheiro para uma criança pobre de Lospalos,

Estás contente, Gabriel?,

antes de sairmos do quarto, para o chofer da diocese me levar a casa,

Quantos anos tens, Gabriel?,

perguntei onde podia confessar os meus pecados, e Monsenhor,

Não precisas, meu arcanjo, porque foi comigo.

14
Dalboekerk

Convoquei Alor ao meu gabinete, a uma semana da consulta popular. Ele acorreu ao *Kapolda* nesse mesmo dia, agradecendo-me
 A oportunidade, rara nestes momentos de grande agitação, de ter mais algumas horas de alguém que já me dedicou vinte e dois anos,
 uma vénia que Alor desembrulhou sem afabilidade, com uma simpatia distante, atípica no meu filho. Perguntei-lhe se a Pensão continuava decente,
 O habitual: num quarto deboche, noutro suicídio, em todos massacre,
 e achei melhor continuar indagando, então, pelo andamento da obra,
 Vai crescendo,
 a casa tradicional timorense que ia surgindo, lentamente, num cabeço de Metihaut, a leste da capital,
 Como diz Monsenhor dos gabriéis de seu jardim celeste, "Em tamanho, sabedoria e graça",
 de longe, do centro de Díli, o estaleiro era apenas visível pelo entalhe de terra amarela que as máquinas tinham cortado no gume verde do monte,
 Embora a graça ainda não se veja, pois será preciso esperar pela estrutura de madeira, e, quanto à sabedoria, não faz parte da empreitada, depende, no final, da que lhe habitar o capitão-
-mor separatista, se não o matarem antes,

atípica também (pensei: tão lusitana) esta maneira de cagar farpas, fingindo que se mantém a compostura diante de quem se mostra o cu, pelo que fiz mais uma tentativa para manter o início de conversa entre pai e filho nos limites cordatos de uma consulta entre arquiteto e dono da obra,

O trabalho tem o resultado que tu queres

Tem o resultado que uma obra pode ter em Timor, o senhor sabe,

continuou Alor,

No início, quando não temos nada, é como se tivéssemos uma folha em branco. À medida que o muro vai sendo construído, cria-se uma preexistência. A partir do momento em que lançamos a primeira pedra, todo o trabalho é seguir as preexistências que lançámos antes,

explicou Alor, com o desprendimento de alguém que fala de toda a sua vida, até às fundações, como se descrevesse o levantamento de um muro separando dois hemisférios da verdade, uma Linha de Wallace íntima, que se apruma e alonga, ferindo, acrescentando preexistências ao passado,

O maior problema, porque podemos tentar geri-lo mas é impossível resolvê-lo, é a condição geológica desta ilha, o meu pai conhece: de qualquer região onde tiremos pedra, e tentámos tanto em Lorosa'e como em Loromonu, não se alcança um maciço que ofereça confiança, uniformidade e continuidade. Encontramos rochas soltas enterradas, sem filão, como se a ilha toda não passasse de um monte de terra onde a água se foi infiltrando. Tudo é muito superficial nas várias pedreiras que testámos. Não basta uma escavadora para se ir ao miolo, ao maciço rochoso compacto e homogéneo, entende?

Entendo

Só no xisto se consegue isso, porque é uma pedra que parte bem: de certa forma, os seus veios seguem a pancada que leva,

embora tudo se passe ao inverso, quando se lhe bate, obtém-se com a fratura uma face lisa. Mas não quero xisto à face desta obra,
 Tudo isso deve ter que ver com o processo de criação desta ilha, a única que não é vulcânica no arco do arquipélago. A maior parte destas rochas não são vulcânicas, nem sedimentares, são metamórficas,
 comentei esta generalidade geológica que Alor conhecia, evidentemente, mas que dessa vez sublinhou com indesmentível fel,
 São milhares e milhares de anos de pressão, meu pai, e de pressões tão variáveis que variam de pedra para pedra,
 como se Alor incorporasse o seu corpo numa condição mineral,
 Milhares e milhares de anos que vão empurrando as rochas do fundo do mar até à superfície,
 assumindo a fragilidade do tronco numa raiz longínqua, moribunda mas finalmente daninha e viçosa, que a obra não cortara de vez,
 À superfície da montanha, nevando restos de coral nos cumes mais altos.

Uma montanha de coral: o fundo do mar navegando do avesso, *rain-filak*, constituindo o cume correto do ventre da terra, entre lava e céu. Alor era um construtor de poesia. Iria decerto apreciar a surpresa que eu tinha guardado para ele, e para a sua obra, um pormenor decorativo de que ele iria compreender a semântica. Mandei vir de Bali, dos meus arrumos em Villa Topace, uma prancha robusta em pau-ferro. É um crocodilo, discretamente representado pelo contorno irregular na parte inferior de cada ponta, uma sucessão de incisões dentadas. As incisões eram iguais nos dois extremos da trave, mas a representação de um olho — uma espiral em alto-relevo —, num extremo, criava a ordem certa da cabeça e da cauda. A trave, levantada longitudinalmente, como era típico na casa tradicional dagadá, servia de sustentação simbólica à estrutura de uma habitação no pequeno povoado de Maurates, muito alto no Matebian--Homem. Recolhi-a eu próprio nesse pico, no início de dezembro de 1978. O crocodilo era tudo o que restava da casa a que pertencia. O resto da construção tinha sido incinerada, do gamute aos pilares — incluindo a família que lá morava.

O pau-crocodilo tinha um quadro campestre pintado no lombo de madeira, tinta pincelada com *naïveté*: um sol igual ao de todas as crianças, nuvens, uma montanha de dois picos e uma inscrição-legenda-toponímia: "Matebian".

O meu próprio Museu Nacional de *Tim-Tim* começou com um salvado de massacre. Seria, à parte esse detalhe histórico, uma bela peça, rara e poderosa, para a nova casa do Embote timorense em Díli, a cidade onde o Grande Crocodilo que tinha morrido em 1978 reencontrava, cauda na boca, os pequenos répteis que iriam morrer em 1999.

A tábua estava guardada ali mesmo, no meu gabinete do *Kapolda*. Porém, nem cheguei a referi-la a Alor. Sem invocar demasiado o destino, posso dizer que a conversa, e o meu filho, levaram o caminho que estava escrito em pau-ferro, quando eu perguntei

O que é mais importante para ti na obra de Metihaut: o envasamento, o vigamento, a distribuição interior ou a cobertura de gamute

A dignidade do morador,

E como se afere isso

Da mesma forma com que se controlam todos os materiais que se põem em obra: com um fio-de-prumo,

Vejo que acreditas na obra mas duvidas do morador

Não interessa aquilo em que eu acredito. A obra *é* o morador,

Não poderia estar mais de acordo, e era sobre isso que

queria falar-te. A arquitetura tradicional timorense precisa de madeira nova. Uma casa de lenha ardida vai sempre cheirar a incêndio

Sim, se alguém não abrir mão do lume. Dizem pela cidade que o senhor, meu pai, é o Deus do Fogo,

Se estou promovido à patente de inquisidor, por trabalhar na forja, não temos que deixá-los na razão. Timor já sofreu bastante. Merece não apenas uma casa nova. Merece também um novo líder

Como o senhor?

Como tu

Timor não se contenta com o filho do Deus do Fogo,

A não ser que seja também filho de Timor. Alor, chegou a altura de saberes a verdade sobre

fui interrompido por meu filho, calmo,

Sobre mim? Não precisa de contar-me o que eu cedo soube, meu pai: que não nasci seu filho,

revelou Alor e, como se eu nada acrescentasse,

É simples, faltava um recém-nascido no meu álbum de fotografias,

explicou-me: intrigado com os seus retratos de infância, um dia Alor perguntou a um empregado da Villa Topace porque não havia fotografias suas com menos de dois anos. O empregado contou-lhe a verdade. Desde os onze anos de idade que Alor sabia que era um órfão de guerra timorense, salvo e raptado de *Tim-Tim*, por mim, após a integração da província, para ser criado como meu filho. Desde os onze anos que Alor, fechando uma caixa de segredo dentro de outra, escondia saber a sua origem.

Notável.

Contemplei a obra da minha vida. Imaginei Alor, crescendo no conhecimento tranquilo, obediente, de onde provinha, derivando para longe de uma montanha, de uma ilha, derivando de si, do ventre da terra, dos seus antepassados, pelo arquipélago malaio, navegando seu sangue em correntes subterrâneas, sempre mais para Ocidente, em cada nova tatuagem, em cada novo fólio, piloto europeu aprendendo do piloto jau aprendendo do piloto chinês.

Eu refazia, mentalmente, naquele último encontro, cada derrota que mandei desenhar na pele de Alor, quando ele respondeu ao que eu não perguntei,

Não teria valido a pena perguntar-lhe o que eu já sabia, disse,

Crescer foi desinteressar-me de onde tinha vindo e preparar-me para onde o meu pai queria que eu fosse. Durante muito tempo, pensei que navegávamos para Sunda Kelapa. Depois pensei que levantaríamos âncora para Malaca. É isso que tenho o direito de saber agora: para que porto queria que eu fosse?

Para mais nenhum. O teu futuro é obedecer ao teu passado. O teu futuro é Timor Lorosa'e

O meu passado é uma comédia escrita por si, meu pai. Queimou a minha casa e o meu retrato e agora quer que eu salte para dentro dele?

Eu fiz de ti alguém, Alor

Fez sim — sem me perguntar, nunca, se eu preferia ser ninguém,

Discordo e é isso que nos reúne aqui hoje: se *ninguém* é a tua opção, por *ninguém* ser a tua origem, a *ninguém* podes voltar. Há uma consulta popular na terra de *ninguém*. Esta semana podes saltar a bordo do teu *ninguém*

Não tenho sequer direito a voto,

Tens direito a campanha. Tudo está previsto: apareces, por exemplo, no último comício do CNRT em Lospalos, ao lado do liurai Dom Veríssimo. O Veríssimo concorda, ou não estará lá; farias um comício pela autonomia timorense, uma terra jovem para uma *gerasaun foun*, sob a liderança de um jovem campeão fataluco

Convida-me, portanto, a renegá-lo?

Convido-te a cumprir a tua história: Alor, rei de Timor

A história, o senhor roubou-ma: eu sou dois berços e em ambos dorme o bebé do inimigo. Não preciso carregar mais um enteado. Os dois que trago já me pesam. O meu reino não é deste mundo. Não é uma casa de Embote. Quero um palácio na capital do Quinto Império, como os portugueses,

Que palácio é esse

A *uma lulic* de mim: o meu lugar certo no cosmos,

Podes construí-lo aqui: estou a devolver-te o teu Sol Nascente

Não. Está a devolver-me um Estado que vai ser amanhã os cidadãos que tem hoje: padres coitando a catequese, veteranos ávidos do que a montanha lhes roubou, viúvas vencendo juro de seu luto, pensionistas cobrando letra de sua dor, ventríloquos parlamentando pelos mártires, a *gerasaun foun* sem valores porque ninguém lhos deu, rastilho de um povo isolado no autismo de línguas que ninguém estuda. Lorosa'e? Está a devolver-me às trevas, de onde me salvou uma vez. Não estou a renegá-lo, meu pai, estou a manter-me fiel ao que sou, que é apenas aquilo que o senhor fez de mim. Eu sou a recusa de morrer de noite, e aqui é de noite há séculos, é de noite dentro de si, o senhor e o Sol Nascente acomodam-se no mesmo buraco, entra-se em 1965 e sai-se em 1999, outros entram em 1999 para sair em 1965, é um poço sem fundo porque a saída é a entrada e a entrada é a saída, no Poço do Crocodilo, *Lubang Buaya*, não tem cu porque precisa de duas bocas, uma lá em Jacarta e outra aqui em Díli, respira-se mal com tantos cadáveres a entupir a passagem, rejeito o Sol, rejeito o Crocodilo, megulho para fora do vosso poço, o Sol Nascente é a metade escura de uma ilha,

Alor levantou-se,
(Com sua licença),
Alor, ao sair por essa porta, estarás a matar o meu filho
Não. Se me permite, estarei a matar o seu órfão,
É crime na mesma
Suicídio ainda não é crime. O Vaticano ainda não reina em *Tim-Tim*,
exeunt Alor.

A última imagem que guardo dele, saltando da sua vida adotiva para a sua vida natural, é o nome siamês que uniu, na carne do "meu órfão", dois filhos meus que habitavam nele, o nome impresso por dentro, no avesso da camisa de Alor, um permanente *rain-filak*,
"Enmanuel Jhesus",
como uma criança de rosto colado ao vidro de trás da viatura que a leva de onde ela não quer partir, um nome embaciado pelo algodão, tinta na pele, à face da obra nova, sem espessura para agarrar a argamassa, desenvasando do enchimento com a raiva de uma porta batendo na minha cara, ruindo a cobertura sagrada do edifício.

Fiquei pensando, até hoje, se o "meu órfão" é Timor ou Jaua — ou eu.

Cheguei à janela. Não era apenas um filho que ardia. Uma coluna de fumo negro erguia-se, conforme previsto, na direção de Metihaut.

15
Matarufa

A coleção de tais — os panos tradicionais timorenses — não tinha apenas um valor museológico incalculável. A coleção era, também, o registo mecanográfico do genocídio: milhares de tais, com milhares de nomes, metodicamente escritos, alinhados, acumulados, salvos do esquecimento.

Durante duas décadas, as nossas mulheres receberam ordens da liderança para fazer algo mais do que chorar: a instrução era para tecerem o nome do seu choro, escrevendo no tear a redação do seu luto. Um exercício de escola primária, ao nível do quotidiano que lhes foi infligido: hoje morreram fulano, sicrano e beltrano. Passou ao Outro lado, passou ao cemitério, passou ao Desconhecido: esses também foram passando, todos, à paciente tecelagem da dor.

Um livro de horas, sempre com fio preto, mas com a diversidade das cores e dos padrões das diferentes regiões do país. Os tais tradicionais, que antes eram penhor, tesouro e dote, passaram a representar, deste modo, um valor acima da família e do clã. Um memorial da futura nação.

Esse esforço de registo, contra o apagamento dos nomes, foi uma ideia da Direção da Luta, talvez do Embote, que eu recebi ordens de concretizar desde os primeiros anos de resistência. Nas missões pelo território ia, discretamente mas, afinal, à vista do ocupante, reunindo na Direção de Cultura tais provenientes de todos os sítios onde a violência se abateu sobre os timorenses.

Alguém, no entanto, decidiu desbaratar a memória do sofrimento no momento em que o sofrimento chegava ao fim, ardendo. A coleção de tais foi roubada, alegadamente, por milícias, e levada para Metihaut. Regada a gasóleo, consumiu-se bem com as madeiras da casa tradicional, que Alor também não conseguiu salvar.

A casa, os nomes: nossas cinzas, pano ao pó, macio como osso. São este pote que tenho aqui e mais alguns que enchi de cinzas, quando pude voltar a Metihaut. Levei-os para o Palácio. Estão lá a um canto. O Embote reparou neles — não há nada no Palácio, é fácil reparar em meia dúzia de potes — quando lá instalou o seu gabinete,

O que há naqueles penicos?,

É o Arquivo da Resistência, comandante

e ele percebeu que me doeu tanto a morte dos nomes como a morte dos homens, pois os nomes foram a morte definitiva, o massacre das provas,

Eneias, sobram-nos lembranças para o arquivo nacional, e apoios também,

e, com efeito, um "apoio" português, "um amigo de Timor", veio há dias falar comigo, lamentando retroativamente o incêndio de Metihaut, como se dele fosse íntimo,

O conceito do futuro museu é o seguinte, caro Matarufa: as memórias futuras são um alento durante a luta; as memórias passadas são um estorvo atingida a vitória.

Os "penicos" lá estão, com os nossos mortos, nomes de pano consumido, os nós do tear desfiados na renda do fogo, mijando-se de cinza diante do horror na sala de tortura, no pelotão de fuzilamento, no campo de fome.

16
Dalboekerk

Alor, visitado pela sua verdade, rejeitou-a da forma mais radical: matou o bebé de vinte e dois anos que lhe bateu à porta — e que vinha fazer-lhe um irremediável rapto. Do ponto de vista da ciência criminal, tratou-se, claramente, de uma eliminação em legítima defesa. Em termos morais, é um crime tão hediondo, este etnolenocínio, que ninguém, a não ser Alor, poderia cometê-lo. E que nenhuma justiça tem moldura legal para condenar.

Tanto dirão alguns. Eu nada direi porque não serei juiz do meu filho, nem juiz das minhas perdas. Ainda não me converti ao Deus cristão, não decerto o suficiente para brincar ao Ele.

No desaparecimento de Alor emergiu uma carta caligrafada, assinada apenas "A. D.", como os salvados que atingem a superfície na vertical de um navio afundado. Alguém recuperou esta carta, um rascunho, nas cinzas da Pensão Mundo Perdido. Não está endereçada mas veio parar-me às mãos, através de um conhecimento meu no Comando Australiano, digamos um "primo" canguru que eu arranjei no programa de cooperação militar com os serviços de informações, isto é, por via materna. Este "primo", reconhecendo as iniciais, resolveu

Entregar a carta na única morada possível, uma vez que a Interfet desconhece onde mora a família Anno Domini...

Não sei se a carta foi escrita com um destinatário em mente, ou se era, apenas, a declaração de voto de Alor numa consulta popular onde ele não tinha direito de recenseamento.

Passo a ler:

"Díli, aos 29 de agosto/Dia -1

Renasci, não saindo de um berço mas de uma caixa. E disseram-me, Eis a tua Pátria. Abre os olhos para ela. Eu pude então abrir os olhos. E vi Timor.

Os cidadãos das nações antigas não têm que pensar nem articular a sua proveniência, de cada vez que falam. Tratam, por isso, naturalmente, o seu país pelo nome. Os filhos das nações jovens, pelo contrário, omitem o nome próprio da sua terra quando falam, não para renegá-la, mas, pelo contrário, para se apropriarem dela, marcando um terreno que é seu. Por isso enchem a boca, a cada frase, referindo 'O Meu País', e 'O Meu País' é uma república que domina o seu discurso.

Acredito que *Tim-Tim* passará, amanhã, a chamar-se O Meu País. O Meu País, existindo, resolverá, por mim, o dilema excruciante de escolher entre O Meu Sangue e O Meu Pai, no dia mesmo em que meu pai verte meu sangue.

Que País é o Meu?

No Meu País, todos os súbditos são reis e todos os servos são forros. Todos mandam e, acima dessa plebe de príncipes, manda o que mais pode desobedecer, suserano no cume mais alto dos ódios pares.

No Meu País, as mulheres assistem à preguiça dos homens. Os meninos aprendem o ócio dos pais. Os velhos esfingem a inutilidade dos avós. Ser é o luxo estéril de apenas estar.

Dos animais, cada um a alguém pertence, se calha alguém matá-los. Não têm nome, a não ser que os batize a cobiça. Em vivos, nenhum tem dono. Em mortos, nenhum tem uso. Em vingança, nenhum tem preço. No Meu País, não matamos cabeças pela carne, degolamo-las apenas pelo sangue. O gado, humano se houver mester, justifica o fio da vida no sacrifício final. Por estilos e rezas, os datós espremem das bestas o empréstimo de uma alma. Passam, em seguida, essa alma, ainda a ferver, para algum objeto que não a tinha antes.

Para trás, como nas guerras, ficam carcaças indignas de recordação.

As profecias são promulgadas no mesmo gume.

No Meu País, fascina-nos o que nos apavora. Idolatramos o que não tememos. Deus não nos deixou leis. A tábua sagrada é apenas um totem de que escutamos a superstição.

No Meu País, apenas trabalha quem não pode cobrar. O pão e o amanhã, acreditamos, são suor dos mortos. E é assim que O Meu País encara o futuro. Sob um sobrado de cruzes e lágrimas, O Meu País tem um curral de duzentos mil escravos. Na proporção dos vivos, dá um escravo para cada dois sobreviventes. Esta geração não tem por que cuidar do futuro. O solo está fértil de vinte e quatro anos de amanho. O passado verga-se, fecundo de maná. Quase toca o chão. A árvore da vida é um gondoeiro. Os ramos choram, tocando a terra. Os vivos, bestas silvestres, apenas têm que abrir a boca.

O futuro passará assim, durante alguns anos. Entretanto, triplicam-se os vivos. Amanhã seremos dois milhões. Três milhões. Quatro milhões, no Meu País.

No Meu País, já ninguém morre de novo. Os escravos não fugiram, são servos da gleba nesta vala comum. Mas não chegam para todos. Um mártir para cada vinte parasitas.

Será preciso cultivar mais escravos, com o único adubo eficaz: lançando à seara o excremento da força. A guerra, lavoura arcaica, é a única lavoura conhecida neste horto do Meu País.

No curral, sob nossos pés, jazem os ossos e as caixas, caixotes e caixões que alicerçam a nossa casa comum. Habitamos uma vala. A *uma lulic* é feita de tábuas e troncos ensebados de sangue. Dos troncos, fazemos tábuas, das tábuas, fazemos caixas. Das caixas, fazemos tabus. Dos segredos, tecemos a nossa prisão: pertencemos apenas aos mortos porque deles não reclamámos soberania.

O passado, o nosso pasto.

O curral, nosso mundo óbito.

A dor, nosso arado.

A cruz, nossos chifres: Jesus, nosso búfalo, pendurado no fiel cão.

A dignidade de cada-nós entaipada na obrigação do nós-todos: um sarcófago feito de sucessivos guarda-joias. Um mausoléu sob a tampa grande, uma múmia na canoa pequena.

Em cada caixa, a folha dourada do mesmo rosto, sempre manso quando morre, sempre limpo quando nasce: Lorosa'e, o astro ferrado da nossa ganadaria.

Se o Meu País é a minha Pátria, quero morrer por ele — depressa!"

17
WALLACEA

Era apenas em sonhos que Alor chegava, dizia,
  Ao mais recuado de mim
  e recuperava da sua memória adormecida um *keroncong* fadista, Alor chamava-lhe
  Uma morna sundanesa
  que uma de suas mães lhe cantava em bebé, numa destas ilhas que dão vista para a ilha de Alor, é um bonito fado,
  um rascunho que a Amália improvisou em Díli
  como é bonita a saudade, como é belo sentirmos a ausência de onde não somos, deve ser isso o fado lá deles, costela nossa de marinheiro e judeu, eu gosto desta morna, canto-a para dentro, para o cafrinho que trago comigo, no ventre primordial da terra, o filho que Alor deixou na outra banda do Mundo, quero que ele, ou ela, aprenda já a canção que embalou seu pai, pois ambos nasceram no mesmo sítio, em Outramar, é esse o nome do *fado-tugu*, "Outramar", Alor sonhava-o mais ou menos assim, e a cantar me despeço, esgotou-me a contribuição para o seu inquérito, de qualquer modo, a verdade sobre Alor deriva algures por Outramar, canto de pé,

>   Cafrinho
>   Que foste meu cais
>   Na Ilha de Outramar

Cafrinho
Que foste meu amo
Nos mares de Ultramor.

Cafrinho,
Minha ilha Além
Çamatra, Jaua, Timor também,
Solor e Papoia por Banda
Após Malaca por Achém,
Outro mar, império amor,
Na Outra banda do Mundo.

Cafrinho
No fundo amar por mor
Lastro de maça, cravinho
E noz,
Lastro de vós,
Cafrinho de mim,
Moscada bandeira embrulhada em nós,
Ternate noivando Tídore,
Além nessa ilha Alor.

Cafrinho, Cafrinho,
Nau fragor,
Nau fragrância,
Cafrinho,
Que foste meu escravo,
Sândalo, café, Timor também,
Dobrões ao pescoço, rubis nos pés,
Na Ilha de Outramar
Nos mares de Ultramor.

Cafrinho
Na Outra banda da dor,
Alor, ilha Cafrinho,
Que foste meu cais
Na Ilha de Outramar
Nos mares de Ultramor.

Cafrinho
Que foste meu amo
Nos mares de Ultramor
Cais do nunca, mar demais,
Destino adeus, amarado vejo
Em Lisboa, preso a gaivotas,
O chorar doce de meu Tejo
Sorri lágrimas de teu sal,
Na Outra banda do Mundo.

Cafrinho,
Tua saudade Ultramor,
Nossa frol, nau fragor,
Nosso fado Outramar,
Na vela a cruz d'Emanuel,
EquaDor,
EquaDor,
É co'a Dor!,
Teu cafrinho Portugal.

18
Belteran

Nicodemos contou-me, quando eu regressei a Baguia, que Alor encontrou Que-Deus-Tem em Maurates, no mesmo dia em que um acaso geológico, ou a mão generosa dos antepassados, libertou Generalíssimo da sua caverna.

Nicodemos jura não saber quem degolou a Relíquia. O que ele sabe, e disse-me em confissão mais não saber, é que viu Alor deixar suas roupas numa das duas crateras de bomba em Matan Ruak. Depois, o rapaz subiu a um prado já perto do cemitério antigo de Haekoni e das grandes pedras verticais. Segundo Nicodemos, Alor corria entre campas e pedras, afugentando primeiro os cavalos selvagens, mas continuando a gritar à montanha, talvez aos antepassados, como se quisesse salvá-los, expulsando-os, Alor gritando, gritava-lhes

— Fujam!

19
Matarufa

Nicodemos perjurou na sua confissão ao Padre Rosário, como aliás era sua teologia. O velho não gostava de contar-se com honestidade a Deus, pois
> Deus é um crocodilo estrangeiro,
> costumava avisar-me,
> Quer salvar-te só para te comer a alma.

A verdade é que Nicodemos assistiu a tudo lá no Matebian, escondido numa fraga de Haekoni, de onde não podia ver nem ser visto por Alor. Só as almas falam lá em cima, na sua Casa — e dentro de casa, como sabemos,
> A voz apaga-se,

dizia ainda o Nicodemos. No eco das cumeadas, esse dez--réis de moisés ouviu a última cerimónia de Alor, um enlouquecimento de grande frieza, invocação religiosa profanando o nicho que sobrava destruir. Um rito de consagração, não de Alor, ou de seu lugar totémico, mas a ritualização de uma rejeição, de apagamento do mundo — uma autêntica ascensão aos deuses. Alor escolheu eliminar a sua origem. Para sagrar esse genocídio, violou o interdito dos antepassados.

Alor sabia que só há uma maneira de matar o sangue: derramá-lo de novo de onde ele originalmente correu. Deduzo do que me contou Nicodemos que foi essa a via de Alor. Matou a mãe por negação absoluta: fornicando-a. Matou o pai, na figura do único Avô disponível, na pessoa-avó da infeliz Relíquia, com quem Alor aconteceu esbarrar,
> Quem és tu?

A tua Relíquia, o teu Comandante, o teu Presidente, a tua Pátria, o teu Avô,
protocolo que Alor terá atalhado — imagino eu, porque ninguém viu, mas o eco emudeceu de Generalíssimo — com um único golpe macáçar,
A boca emudece, a voz apaga-se!,
também isto ouviu Nicodemos.
Nas crateras de Matan Ruak, o vento gritou depois, se a memória não me trai do que Nicodemos recitou de Alor:

Pais, senhores eles, avós senhores eles,
Senhores trevas eles, senhores noite eles,
Senhores antigos eles, senhores da palavra eles.

Agora mesmo procurar, já agora indagar,
Berço astro carne, céu astro carne,
Ventre ele voz, ilha ela voz:
Sangue montanha voz, sangue mar voz,
Agora mesmo indagar,
Velhos fogo voz:
Agora vir de onde, começar de onde?
Primeiro cabelo voz, primeiro nome voz, avô primeiro pai ele,
Levar até vir, fugir até nascer.

Já andam cantando, já contando vêm,
Lia-nain cortando cão, cortando galo, cortando búfalo,
Calor entranha, calor vulcão, calor forja,
Kuda fuik, cavalo selvagem, cavalo nobre,
Cavalo voz,

Kuda fuik relincha, selvagem voz,
Cão ladrando, cão acordando

Kuda fuik em meu avô.
Lia-nain contando:

"Avô vigor, avô cobiça, avô pecado,
Tesão de cavalo
Procura calma da cadela sua filha
Vem já, sobre ela chega,
Cavalo cavalga cadela,
Cadela de gatas admite,
Cavalo cavalga cansado,
Cão ladrando."
Avô amanhecer ele, *kuda fuik* ele,
Senhor cavalo, senhor avô, senhor pai.
Senhor meu.

Ir suplicar de novo, indagar novamente,
Lia-nain orando:
"Sobrinho de meu pai,
Filho de meu avô,
Meu avô em estupor,
Eu órfão da estuprada,
Meu gémeo meu primo,
Gerações ele, gerações eu,
Sou neto da segunda,
Já com sangue da terceira;
Geração primeira da besta,
Geração segunda da puta,
Geração terceira do rapto."

Acorrer a mim,
Agora mesmo ir pedir, agora mesmo ir perguntar,
Agora já ir, partir já ir,

Pai morto, pai falso, cadela *fuik*,
Nação senhores eles, República senhores eles.

Corpo cão velho, machado antigo, catana antiga,
Ferro venerando,
Brilha frio, gume quente
Brilho do ferro, sangue espesso,
Espada macáçar, lâmina veneranda,
Espada antiga, velha crina de *kuda fuik*,
Gume na forja, fogo batido, crina no punho,
Agora mesmo afiar, agora mais afiar,
Agora mesmo cortar,
Sangue venerando, sangue antigo, sangue podre,
Meu avô, meu pai, meu inimigo
Meu cão,
Kuda já de minha mãe,
Sangue morto, sangue derramado, sangue vingando
Senhor meu avô, pai de mim ele
Senhor meu pai, violador de mãe ela,
Senhor meu eu, senhor de mim todo.

Agora mesmo afiar,
Agora mesmo cortar,
Agora já matar,
Aqui mesmo, ser onde, ir já onde?
Gume quebrado, fogo molhado, céu fendido,
Uivo cão, sono peixe, coração coral,
Sangue vingado, sangue esquecido,
Senhor Sol, senhora Lua,
Montanha sagrada,
Cabeça totémica, espada justiceira,
Afiar já, cortar para sempre,

Deus *Mane* ele,
Deus *Fetu* ela,
Deus *Lorosa'e*,
Deus *Loromonu*,
Deus montanha, Deus casa,
Deus esfera quatro pontas,
Império mãe, Império pai,
Império avô, Império alma,
Montanha alta, montanha fértil,
Bandeira terra, meu chão Deus Pai,
Montanha Pai,
Astro rei, cruzeiro do Sol,
Senhor Filho, Espírito Santo,
Pai-Nosso voz, Cristo voz, cruz voz,
Dois cumes, céu de cima, céu de baixo,
Casa una, ventre uno, ventre sujo,
Ventre pai genro,
Dor voz, dor espada, dor carne,
Agora mesmo nascer quem?

Rain-filak,
Ajoelhar agora,
Sinai canoa,
Ilha vem já, ilha agora foi,
Montanha noite, Sol nascente,
Montanha justa,
Pais, avós, senhores, datós, liurais,
Trair já Cristo, rosnar já missa,
Renegar agora, renegar já, renegar só,
Três pais, duas mães, dois ventres,
Timor Mãe, Timor Pai,
Timor cume,

Timor Aswain Oan,
Chão avô, chão liurai, chão sacrifício,
Ir rogar suplicar,
Três vezes implorar,
Três vezes renegar,
Três vezes obedecer,
Cortar já
Pais, avós, eu,
Cortar mesmo, fugir, ficar, calar,
Agora mesmo morrer, agora já antepassar.

Já vem Timor, já vem matar,
Já se vê José, já chora Maria,
José lipa, José tais, José campa, José mudo,
José verme, José pó,
Pai ogre, Mãe ogre, Deus ogre,
Marômak já *Oan*, Alor agora *Marômak*,
Pegar enfim, pegar totem, calar avô nós, salvar Emanuel,
Matebian voz, Matebian templo,
Marômak órfão, Matebian estrangeiro:
Boca crocodilo, barriga baleia, águia vento,
Ave trovoada, ave relâmpago, árvore descascada,
Duas crateras, dois ovos, dois mortos,
Árvore estilhaço, berço estilhaço, menino relâmpago,
Pegar agora, responder agora, soprar agora, voar já.

Vento aqui mesmo paz, vento voz, silêncio agora.
Ilha alma *timur*.
Ermida *barat* Alor.
A boca emudece, a voz apaga-se.

20
Belteran

Cheguei ao Ma'hkota pouco depois das nove horas. Tinha ouvido pela rádio a notícia da rejeição da autonomia pelos timorenses, confirmada pelo bruá festivo na cidade. Dalboekerk vinha a sair do hotel, limpando a cara a um lenço branco. Parecia cansado mas sorriu-me,
 Como é que vocês, católicos, dizem, quando a desgraça vos alivia? "Tudo está consumado",
 Então não fica para a festa, *Pak*
 A festa ainda não foi minha hoje, padre, mas já é sua: o reino de Lorium acaba de ser proclamado em Timor. Não tarda, chegará às Flores, e você ainda pode ser cardeal de nenhures, disse Dalboekerk, abrasivo, acendendo um *kretek*,
 A libertação de Sunda Kelapa, porém, exigirá mais tempo,
 Não desiste da sua cruzada
 Pelo contrário, padre. Creio que a Indonésia exige uma *jihad*. De cruzadas, fiquei curado. O Cristo pode sempre renunciar à vista de Jerusalém, cometendo a alta traição de afastar o cálice...
 Não seja tão duro com o seu filho, *Pak*
 O meu filho não teve pai, Belteran. Era filho do incesto, como você sabe, pois esta ilha é um confessionário. O avô de Alor satisfez-se na sua filha. Eu não lhe dei um pai. Dei-lhe uma hipótese, quando o apanhei em Matan Ruak. Ele deitou-a fora — vinte anos depois. Por causa de Alor, perdi uma colónia e não ganhei um país. O único órfão, padre, sou eu,

e assim falava, exaltado, quando Matarufa saiu do Ma'hkota, com uma caixa de cartão nas mãos. Notei a sua expressão fúnebre, desconcertante para a ocasião. Dalboekerk acenou ao seu motorista, que esperava já de motor ligado, estendeu-me apressadamente a mão, gesto inusitado nele, e senti pela última vez o incómodo dessa mão a que faltava o dedo anelar, "uma vítima da conquista, caí mal no salto sobre Díli, dei um dedo por *Tim-Tim*", tinha-me dito um dia.

Pela rampa do hotel subiu um carro de vidros pretos e duas bandeirinhas da nossa República. O motorista saiu, para abrir a porta ao passageiro ilustre, e da viatura libertou-se um som morno de *keroncong tugu,*
Cafrinho, Cafrinho,
Nau fragor,
Nau fragância,
Dalboekerk recostou-se nos estofos púrpura,
Cafrinho,
Que foste meu escravo,
salvo de Díli por uma grande caixa preta de música,
Na Ilha de Outramar
Nos mares de Ultramor,
reparei que vestia uma camisa de estampado quase templário — um fólio bizarro de galeões quinhentistas —, excesso de traje que criava um ambiente calipso, mundano, e ainda lhe perguntei

Para onde vai

Para a fronteira. Anunciaram ali dentro que estou do lado errado da geografia. Não me apanham, ao menos, no lado errado da história,

Vá com Deus,

Pak Insh'allah, padre, *insh'allah!*

Kolophón
do editor

1. Rain-filak

A 17 de abril de 2009, noite feita em Díli — ainda a meio do dia em Lisboa, devido à grande diferença horária —, enviei para a linha informativa da agência portuguesa de notícias, Lusa, o meu último despacho enquanto correspondente em Timor-Leste. Antes de ir dormir, enviei também uma mensagem eletrónica para um endereço de domínio ".no" — Noruega. A mensagem, a primeira que enviava para esse endereço, continha apenas uma palavra,
Done,
o que, traduzido em português, poderia significar,
feito,
pronto,
acabado,
encerrado,
cumprido,
eliminado,
farto,
cheio,
saciado,
Done
e, naquela noite, o contexto tinha disso tudo um pouco, apenas, portanto,
Done,

porque vinte e sete meses, uma semana e cinco dias a viver em Díli convergiram naquela data para fechar uma porta, entreabrindo outra, afinal a mesma, apenas no seu inverso, tudo funcionando através de um mecanismo giratório, invisível, cósmico, como se houvesse datas tão carregadas de sagrado — de medo, mistério e fascínio — que funcionam como a porta de transição entre mundos, nas *uma lulic*, as casas sagradas timorenses, a porta por onde, cabisbaixos, na penumbra, guiados pelas ancestrais narrativas dos *lia-nain*, os "senhores-da-palavra", transitamos entre o indivíduo e o universo, o futuro e o passado, o divino e o humano que, ocasionalmente, se encontram debaixo de um teto consagrado pela ambição, pela inevitabilidade, dessa convergência.

Timor fechava-se.

Timor podia, enfim, abrir-se, porventura decifrar-se,

Done,

para lá de um dia intenso que, se outras emoções não houvesse, tinha oferecido a sua dose de bizarro, apenas através de uma coincidência. Apenas a esse título, um acaso, recordo aqui o momento em que um veículo da GNR (a Guarda enviou um contingente de elite para Timor-Leste, em junho de 2006) parou diante da casa da Lusa. Cortesia habitual, saí do escritório para receber a visita inesperada, que já entrava no jardim. Era um oficial, veio compondo a boina azul da Missão das Nações Unidas e, enquanto me apertava a mão, já apontava para cima, para os quatro mastros junto ao muro de fachada,

O meu amigo tem a bandeira ao contrário,

e eu, por momentos, fiquei estático a olhar para ele, sem entender ao que viera o gendarme,

A *nossa* bandeira sua: está ao contrário,

repetiu, quase tão incrédulo quanto eu, quando vi que era verdade, a Bandeira Nacional que sempre flutuava diante do escritório estava... ao contrário: o verde na tralha, claro, mas o escudo, com as quinas e os besantes, de cabeça para baixo, os sete castelos virados ao chão, uma desatenção, um embaraço, para cúmulo, diante de um militar.

A Bandeira Nacional, ladeada pelas bandeiras da RDTL e da Lusa, era içada às 06:00, logo depois da alvorada, no final de turno do guarda de noite. As três bandeiras eram arriadas às 18:00, antes do pôr do Sol, normalmente último ato do guarda do turno da tarde, ou primeira tarefa do guarda-noturno que entrava ao serviço. Qualquer deles executava o içar e o arriar de bandeira com grande solenidade, cumprindo um solitário protocolo que, convém confessá-lo, me ensinou depressa a honrar o seu respeito e a tentar, pelo menos, não banalizar-lhe o significado, qualquer que ele fosse, do momento e do ritual.

Tão mais estranho, por isso, era ter a bandeira portuguesa ao contrário. O guarda de serviço também não dera conta e não percebeu logo, quando eu lhe disse que era preciso pôr a bandeira na posição correta,

Com os castelos em pé,

insisti, ao que o militar da GNR comentou

Como é que quer que o gajo o entenda se não houve castelos em Timor?

"O gajo", no entanto, entendeu mesmo — e decerto não por ter havido "castelos" em Timor. A Bandeira Nacional foi arriada e içada de novo, a meio do dia. Que me lembre, foi a única vez que isso aconteceu, ali em casa, enquanto vivi em Díli. Não há solenidade na emenda, apenas o protocolo, para, simbolicamente, endireitar o símbolo torto, pensei, enquanto as sete menagens douradas da mãe castelhana de D. Afonso III de Portugal subiam contra o azul do Estreito de Ataúro. Estranha flutuação, reparei também, enquanto a bandeira subia, dos estigmas de Cristo abençoando D. Afonso Henriques em Ourique, diante da ilha, ali, dia e noite, vinte e sete meses, uma semana e cinco dias, perante mim, Ataúro, a ilha das Cabras, o sítio de onde a armilar manuelina voltou a casa, em 1975, amolgada na culpa injusta, mas triste, do último governador português de Timor.

O guarda que arriou e içou a bandeira, corrigindo-a, era um homem discreto, cuja *persona* na folha de pagamentos do pessoal da Lusa em Díli dizia "jardineiro". Às plantas e maravilhas botânicas em geral — incluindo aos cinquenta e seis pés de sândalo que tentei plantar, bem enraizados, no inventário do ano de 2039 da delegação da agência em Timor-Leste... —, dava o carinho devido por um antigo caçador sazonal de tubarões no mar de Timor, que foi a sua *persona* durante o "tempo indonésio".

O militar da GNR assistiu, em sentido, não sei se ao arriar ou à correção da bandeira ou à minha implícita reprimenda. Foi uma ocasião de soberano desconforto: o meu guarda fez descer e subir a bandeira como se a corda lhe queimasse as mãos. Levei o militar da GNR ao portão, um homem satisfeito por ter composto a posição da Pátria. Era, talvez, sobre isso que o meu guarda falava com o condutor da agência, os dois sentados diante das bandeiras, junto de um frangipani. Quando voltava para dentro, percebi distintamente o termo

Rain-filak...

"o mundo ao contrário", numa frase em tétum que, no resto, perdi na conversa dos dois empregados.

Horas depois, a caminho de uma cerimónia evocativa em Lecidere, a sós com o condutor, tantas vezes a única ocasião de falarmos com calma e apenas a dois, quis saber dele

Quem é que pôs a bandeira ao contrário

A bandeira não estava ao contrário, senhor,

Como não?, o senhor mesmo viu: o escudo estava virado para baixo

Não era a bandeira que estava ao contrário. Era o mundo, senhor: *rain-filak*, explicou-me, na sua imorredoira calma, o fiel condutor, ao que eu tentei, de novo, recolocar a discussão nos carris de uma lógica que era, afinal, apenas uma teimosia minha, deslocada de meridiano e de latitude,

E como sucede o mundo ficar ao contrário e ninguém ver Da rua viu-se, senhor,

rematou *katuas* Sixto — o meu condutor timorense. E, sob chuva, chegámos a Lecidere, para a última reportagem em Díli. Assunto encerrado quanto à inversão da Bandeira Nacional.

Na manhã de sábado, 18 de abril, havia já, no correio eletrónico, resposta à mensagem da noite anterior, paga na mesma telegrafia,

Goodon'ya,

sem nenhuma palavra mais.

Uma tréplica para o mesmo endereço norueguês, dando conta das minhas coordenadas em Skagastrond, na costa norte da Islândia, a partir de final de abril, não teve resposta eletrónica. Foi respondida em pessoa, segundo uma promessa que, diga-se, eu não esperava que fosse cumprida tão depressa.

O visitante chegou, em meados de maio, ao pequeno porto de pesca de Skagastrond, num sábado luminoso e primaveril com três graus de temperatura (máxima). Surgiu na altura em que eu forçava o treino regular de *silat* no relvado aberto, atrás da casa de madeira onde fiquei instalado durante cinco semanas, surgiu pela sua voz,

Não tem os pés gelados?,

aquela voz que eu lembrava bem e na qual, de novo, como fizera antes, o visitante embuçava a sua chegada. Imaginei-o, mantendo-se ignorado, largos momentos, da minha figura — eu vestido totalmente de preto, com o uniforme dos "tigres" Pajajaran de Timor-Leste, gesticulando *jurus* no meio de uma folha de neve que abrasava os rebentos de relva —, para encenar

a altura exata de poder anunciar-se do nada, com maior efeito, perguntando
 Não tem os pés gelados?
 ao fim de quase três anos sem qualquer outro contacto entre ambos que não uma troca sumária de mensagens, dias antes,
 Done
 Goodon'ya,
 mas esse era o seu estilo, aparecer num tapete voador de preocupações prosaicas,
 Você devia, pelo menos, calçar umas meias, os islandeses fazem boas meias de lã, têm carneiros, é aliás por isso que não têm árvores,
 como se fosse esse o melhor protocolo para revelar-se, mantendo-se na penumbra,
 Precisa de mais aquecimento?,
 que foi o que ele me perguntou, gelando-me de susto, surgido também do nada, em Bodø, em 2006, numa residência onde não havia ninguém quando entrei,
 Não é preciso, obrigado, mas quem é o senhor
 e onde tudo parecia estar habitado,
 Por agora, para si, sou um xâmane da Igreja da Noruega,
 o prato na mesa da cozinha, igual a um dos vários pendurados na parede, a toalha de linho bem engomada, tostas de pão e uma embalagem do queijo salgado norueguês, com a espátula pronta a cortá-lo, decapando finas fatias castanhas, a lenha crepitando no fogão-salamandra da sala de leitura, correio que parecia por abrir, dentro de uma caixa, maçãs na fruteira, o teclado do piano destapado, o pó inexistente, de tão limpo, a televisão ligada com imagens a preto-e-branco, de algum documentário antigo, havia também, sobre um tamborete, uma carteira de tabaco Petterøe's, e um cheiro humano de casa vivida dentro dessa magnífica construção de madeira, pintada a escarlate, estrutura

moderna, angular, minimalista, erguida sobre as rochas, junto à água gelada e ao horizonte cromado onde flutuavam as ilhas meridionais do arquipélago das Lofoten. A orientação e a distribuição da casa, para o largo e as ilhas, sem nenhum sinal de intervenção humana visível, reforçava a tranquilidade sublime do lugar,

Obrigado por acolher-me aqui

e o meu visitante, que não era o meu anfitrião, discordou, com a mesma cara de quem perguntaria se eu não tinha os pés gelados,

Os xâmanes não têm casas destas, *Herr* Mendes. Você é hóspede do bispo, em conformidade com a carta que lhe entregaram em Stavanger,

mas o bispo que me tinha convidado a Bodø, ou isso pensava eu, impaciente por encontrá-lo, afinal não comparecia,

O homem não mora aqui. Só o nome mora aqui,

concluiu a propósito, seco, o "xâmane", nesse fim de dia em Bodø,

Amanhã falamos no programa da sua viagem. Sonhe bem.

Esse primeiro encontro aconteceu em outubro de 2006. O "homem" que desmorava ali, meu anfitrião ausente: Per Kristian Kartevold, bispo luterano da Igreja da Noruega, retirado de funções a seu pedido, desde o início da década, tendo-se remetido ao silêncio e à clausura desde então, depois de uma década de grande exposição mediática, envolvido em vários processos de paz na Ásia, Médio Oriente e América Latina, rosto clérigo de uma ideia luterana do Bem norueguês universal, o Bem ideal e militante pago pela dinamite de Nobel, através de um prémio anual, atribuído por um comité onde Kartevold tinha voz e chegou a ter voto.

A proposta para viajar até Bodø, em Nordland — acima do Círculo Polar Ártico —, chegou-me em setembro de 2006, em

Stavanger, na costa oeste norueguesa. Recebi-a, indiretamente, por intermédio da diretora da biblioteca da cidade, ela própria casada com um pastor luterano e filha de um missionário norueguês em África. No final de um debate literário em Stavanger, a distinta senhora, "filha de missão", transmitiu-me o interesse da Conferência Episcopal Norueguesa na minha deslocação a Nordland

Para assistir o bispo Kartevold na interpretação de matérias relacionadas com Timor-Leste,

era o que dizia a carta com timbre da Diocese de Bodø, assinada por um elemento do Sínodo. A diretora da biblioteca de Stavanger não adiantou muito mais sobre os motivos do convite. Referiu que a Igreja da Noruega tinha sabido da minha visita a Stavanger — de resto, anunciada nos jornais da região de Rogaland, no âmbito de um programa de conferências e leituras que envolveu autores de vários países com obras de temática africana — e que conheciam, talvez através da diretora do Festival de Literatura de Lillehammer, o meu álbum de reportagens sobre Timor-Leste, "Madre-Cacau", ilustrado por Alain Corbel,

Belos desenhos, que são tudo o que entendi,

sublinhou a senhora, sem mais, nada esclarecendo sobre o eventual conhecimento, pela Igreja da Noruega ou pelo bispo Kartevold, do facto de eu estar de partida para Timor-Leste no final de 2006. Stavanger, precisamente, era a última escala, antes de deixar Portugal até, pelo menos, ao final de 2009. A bibliotecária passou-me apenas um bilhete de avião para Bodø, via Oslo, além da morada do bispo Kartevold,

Não é preciso tocar, basta entrar, pediram-me para informá-lo de que a porta da rua nunca está fechada à chave.

Não estava.

A residência de Kartevold tinha uma decoração espartana mas cuidada, que apenas punha em evidência o forte caráter das poucas peças distribuídas pelos dois pisos. O Xâmane —

chamo-lhe assim porque nunca teve a amabilidade de se apresentar com outro nome — explicou-me que as duas portas, invulgarmente largas, na sala azul-topázio do primeiro andar

Foram recuperadas de uma quinta onde o bispo terá crescido, nos anos a seguir à guerra,

e, quanto ao relógio de parede, que tiquetaqueava uma hora que não era a correta em nenhuma capital da Europa, nem aproximada,

Foi descoberto, enterrado numa caixa, entre vários outros objetos, perto da gruta onde Kartevold, bebé, sobreviveu à grande destruição desencadeada pelos alemães em 1945,

e o Xâmane-cicerone foi saciando a minha curiosidade em relação ao recheio de uma casa aquecida pelo fantasma do proprietário,

Os dois sofás de veludo vermelho são, como diz, belas peças, saíram também de um buraco onde tinham sido enterrados durante a ocupação alemã, em Kårhamn, parece que só os sofás restaram da casa destruída nos bombardeamentos,

fascinou-me ainda uma fotografia irreal, na parede onde estava encostado o piano, com cavalos rebocando uma casa típica norueguesa, de madeira, através de uma paisagem absolutamente branca,

Kartevold viveu nessa casa, e noutras, enquanto miúdo, penso que a fotografia é de 1954, de quando mudaram a casa de uma margem do fiorde para outra, o que era comum. Eu próprio, que cresci nas Lofoten, ajudei a mover a casa da minha família através do Nappstraumen, aproveitando a baixa-mar, isto é, mudámos a casa da ilha de Flakstadöya para a de Vestågöya,

e, finalmente, apontei para o prato sobre a mesa da cozinha, pintado com uma igreja ortodoxa rodeada de canoas, em traços e proporções *naïf* mas com a neve e o céu a preto, o Xâmane pegou nele, virou-o, leu

"Stavangerflint"; duas peças cada Natal; esta firma gravava em cerâmica os pratos encomendados a Kaare Espolin Johnson, todos os anos, pela Nord-Norges Salgslag,

o Xâmane foi paciente com a minha ignorância,

Uma organização de distribuição rural. Encontraria estes pratos em muitas cozinhas norueguesas. Estes estão aqui porque o Espolin era bastante amigo do bispo Kartevold,

o Xâmane voltou a pôr o prato na mesa, sentando-se,

E agora temos alguns detalhes importantes a tratar, peço a sua atenção, temos pouco tempo e o barco não espera por si.

"Os detalhes": um contrato, redigido em norueguês,

Pode assinar, mais não há aí do que uma cláusula de confidencialidade absoluta sobre tudo o que vir, ouvir ou ler enquanto estiver com o bispo Kartevold, e algumas disposições sobre honorários, que esperamos sejam satisfatórias, pode lê-las, até os luteranos do Ártico usam a vossa numeração árabe. Terá um bilhete de avião de regresso a Oslo, evidentemente, e providenciaremos a sua alimentação, enquanto estiver em Finnmark. Certamente que gosta de *bacalao*.

Assinei — apesar da cláusula *bacalao*.

O Xâmane recolheu rapidamente os papéis, sem deixar comigo nenhuma das três cópias onde eu tinha posto o nome e a minha impressão digital a sangue, depois de,

Com sua licença,

o Xâmane ter usado, no meu indicador direito, um pequeno perfurador de laboratório clínico, para dele aspergir três gotas vermelhas, e mais nada tinha a tratar,

Vamos?

fomos, deixando atrás uma televisão ligada na casa vazia do bispo, reparei, repetindo as mesmas imagens que estavam em transmissão à minha chegada, na véspera,

É uma gravação. Passa em *looping*, constantemente. O bispo, mesmo não estando aqui, gosta de ver o príncipe Olav caminhando na neve, com solas de manteiga, em 1934, na sua visita a Finnmark: o monarca da Noruega, entre pescadores russos e barretes da Lapónia, desorientado, com medo de escorregar no Grande Norte. Vamos!,

fomos, o Xâmane acompanhou-me ao *MS Trollfjord*, um dos paquetes que percorre a inóspita costa norueguesa, porto por porto, na antiga rota do barco postal, a "Hurtigruten", até Kirkenes, remota localidade de fronteira, muito para lá do Cabo Norte, diante da Rússia, no mar de Barents, tão a leste que fica na mesma latitude de Istambul.

Kirkenes era o meu novo destino, por indicação do Xâmane e de um contrato assinado a sangue.

2. Boris Gleb

Não é simples percorrer a "Hurtigruten" até ao porto *terminus*, mesmo num barco-hotel moderno. De Bodø a Kirkenes, o *Trollfjord* levou vários dias de mau tempo. No final, o bispo Kartevold saudou a minha chegada, como se fosse à hora exata de um compromisso do qual eu não tinha sido informado,

Veio mesmo a tempo. O meu afilhado não tarda — sinto.

Ao lado de Kartevold estava o Xâmane, espécie de camareiro, a quem o bispo se dirigia por gestos vagos, solicitando objetos ou ajuda ou presença sem recorrer a palavras, como se o aio antecipasse as necessidades do amo,

Os seus binóculos, senhor

ou

A sua Bíblia, senhor,

vAo fim de alguns quilómetros de floresta, a pista acabava e era ainda preciso caminhar umas centenas de metros por um carreiro. Chegava-se, enfim, à única construção visível desde

Kirkenes: uma casa, isto é, uma grande cabana, na orla da floresta, com domínio majestoso sobre um vale que se precipitava, lá em baixo, em território russo e sobre o mar de Barents.

A arquitetura da grande cabana era dominada pela forma do telhado, uma grande quilha invertida, formando um pau de fileira convexo, a todo o comprimento da cobertura. Do pau de fileira desciam duas águas que, caindo de um mesmo topo para ambos os lados, se prolongavam de forma a ultrapassar, e a esconder, as paredes, como grandes abas. A estrutura, leve ao olhar apesar da grande envergadura, assentava sobre quatro pilares robustos, cada um talhado num único tronco maciço e plantado cardinalmente em relação aos outros três.

Um grande barco virado de bojo ao céu, como se o casco tivesse sido esculpido sobre o esqueleto de um enorme cetáceo, eis o refúgio de Per Kristian Kartevold.

Entrava-se nesta baleia de madeira, e no escuro quase total do seu ventre, por umas escadas de madeira amovíveis, que, à noite, o Xâmane recolhia para o patamar. Sem a escada, olhada de fora, a construção adquiria a silhueta definitiva de uma nave pronta a largar encosta abaixo.

Além de sucessivas antecâmaras estanques, de dimensões reduzidas e sem janelas, que pareciam contornar três lados do quadrilátero da casa, até se atingir uma última porta, dupla e basculante, que abria para a divisão principal, a magnífica casa de Kartevold era, no essencial, um grande porão. Para quem nele entrava, cabisbaixo, proveniente das antecâmaras, o salão único apequenava, de seu grande alçado, levantado entre o soalho e uma viga transversal, lá muito em cima, que parecia aguentar todo o ventre da casa tal qual uma espinha dorsal, multiplicando o espaço em relação à perceção exterior da volumetria.

O impacto produzido pelo interior durava pouco, pois era substituído pela surpresa sucessiva dos detalhes que faziam o mundo de Per Kristian Kartevold. O bispo vivia numa cápsula fora do tempo, onde se misturavam referências geográficas, religiosas, antropológicas e políticas, referências contraditórias, ou apenas diversas, coabitando na sua cabeça da mesma forma que partilhavam a sua cabana, colocando-o no centro de um cosmos feérico, mágico, místico,

Louco, o homem é louco, é o que você está a pensar,

disse o bispo, sem deixar que eu respondesse, falando com o tom de quem não atribuía qualquer importância à minha opinião sobre ele, ou à de alguém,

Pense à vontade, é o que o século acha de mim, com a vaidade acrescida de supor que eu atribuo algum significado à sua avaliação, e que disso fugi, e me abriguei do seu dedo apontado, e, no entanto, o século não poderia ralar-me menos, afastei-me dele para que não turvasse a revelação do mistério, as luzes da cidade sujam o céu de poeira, é ou não é? A nossa civilização, chamada cristã, chegou a um tal ponto de oblívia que não consegue ter outra avaliação, além de loucura, para o que são os seus alicerces, a existência de Deus e a sua dupla condição divina e humana, e, portanto, a possibilidade da reencarnação. E, no entanto, a reencarnação está próxima. Eu estou pronto para ela. O meu afilhado também.

Não havia retratos de Kartevold na residência de Bodø. Eu não tinha ideia prévia de como era o bispo, até estar diante dele: um ancião amblíope obrigado a óculos de lentes muito grossas e que precisava da ajuda do aio Xâmane,

Os seus binóculos, senhor,

para, de longe, conseguir ler as Sagradas Escrituras, ou o que fosse, através de toda a largura da sala, enquanto o Xâmane ou alguém segurava na Bíblia, aberta, porque, explicou ele próprio,

Com os óculos, ao perto, mais não alcanço do que umas letras acavalando os versículos na sombra uns dos outros.

Kartevold, explicou-me depois o Xâmane, teve um acidente vascular na retina e tem vindo a perder visão desde há vários anos, de forma drástica.

O mais bizarro era, contudo, o paramento do bispo, um choque de cor e de contexto. Nos dias em que estive junto dele, Kartevold vestia um formidável *traje de luces* tauromáquico, em branco, dourado e roxo, apertado ao seu velho corpo,

Serve-me como uma luva, é uma sorte eu ser pequeno para norueguês e o Chibanga ser grande para um português, como eram todos os moçambicanos que conheci,

disse ainda o bispo, contemplando o traje de matador com uma faúlha de vaidade laica,

Embora eu nunca tenha conhecido o Chibanga, das touradas gosto apenas do que vocês proibiram, que é o holocausto ritual do touro no estoque, a parte mais religiosa, isto é, intrinsecamente pagã, da arte brava.

O salão de Kartevold não recebia nenhuma luz exterior. Não havia janelas, exceto uma, que devia ser grande, virada a norte e ao vale de Boris Gleb, mas essa face lisa da casa estava tapada, no interior, por um reposteiro, a toda a altura da parede, sobre o qual estava cosido, como um painel encaixilhado e pendurado: uma bandeira branca, com o escudo das armas de Portugal, com maior altura de tralha do que largura, danificada um pouco na parte inferior, sob os escudetes

Sabe que bandeira é esta?,

Parece uma bandeira monárquica portuguesa

Esta bandeira...

Kartevold suspendeu a palavra um instante, teatralizando a antiguidade do pavilhão,

... tem mais de duzentos anos! Veja

De facto era: uma bandeira da monarquia. O bispo fez um gesto, abrindo a mão para o lado, e o Xâmane passou-lhe

Os seus binóculos, senhor,

com que Kartevold perscrutou o pavilhão bragantino,

Um soberbo troféu, uma relíquia sem preço, uma prenda de grande significado — só lhe falta ser autêntica,

concluiu o bispo, de súbito cansado. O Xâmane acorreu aos binóculos, mesmo a tempo de impedir que caíssem no chão, já o bispo repousava numa sesta profunda, resplandecente no seu *traje de luces*.

O Xâmane arrumou os binóculos ao lado da cama do bispo e contou a história da bandeira, uma saga que atravessa Tempo e Espaço,

A Bandeira de Dona Maria veio de Timor, do suco Estado, perto de Letefoho, diante da montanha do Ramelau,

eu conheço essa aldeia, lembrei-me dos crânios que enchem o tronco oco no centro da povoação, assinalando o lugar da justiça,

Diz-se que é a bandeira das bandeiras, de todas as que foram guardadas nas *uma lulic* timorenses,

era junto à grande árvore que eram enforcados os criminosos ou prevaricadores,

A bandeira foi guardada durante mais de um século na *uma lulic* do suco Estado, até ser oferecida, numa ocasião especial entre todas, uma ocasião soberana, entendida como tal pelo conselho dos anciãos do suco Estado,

enquanto ouvia o Xâmane, conseguia ver a escadaria da igreja de Estado, mesmo diante da árvore-*lulic* e dos crânios, e um rapaz demente descendo por ela, quando, em 2004, visitei o lugar pela primeira vez,

Os anciãos decidiram, em 1996, oferecer a bandeira ao bispo Per Kristian Kartevold, "o Bispo, Rei do Nobel", chamou-lhe o *dato-lulic* numa cerimónia que durou horas, lá mesmo no suco Estado,

um velho que eu encontrei disse-me que o rapaz tinha enlouquecido, como castigo dos antepassados,

Os anciãos receberam Kartevold e prestaram-lhe vassalagem, fundando uma nova aliança do povo timorense com um reino tão poderoso e próximo do Altíssimo que podia conseguir a independência de Timor, e a ele se encomendavam, entregando-lhe o símbolo físico da aliança sagrada com o Reino de Portugal,

o rapaz começara a tirar os crânios da árvore e a levá-los para a igreja em frente, depondo-os no altar,

O suco Estado, *primus inter pares* em Timor por graça de possuir a bandeira mais anciã da dinastia de Bragança, encomendou a última batalha pela independência a El-rei Nobel, o bispo Kartevold, representante da Noruega e personificação de um Comité que, visto da *uma lulic* do suco Estado, era um longínquo grupo de arcanjos, de arcanjos *malae*, estrangeiros,

o castigo do rapaz louco fora dado na medida da sua heresia, pois ele anunciou que os antepassados do clã não deviam continuar mortos dentro de uma árvore seca, era melhor que ressuscitassem no altar de Cristo,

A bandeira saiu, portanto, em segredo, de Timor, dobrada pelas mãos rugosas dos datós de Estado,

e, para os antepassados ressuscitarem em Cristo, bastava atravessarem a rua, com ajuda de sua mão, disse também o rapaz, porque Cristo não distinguia entre as caveiras dos bons e as caveiras dos maus, os antepassados eram justos uníssonos na morte, e sobre eles os vivos não deviam guardar rancor, nem exercer juízo,

Aqui está ela, na Noruega, confirmando a validade da aposta dos datós, Timor-Leste é independente da Indonésia porque jurou vassalagem ao único reino que podia fazer conduzir a sua causa à vitória, o Reino do Nobel, porque o Nobel é o Bem, a Paz e a Justiça, é um reino tão bom que todos os outros respeitam a sua autoridade, assim também Portugal, pois os datós não arriscariam um conflito de soberanias, e, ouvindo o Xâmane, lembrei ainda o louco de Estado, finalmente sovado, à porta da igreja, pela sua comunidade, segundo me contaram, o pobre levou tanta porrada que terá sido essa a causa do treslide, e não um hipotético castigo dos Matebian,

Os datós apenas acrescentaram um nível de suserania acima de Portugal, acima dos Braganças, acima de Dona Maria, a Constituição moral de Alfred Nobel, fundamento de um reino universal que, afinal, notaram os velhos datós sobre as entranhas abertas e perscrutadas de várias galinhas, afinal, afinal, não caíram na tentação de apartar Deus e o Rei, pelo contrário, continuaram a fazer de Cristo a religião do reino, ao contrário de Portugal, enfraquecido desde que separou o governo da igreja do governo do povo e o governo do povo do governo da igreja,

disseram-me também, no entanto, que os mesmos que espancaram o jovem herético, no suco Estado, chutaram os crânios para fora da igreja, por superstição ou maldade, gritando como selvagens,

A Noruega é o reino do Bem, e o Bem ganhou em Timor, e os datós jogaram com presciência quando puseram nas mãos do bispo Kartevold a peça que, no seu tesouro, estava mais imbuída de divino, concluiu o Xâmane,

e não me arrependo, pensava ainda, de ter concordado em oferecer boleia para Díli ao pobre herético do suco Estado, salvando-o da aldeia, ou isolando-o na cidade, apenas gostaria que ele não tivesse esquecido, no banco traseiro do nosso carro, a caveira incógnita de um seu antepassado justiciado.

Kartevold acordou e, como se tivesse presenciado a nossa conversa, acrescentou às palavras do Xâmane que

Timor é uma sociedade totémica e a bandeira portuguesa foi identificada, no século xix, como o totem do grupo mais amplo, acima do totem da casa e dos sucessivos níveis de integração, da aldeia para o clã, do clã para a etnia, da etnia para a nação,

apontou a bandeira de cores gastas, cosida ao reposteiro, do suco Estado para o Estado-suco,
concluiu, convocando o aio com um gesto, e o Xâmane acorreu prestes,
Os seus binóculos, senhor.
O último nível de integração para os datós timorenses era a Nação portuguesa. A partir de 1996, acima desse, passou a existir um nível novo: a Nação Nobel, forte de um exército celeste.

3. TOP DECK
Voltemos à "Hurtigruten", na rota ascendente para Kirkenes. Do meu diário de bordo:
"É meia-noite e o *MS Trollfjord* penetra cuidadosamente no Trollfjord, em Austvøgöya. Um navio regressa ao sítio que lhe deu o nome, espécie de útero rochoso comprido, alto e perfeito, fechado num colo sem saída, onde há apenas duas casas incrustadas na falésia, como ninhos de rapina. A noite é límpida e há uma serpentina boreal, esverdeada, latejando no céu, com as mesmas cores que adejam na água gelada do fiorde, em baixo, iluminada pelos faróis que ajudam a manobrar o navio na exiguidade do fiorde. Estranho efeito: céu e fiorde, duas auroras refletindo o mesmo nome.

O fiorde e o navio estão ligados pela profundidade semântica do nome: Trollfjord é uma 'batalha' célebre, data mítica do confronto simbólico entre a pesca artesanal à vela, a *gamletda*, e a pesca comercial a vapor. Em 1890, um armador enviou barcos a vapor para os bancos de desova do bacalhau nas Lofoten, fechando o Trollfjord e reclamando ser 'dono' do peixe aprisionado. Os milhares de pescadores, vindos de quintas em toda a costa norte para este maná sazonal, recusaram a apropriação e atacaram os intrusos, a golpes de anzol e remo, num incidente muito celebrado, mas quase sem derramamento de sangue.

O *MS Trollfjord* manobrou no 'seu' fiorde-beco, elaborando a inversão de marcha com uma perfeita rotação sobre o seu eixo. Em poucos minutos, a proa estava virada para a saída do fiorde. Não assisti ao final da manobra porque resolvi oferecer-me o maior luxo do cruzeiro: a possibilidade de assistir à projeção de uma aurora boreal (a minha primeira), sentado no *jacuzzi* do *top-deck*. O *jacuzzi* é um tanque circular, totalmente aberto à noite e ao frio polar, no meio do *deck* mais alto do paquete, de forma que dele se tem um panorama de quase 360 graus — exceto no ângulo da proa, coberto pela estrutura do bar. Deixei derreter o corpo na água petulante, afundando-me até deixar de fora apenas o nariz e os olhos.

A aurora adejava no firmamento, irreal. A abóbada celeste tinha sido transformada num abismo marinho, território de uma serpente de luz atravessando seus domínios entre milhões de pequenos peixes-estrelas que formavam constelações. O calor solvente do *jacuzzi* materializava esta inversão de céu e fiorde, substituía o gelo polar por uma limpidez coralínea e largava-me num mergulho imaginário mas não menos doce."

A fruição esquecida da aurora boreal foi interrompida pela voz conhecida

Quer uma sopinha quente?

de um homem que, no entanto, eu não esperava sequer que estivesse a bordo,

Ou vai uma *vodka* geladinha?

nem imaginaria ver, nos parcos preparos de Adão,

Estão a oferecer no bar, é uma tradição,

soltando o robe, com um gesto sedoso, exibindo uma larga cruz tatuada a toda a largura do peito, levantada a partir da pélvis, num desenho de pouca espessura, gravado na pele pela agulha de tinta, escorregando para o *jacuzzi* com seu corpo nu, cruz humana mergulhando no vapor de água: ali estava o Xâmane, sem sopinha nem *vodka* geladinha, entretido agora com a aurora boreal,

Os guerreiros mais valentes estão atravessando a Via Láctea. Os deuses vão combater em breve. Precisam que os mais valentes se disponham, de novo, a lutar — e, de novo, a morrer.

O Xâmane tinha ficado no cais, quando eu embarquei no *MS Trollfjord*. Era inexplicável como conseguira embarcar depois da largada do navio. Teria viajado — de *ferry?* — para Stamsund, já nas Lofoten? Ou subiu a bordo em Svolvaer?

Eu não preciso de embarcar, *Herr* Mendes,

e, com um estalo de dedos, pediu duas *vodkas* geladas,

É contra o regulamento beber no *jacuzzi*, mas é noite de festa quando o *MS Trollfjord* passa no fiorde de seu batismo,

e encerrou dessa forma o assunto da sua presença ali. A minha atenção descera da aurora boreal para a grande tatuagem do Xâmane: os braços da cruz flutuavam fora de água, à largura do seu peito — pensei, um mamilo em cada cravo, nesta cruz sem Cristo. Ergui o copo, num brinde

À sua cruz

uma cruz tão fina que parecia ter a espessura da pele, apenas um homem a aguentaria de pé, o pau do crucifixo precisa do esqueleto exterior do crucificado, nisto pensava, mas o Xâmane emendou-me a ideia,

Esta cruz é indestrutível,

Então existe mesmo

Além de existir em mim, quer dizer?,

engoliu a *vodka*, de um só trago, e repudiou a minha ignorância com o mesmo esgar do álcool descendo pelas entranhas da sua cruz,

Existe à saída de Gjerholmssundet, em Kvitsøy, na costa oeste. É uma cruz de granito, solitária, alta, achatada, um pouco curvada, com corcunda elegância, qual árvore crescida ao vento, crescendo em vénia, não há nenhuma árvore nessa ilha, apenas o mar do Norte,

contou o Xâmane,

É a cruz da paz celebrada entre Olav Haraldsson, II da Noruega, o rei santo, e o chefe Erling Skjalgsson, referida na saga do islandês Snorre Sturlason, o primeiro registo conhecido do arquipélago de Kvitsøy,

informou o Xâmane, erguendo o corpo e a cruz um pouco fora do *jacuzzi*, para apanhar outra *vodka* de um *garçon* que passava. Nesse movimento expôs parte das costas, que eu ainda não tinha visto: uma tela onírica, primitiva, uma tatuagem de motivo rupestre de caçadas e pescarias, ou caçadas sobre pescarias, cavalos sobre baleias sobre peixes sobre renas sobre barcos sobre... homens. E dezenas de pequenos barcos,

Para onde navega essa frota? É a batalha do Trollfjord

o Xâmane puxou um ombro à frente e olhou para trás, para a omoplata onde nadava a grande baleia,

Não. Estes barcos também existem, navegam numas pedras de Austre-Amøy, ao ar livre, também em Kvitsøy. Vão caçar sonhos, para sobreviver; ou exorcizá-los, sonhando pescar medos, como em todas as pinturas rupestres.

O uso do *jacuzzi* foi encerrado pouco depois. A conversa continuou, mais tarde, no salão Espolin. É um gabinete de leitura, num estilo mais sóbrio e recolhido do que os vidros, espelhos, néons e cromados que fazem a "arquitetura" interior do *MS Trollfjord*. O salão deve o nome a um painel de Kaare Espolin Johnson que encena uma passagem de Petter Dass, um dos motivos recorrentes da obra do ilustrador. O painel, que enche uma das paredes do gabinete, assegura também no *MS Trollfjord* a memória genética da "Hurtigruten" e dos barcos postais. O painel exposto pertencia originalmente ao navio que antecedeu o *MS Trollfjord*, o *Harald Jarl*, para onde foi originalmente elabora-

do por Espolin, contou o Xâmane, indiferente ao facto de eu já conhecer a história,
Mas este painel não é a verdade da peça,
Sim, é uma fotografia de alta definição, o original está guardado, aliás nota-se na falta de textura, porque Espolin não tinha superfícies lisas
Não me referia a isso. Ainda que mostrassem o painel e não a fotografia, a autenticidade da peça ficou para trás, não subiu a bordo, ficou na sua primeira forma, entende?
Onde
Onde havia de ser? No *Harald Jarl*, claro!,
o Xâmane levantou-se de um salto e colocou a mão no busto de Espolin, uma cabeça de metal abanando com o balanço do navio, junto aos sofás,
Os barcos de antigamente, como o *Harald*, tinham uma curvatura transversal nos *decks* e no convés, um pouco como a curvatura terrestre num horizonte marítimo. Navios modernos, como este, têm os *decks* planos, como os sobrados das casas. Quando trasladaram o gabinete Espolin para o *Trollfjord*, o painel tinha umas barbatanas nos cantos inferiores, devido à falta de curvatura deste *deck*,
fez uma pausa, voltou a sentar-se,
Já a instalação original tinha implicado o sacrifício de uma parte do trabalho, porque o arquiteto do *Harald* forneceu a Espolin medidas erradas do salão para onde elaborou o painel. Dizem que Espolin chorou quando tiveram que cortar as margens do painel para caber no sítio que lhe tinham reservado no *Harald*,
voltou a levantar-se,
Desculpe a digressão, falávamos da verdade da peça: não está na gravura mas na moldura original. A gravura inclui a imagem mas a moldura é que tem a legenda. Enfim, a madeira estava

seca e não podia ser retirada. Tiveram medo que rachasse. Lá ficou, com a passagem do Petter Dass escrita por baixo, a ação sem qualquer vida que a atue,
No *Harald*?
Ah! Aí reside o requinte da tragédia: não!
Ainda agora me disse que a moldura ficou no *Harald Jarl*
o Xâmane atirou-se de novo para diante de Espolin, e foi para o busto que falou, lamentando que
Sim, mas o *Harald* mudou dele próprio. Navega por aí, em águas quentes,
o Xâmane rodopiou pelo gabinete,
Caraíbas, Mediterrâneo, Amazónia — mas com outro nome! Rebatizaram o barco, o que, aliás, dizem que dá azar. O painel de Espolin, mesmo que tentasse voltar à sua moldura original, não reconheceria o berço.

4. WAYANG

Ao terceiro dia, Kartevold chamou-me junto dele para anunciar que
Hoje é o Dia da Independência, as memórias sairão em liberdade e, com elas, assim nós.
O bispo olhou o aio, que trouxe para a cama de Kartevold uma tela fina, branca, quase transparente, ajustada e esticada num caixilho de madeira. O caixilho, apoiado em pés dos dois lados da cama, ficava suspenso sobre o corpo semideitado do bispo, diante dele. O aio trouxe também uma mesinha com rodas, com várias marionetas tradicionais javanesas, feitas em pele de bovino, explicou Kartevold,
o bispo ensaiou as articulações das marionetas enquanto o aio lhe colocou na testa uma lanterna de mineiro. Para mim, trouxe-me uma cadeira, que colocou aos pés da cama, e esperou que eu me sentasse nela, com o protocolo de um banquete ou

refeição oficial. O bispo acendeu a lanterna, pegou em duas marionetas e anunciou, com uma voz burlesca,

Hoje vou contar-vos a guerra de Bratayuda, o ponto alto do Mahabharata,

as silhuetas das marionetas moviam-se agora atrás da tela, animadas pelas mãos e pela voz, múltiplas vozes, de Kartevold,

Esta é a história dos príncipes Sanjaya e Karna. Karna é meio-irmão de Arjuna mas por agradecimento ao reino de Kurawa, Suyudana, que o criou desde a tenra infância, Karna luta do lado dos Kurawas contra os Pandawas. A fidelidade de Karna não é vencida pelo conhecimento de que vai combater por uma causa perdida. Kresna, o grande amigo e conselheiro dos Pandawas, ele próprio uma encarnação de Vishnu, tenta convencer Karna a mudar de lado mas o príncipe recusa, por gratidão com Suyudana, mostrando a bondade do seu coração. O príncipe Sanjaya, entretanto, está do lado dos Pandawas por convicção de que a virtude reside sempre na defesa do Bem e da Verdade,

o teatro de marionetas aumenta de ritmo e de ferocidade, Kartevold multiplica-se em vozes de personagens de corte, chamando outras marionetas à representação épica,

Os príncipes Sanjaya e Karna defendem princípios diferentes,

exalta-se o bispo, manipulando a batalha final do épico, entre farsa e tragédia,

Ambos os heróis morrem na grande guerra de Bratayuda!

mas no campo de batalha sobrou ainda um personagem, Kartevold retirou da mesinha uma marioneta de maior dimensão,

Eis *gunungan*, a marioneta-universo, é uma montanha, é uma árvore, tem dois caminhos na base do tronco, acabam nas duas portas do Além, as duas portas que encerram o Inverso do Universo,

rain-filak,

Em vermelho e verde, o fogo errante!

A representação javanesa esgotou Kartevold, mas algo mais estranho, um epílogo de epopeia, aconteceu a seguir. Quando o Xâmane retirou o painel, vi o bispo numa sezão, tremendo, enquanto no seu *traje de luces*, sobre o ventre e o lado, se formavam cinco nódoas escuras,

As chagas,

cinco nódoas de sangue, via-se agora,

O calvário

o bispo contorcia-se sob a atenção do Xâmane,

A redenção,

que nada fez nem nada tocou para aliviar o sofrimento do amo,

A Bandeira-*lulic*,

Kartevold dobrou-se um pouco e, no ombro esquerdo, uma caligrafia de sangue embebeu também o branco *de luces*,

O novo Homem para o Mundo,

a agonia de Kartevold começou escrevendo uma antiga caligrafia,

Marômak Oan!,

"Enmanuel"

o bispo dobrou-se ainda mais, de lado, para vomitar no chão uma pasta biliosa, e o resto da caligrafia, no negativo da roupa apertada, apareceu claramente impresso,

"Jhesus",

o Xâmane nada fez ao vómito do bispo, mas acenou a um pequeno homem que aguardava na penumbra, vestia uma capa roxa pelos ombros, forro amarelo de cetim, Kartevold viu-o e alterou-se ainda mais, cuspindo nomes

Nicolau!,

aterrado,

Maggiolo!,

como se a morte fosse uma presença física

Osório!
e estivesse ali, na casa-barco de Boris Gleb, para levá-lo,
Konis!,
Alex!,
o bispo, desfigurado por uma dor profunda, ou pelo terror de sofrer, continuou debitando nomes, até que gritou
Alor!,
o pequeno homem deu um pequeno passo na direção da cama do agonizante e procurou algo sob a capa,
O meu afilhado!,
o Xâmane continuava impassível,
O nome de Alor vive aqui!,
o bispo, alegre, ria, contorcia-se de uma dor risível, ria à gargalhada enquanto levava as mãos ao peito, onde um Sol Nascente começava a despontar em sangue no *traje de luces*,
Marômak Oan!,
um astro sisudo na gargalhada de um bispo em toureiro,
Vem aí!,
Kartevold estendeu os braços à bandeira monárquica na parede do fundo, o Xâmane finalmente mexeu-se, afastou a bandeira como se abrisse um pano de cena, lá fora surgiu a noite do Ártico através de uma janela formada por um único painel de vidro, Kartevold agitava-se, empapado nas suas chagas, nas suas tatuagens, nos seus nomes,
O meu afilhado vem aí!,
uma luz verde de aurora boreal entrou pela janela e projetou-se na figura branca do bispo, a agitação de Kartevold mexia-se com um clarão cardíaco, medusa humana, quase transparente, como uma estranha criatura de profundidade,
Vai nascer!,
gritou o bispo, de súbito com um sorriso tranquilo, e o Xâmane deu apenas uma ordem,

Caravela — agora!,
e o pequeno homem, descobrindo um estoque da capa roxa, desferiu um único golpe no peito de Kartevold,
Vai ressuscitar prá tua terra!,
em cheio na tatuagem-Sol-sangue, e o Xâmane, benzendo-se, selou a faena com a moral do épico, dando ao morto o sinal repousante da cruz, com algum desdém,
Ninguém como Caravela pra derrotar a carreira da Índia.

5. Poço do Crocodilo

Não sei onde foi sepultado Kartevold. Recordo a última imagem do bispo: um *traje de luces* sangrando na sua última arena,
A vala comum dos nomes sem corpo,
comentou o Xâmane, apanhando as marionetas javanesas espalhadas pelo chão,
O imperador Nobel é o soldado desconhecido dos mortos sem batalha.
acondicionando-as num baú de madeira pintado, semelhante aos que eram usados tradicionalmente em Java pelas noivas para guardar o enxoval,
The show is over.
Perguntei-lhe
Desde quando Alor era afilhado do bispo Kartevold
Desde que Kartevold não pôde recusar sê-lo,
explicou o Xâmane, fechando o baú com um cadeado de ferro em forma de dragão de Comodo,
Dalboekerk pediu-lhe que apadrinhasse o seu filho, em outubro de 1996, quando Kartevold passou por Jacarta para apaziguar o último sultão de Java após a decisão sobre o Nobel da Paz. Consultada pelo seu enviado especial, a Igreja da Noruega achou que não seria diplomaticamente correto recusar o pedido simbólico de proteção a um indonésio de alta estirpe. Kartevold

aceitou, o que salvou o equilíbrio do Cosmos, como mandam as leis de Java: o Comité Nobel perfilhou uma causa em Oslo, Kartevold afilhou um jovem em Jacarta,

Andou, portanto, a brincar aos pequenos deuses

Não, *Herr* Mendes, andou a brincar aos grandes profetas. O bispo conhecia, desde 1996, por confidência interessada de Dalboekerk, a origem verdadeira de Alor. Projetou no jovem uma síntese ideal que extinguia, num corpo timorense de vinte anos, vinte anos de ocupação indonésia. Kartevold era filho de pai alemão nazi, ocupante, e de mãe norueguesa, ocupada — aliás, como eu e milhares de outros na Escandinávia. Em 1945, bebé de meses, encontrou-se órfão de guerra a precisar de ser encontrado. E foi-o, por um soldado do Exército Vermelho, numa gruta. Está a ver: um Emanuel Jesus boreal,

Percebo: Kartevold, na velhice, encontrou em Alor o filho místico que ele nunca teve

Nein! Kartevold resgatou em Alor o órfão que, na sua infância, não pôde evitar... Só meses depois da Guerra, quando os russos saíram de Finnmark, é que o pequeno Per Kristian foi entregue a uma família adotiva norueguesa, os seus "pais" anglicanos. "O fascismo e o comunismo são instintos pueris", disse-me ele em Bodø. "Com um pouco de milenarismo cristão, talvez consigamos o sossego ancião da social-democracia",

Vejo um "social-democrata" mexendo a História atrás de um teatro de sombras

Kartevold não era um manipulador do Mal, era um *dalang* do Bem, ou, na sua tese, "a moral da história não é contada pelas sombras, a alma das marionetas, mas pela lâmpada, a luz da vida, forma exterior de Deus",

E eu pergunto: luz da vida, luz do Nobel ou luz da Paz

Luz da luz: o Comité Nobel não avaliza os laureados em suas ações posteriores. A Paz que eles representam é uma pre-

sunção inilidível. É uma profissão de Bem que não admite prova em contrário,
  O *Dalang* da Boa Causa é, então, um demiurgo inimputável, concluí, para irritação do Xâmane, a quem arrisquei ainda perguntar
  O que vai fazer com as marionetas
  Devolvê-las ao legítimo proprietário. O bispo Per Kristian tinha apenas o usufruto em vida
  E o legítimo é quem
  Dalboekerk, *natürlich*. Foi ele que as mandou desenhar e cortar em pele de búfalo, a partir de uma carcaça encontrada no Matebian, em Rufaguia, em 1978, no dia em que a montanha caiu. Ao que consta, o animal foi abatido na véspera, 22 de novembro, para servir de ração de combate às Falintil, que furaram o cerco indonésio nessa noite. Segundo um prisioneiro timorense ouvido por Dalboekerk no local, o búfalo chamava-se Apodeti. O nome deve ter agradado a Dalboekerk."A carcaça do Apodeti alimentou os heróis do Matebian", disse ele certa vez a Kartevold, à minha frente. "Acabando-se a carne, restarão os ossos e o teatro. Os ossos, lá ficaram. O teatro, eu trouxe."
  Junto da cama de Kartevold estava um *dossier* cartonado, com folhas soltas, e um título feito de colagem de letras recortadas de algum livro antigo,
  "Peregrinação de Enmanuel Jhesus":
  contendo a recolha de testemunhos da última missão de Per Kristian Kartevold em Timor-Leste, em 1999,
  Uma missão para apurar a escolha de um traidor, o Filho de Deus,
  concluiu o Xâmane, inspecionando as primeiras folhas, com a indiferença de quem as conhecia de cor,
  "Inquérito a uma escolha",

e despediu-me com um derradeiro anúncio, antes de Caravela me conduzir a Kirkenes e ao avião para Oslo,

Esta papelada será sua a seu tempo, quando sair de Díli. O manuscrito, como consta do contrato que assinou, *Herr* Mendes, precisa de ser editado antes de publicação.

Díli, Paris
Março 2009-Janeiro 2010

Agradecimentos

Várias contribuições marcaram a pesquisa e o percurso desta "Peregrinação". Começo pelo linguista e tradutor João Paulo Esperança, meu *saudara perguruan* na Pencak Silat Nasional Padjadjaran Timor Leste. A João Paulo, um erudito com quem tardiamente aprendi que "não há muitas maneiras de dar um murro", fico a dever também o contacto com os nossos instrutores de artes marciais sundanesas, em torno de mestre Beni.

O ex-guerrilheiro Somotxo levou-me a percorrer a cordilheira do Matebian, sua morada e missão durante vinte anos. Convenceu-me de que nem todos os seus antigos companheiros desertaram a ermida solitária a que lá chamam dignidade.

Ainda em Díli, agradeço a Christiana Carrascalão, que aceitou voltar a lugares e acontecimentos em que lhe é doloroso tocar; aos arquitetos Vasco Patraquim Albuquerque e Alexandra Sá Torrão, envolvidos numa apaixonante reinvenção da arquitetura timorense; à jornalista e escritora Jill Jolliffe, que persiste em lembrar a... memória; ao arqueólogo Nuno Vasco Oliveira, ao biólogo David Letichevsky e ao antropólogo forense Mirko Fernandez, que me iniciaram em abordagens do lugar timorense escondidas ao observador leigo.

Em Lisboa, tive no meu colega Paulo Nogueira, da Agência Lusa, uma reserva inesgotável e generosa de conhecimentos e experiências do Sudeste Asiático — além de um fundo bibliográfico abundante.

De Londres e em Díli, a antropóloga Janet Gunter forneceu-me pistas locais para ler a história contemporânea timorense. Outro oráculo rigoroso encontrei no historiador Clinton Fernandes, da Academia das Forças de Defesa Australianas na Universidade de Nova Gales do Sul, em Camberra.

Ajudas e partilhas diversas foram determinantes para a compreensão do Arquipélago Malaio em geral, de Java e de Timor-Leste em particular, da Noruega também. O meu penhor a: Aaslaug Vaa, António Sampaio, Dom Basílio do Nascimento, bispo de Baucau, Élizabeth D. Inandiak, Fernando Sávio, Filipe Carrascalão, Flávia Bá, padre Francisco Moser, Grégoire Rochigneux, bispo Gunnar Stalsett, enviado especial da Noruega para Timor-Leste, Isa Berbridge, Isabel Gaspar, João Ferro, tenente-coronel João Miranda Aluc Descart, chefe da Casa Militar da Presidência da República Democrática de Timor-Leste, José Alberto de Sousa, José Manuel Garcia, José Miguel Ribeiro Lume, José Sousa Santos, Júlia Alhinho, Lígia de Jesus, Luís Cardoso, Luiz Filipe Thomaz, Luiz Vieira, Maarten Visser, Mara Bernardes, Maria Ângela Carrascalão, Miwa Sugi, Paula Pinto, Pedro Sousa Pereira, Rebecca Engel, Roque Rodrigues, Ron Sargeant, Sara Negrão, Simão Comenda, Tânia Correia e brigadeiro-general Taur Matan Ruak, chefe do Estado-Maior das Falintil — Forças de Defesa de Timor-Leste —, filho, comandante e, até ver, guardião sem patente do Matebian.

À administração e direção da Lusa, em especial ao diretor de Informação, Luís Miguel Viana, agradeço o convite para ser o delegado da Agência em Timor-Leste, de 2007 a 2009, inadvertida mas elementar *sine qua non* deste romance. Na mesma linha, acrescento, a jusante, o entusiasmo da Direção-Geral do Livro e das Bibliotecas e, muito em particular, de Paula Morão e Ana Castro, que responderam com generosidade ao pedido de apoio para uma residência de escrita, isto é, uma residência de tempo, quando o meu compromisso de jornalista em Díli estava *done*.

Ana Šerbanović — neta verdadeira de Paun, ex-*partisan* e diplomata jugoslavo — aguentou uma larga peregrinação no papel mais ingrato: o de quem espera. Perante isso, a tradução da epígrafe, da língua servo-croata para a portuguesa, foi tarefa simples. Por Tišma e o mais, "*hvala na paznji*".

... e algumas referências

No primeiro capítulo, as palavras de Ian Martin são retiradas do seu livro *Autodeterminação em Timor Leste* (Quetzal Editores, 2001).

Todas as passagens em itálico nos capítulos de Wallacea são, *ipsis verbis*, d'*O Livro de Francisco Rodrigues*, segundo a reedição coordenada por José Manuel Garcia (Universidade do Porto, 2008).

As tatuagens de Alor acompanham rigorosamente a iconografia do mesmo atlas, conforme o fólio existente nos Arquivos da Assembleia Nacional da República Francesa, em Paris. O fólio está catalogado como *Le Journal de Francisco Rois et Suma Oriental de Tomé Pires* e é, com justiça, uma das "obras notáveis" desse fundo, digitalizada e em acesso livre na página da Assembleia na Internet.

As argumentações de geopolítica entre Dalboekerk e Alor, em diferentes capítulos, parafraseiam documentos confidenciais do Departamento de Estado norte-americano, recentemente desclassificados e em livre acesso, com transcrições de cimeiras entre Gerald Ford e Henri Kissinger dos EUA e Suharto da Indonésia, em Camp David e em Jacarta, em 1975.

O juramento de Ahuc-Samoro é autêntico. Foi transmitido pelo narrador Manuel da Silva a António Vicente Marques

Soares, em julho de 1999, e confirmado por Leão Pedro dos Reis Amaral, um dos liurais de Luca, a alguém que, dez anos depois, partilhou comigo a declaração de 1703.

O bilhete do Pai, no início da parte III, é um *fac simile* de um apelo ao mundo escrevinhado em cima do joelho por Manuel Carrascalão (1933-2009), em 1999, quando estava preso pela Polícia indonésia. Ainda cheira a papel fumado.

No Kolophón, usei breves linhas de *Madre Cacau — Timor*, o livro que fiz com o ilustrador Alain Corbel (ACEP, 2004), e de um ensaio, *Nordnetthinne*, que escrevi para uma obra retrospetiva da carreira do ilustrador norueguês Kaare Espolin Johnson, *Å låne øyne å se med* (Tapir Akademisk Forlag/Galleri Espolin, 2007).

(E que me levou, na realidade, até Kirkenes.)

"Pais, senhores eles, avós senhores eles, / Senhores trevas eles, senhores noite eles, / Senhores antigos eles, senhores da palavra eles" são os versos iniciais de um longo rito de "Consagração de uma casa timorense", traduzido por Ruy Cinatti nos anos 60 e reproduzido, em parte, no livro *Arquitetura Timorense*, de Cinatti, Leopoldo de Almeida e Sousa Mendes (Instituto de Investigação Científica e Tropical/ Museu de Etnologia, 1987).

Do mesmo rito usei, em duas ocasiões desta *Peregrinação*, o verso final, versículo do pasmo tranquilo: "A boca emudece,/ a voz apaga-se."

P. R.M.

Pedro Rosa Mendes nasceu em 1968. É autor de uma obra heterogênea que engloba ficção, ensaio e reportagem, com incursões no teatro e na poesia e ligações à banda desenhada e à fotografia.

Em períodos diferentes, como jornalista e pesquisador em História, Pedro Rosa Mendes viveu e viajou em vários países, incluindo Angola, Ruanda, Afeganistão, Timor-Leste, Iugoslávia, Alemanha e França. A sua geografia literária reflete essa experiência de um autor português expatriado desde cedo.

É autor de quatro romances — *Baía dos tigres* (1999, Prêmio PEN de Narrativa), *Atlântico* (2003), *Lenin oil* (2006) e *Peregrinação de Enmanuel Jhesus* (2010) — e a sua obra está publicada em diversos países, entre os quais Estados Unidos, Inglaterra, França, Alemanha, Espanha, Brasil, Turquia, Dinamarca, Holanda.

Peregrinação de Enmanuel Jhesus recebeu o prestigiado Prêmio PEN de Narrativa 2011.

Atualmente, Pedro Rosa Mendes vive em Genebra, na Suíça.

peregrinação de
enmanuel jhesus
foi composto em caracteres Hoefler
Text e impresso pela Geográfica
Editora, sobre papel pólen soft de
70 g/m², no mês de agosto de 2013.